DIE TÄTOWIERTE: THRILLER

MARCUS HÜNNEBECK

ÜBER DEN AUTOR

Marcus Hünnebeck gehört zu den erfolgreichsten Thriller-Autoren Deutschlands. Seine Bücher erreichen regelmäßig die vordersten Positionen in den Bestsellerlisten und begeisterten inzwischen weit über zweieinhalb Millionen Leser. Besonders mit der Reihe um die beiden Hauptkommissare Robert Drosten und Lukas Sommer hat er sich in der Gunst der Leser nach vorne geschrieben. Nachdem er im Ruhrgebiet aufgewachsen und danach viele Jahre im Rheinland gelebt hat, wohnt er inzwischen in Hamburg.

ÜBER DAS BUCH

Nach einem brutalen Mord bleibt der Täterin nur wenig Zeit, um sich der Verhaftung zu entziehen. Ihren waghalsigen Fluchtversuch vereitelt die Polizei. Anfangs schweigt sie im Präsidium, bis sie nach Lukas Sommer verlangt. Nur ihm will sie sich offenbaren. Am nächsten Morgen treffen die beiden aufeinander. Sommer fragt sich, woher sie von ihm wusste. Als sie ein Tattoo auf ihrem Oberschenkel präsentiert, erinnert er sich plötzlich an das niemals geklärte Schicksal eines spurlos verschwundenen Ehemanns und liebevollen Vaters.

Obwohl die Mörderin im Gefängnis sitzt, hält sie weiterhin die Fäden in der Hand. Unterstützt wird sie offenbar von draußen, wo auch das Leben eines weiteren jungen Mannes bedroht wird. Sie stellt eine pikante Forderung. Sommer ahnt, dass dies der Beginn eines tödlichen Spiels ist. Soll er sich trotzdem darauf einlassen, um das Leben eines Unschuldigen zu retten?

Die Tätowierte: Thriller

1. Auflage, März 2023

Covergestaltung: © cover.artwize.de

Lektorat: Ruggero Leò
Korrektorat: Kirsten Wendt

Herausgeber:
Marcus Hünnebeck
Heimweg 6, 20148 Hamburg

Erstellt mit Vellum

1

Gegenwart

Ingmar Beck schaute auf seine Uhr und lächelte. In zwanzig Minuten würde sie an seine Zimmertür klopfen. Schon allein der Gedanke erregte ihn. Wie würde es werden, wenn sie sich Zeit für ihn nahm? Heute Morgen beim Frühstück im Hotelrestaurant hatte er nicht mit einer solchen Wendung gerechnet. Ihn hatte nur ein weiterer anstrengender Messetag erwartet, ohne Hoffnung auf ein unvergessliches Erlebnis. Immerhin war es der vorletzte Tag seines viertägigen Messedienstes. Als er zur Mittagspause ein Bockwürstchen mit Brötchen gegessen hatte, war sie ihm aufgefallen. Sie hielt nach einem Sitzplatz Ausschau, um in Ruhe ihre Brezel essen zu können. Langsam war sie auf ihn zugekommen und hatte sich ihm gegenüber hingesetzt.

Was für eine Frau!

Ihr langes blondes Haar war zu einem Pferdeschwanz zusammengebunden. Sie trug einen knöchellangen schwarzen Rock, Stöckelschuhe und eine figurbetonte pinke

Bluse. Er hatte sich unauffällig Senfreste vom Mundwinkel gewischt und einen Schluck Wasser getrunken, damit ihm keine Würstchenreste zwischen den Zähnen hingen.

»Ist hier frei?«

»Für eine Frau wie Sie immer.«

Am liebsten hätte er sich noch jetzt für seine plumpe Antwort geohrfeigt. Doch sie hatte gelächelt und ihm ein paar Sekunden länger als nötig in die Augen gesehen. Kaum hatte sie das erste Stück von ihrer Brezel abgebissen, hatte sie ihn gefragt, ob er Aussteller oder Besucher sei. Daraufhin hatte er ihr seinen Messeausweis gezeigt. So hatten sie gleich ein Gesprächsthema gefunden.

Beck dachte an seine Ehefrau Carla. Seit die Kinder aus dem Haus waren, hatte sie einen esoterischen Fimmel entwickelt und nervte ihn mit Erkenntnissen aus vermeintlich wissenschaftlichen Studien. Die vier Tage Messeeinsatz waren zwar anstrengend, aber ein willkommener Grund, nicht neben ihr im Ehebett schlafen zu müssen. Sich nicht ihre neuesten, spirituellen Kochkünste anzutun, die leider sehr ausbaufähig waren. Zum Glück gab es an Wochentagen in der Kantine gutbürgerliche Gerichte. Die Wochenenden hingegen schienen immer mehr unangenehme Überraschungen parat zu halten. War es bei diesen Wesensveränderungen seiner Frau ein Wunder, dass er der Versuchung nicht widerstehen konnte? Eher nicht. Außerdem würde er Carla nicht betrügen, genauso wenig wie in den letzten vierundzwanzig Ehejahren. Er würde Tilda nicht penetrieren. Das schwor er sich. Stattdessen gönnte er sich bloß eine dreiviertelstündige Ganzkörpermassage mit schönem Abschluss. Das war kein Seitensprung. Carla würde davon ohnehin nichts erfahren. Er hatte das vereinbarte Honorar von zweihundert Euro mit seiner Kreditkarte abgehoben, mit der er auch alle anderen Messekosten bezahlte. Seine Frau würde das gar nicht bemerken. Wie schnell war ein solcher Betrag ausgegeben, wenn er mit Kollegen einen Abend in der Hotelbar verbrachte?

Wieder schaute er auf seine Uhr. Tilda hatte ihn gebeten, sich vor ihrem Termin zu duschen und sie nur im Bademantel zu empfangen. Beck prüfte sein Handy auf neue Nachrichten. Niemand hatte ihm geschrieben. Er schaltete den Flugmodus ein. Die nächste Stunde wäre er nicht erreichbar. Langsam zog er sich aus, legte seine Kleidung ordentlich zusammen und betrat das Badezimmer.

Pünktlich klopfte es sacht an der Zimmertür. Beck hatte die letzten Minuten auf dem Sessel gesessen und das schlechte Gewissen gegenüber Carla niedergekämpft. Sie würde nichts hiervon erfahren. Es war kein Seitensprung! Er gönnte sich bloß ein bisschen absolut notwendige Entspannung.

Er stand auf und ging zur Tür. Um nicht der falschen Person zu öffnen, blickte er durch den Spion. Im Hotelflur stand Tilda. Sie lächelte. Er öffnete ihr.

»Hi«, sagte er mit belegter Stimme.

»Hallo, Ingmar.« Sie gab ihm zwei Wangenküsse. Ihr dezentes Parfum roch fantastisch. In der rechten Hand hielt sie einen kleinen, braunen Koffer. »Hängst du das *Nicht-stören*-Schild raus?«

»Oh ja, gute Idee. Das hätte ich glatt vergessen.« Mit zittrigen Fingern platzierte er das Schild an der Klinke. Plötzlich war er sich nicht mehr so sicher, ob er sie wirklich nicht penetrieren würde, falls sie ihm dieses Upgrade anbieten würde. Sie sah umwerfend aus in ihrer weißen Hose, dem dunkelblauen Sweatshirt und den Sneakern.

Sie betrat den Raum und stellte den Koffer neben das Bett. Er schloss die Tür.

»Ich sehe, du bist bereit«, sagte sie. »Freust du dich auf eine himmlische Entspannung?«

»Und wie!« Schon wieder so eine dumme Antwort. Warum fiel ihm in ihrer Gegenwart nichts Geistreiches ein?

»Wir machen das wie folgt. Ich setze mich im Schneidersitz ans Kopfende, und du legst deinen Kopf in meinen Schoß. Wenn du nichts dagegen hast, würde ich dir eine Art Schlafbrille aufziehen. Glaub mir, das hilft beim Entspannen.«

»Okay.«

»Ich massiere zuerst deinen Nacken, den Kopf, die Schulter. Danach kümmere ich mich um deine Füße und Beine und dann ...« Sie lächelte. »Wenn anschließend Zeit bleibt, kannst du dich auf den Bauch drehen, und ich verwöhne dich mit einer Rückenmassage. Auf dem Bauch zu liegen und deine ganze Pracht abzudrücken, wäre für dich unangenehm. Deswegen diese Reihenfolge. Bist du damit einverstanden?«

»Das klingt super.«

»Ich habe zwei verschieden riechende Massageöle dabei. Such dir eins aus.«

Sie öffnete ihren Koffer und entnahm ihm eine kleine Flasche, die sie aufdrehte. Der Inhalt roch nach Bergamotte.

»Das hier ist die zweite Alternative. Ein Aromaöl Orchidee.«

»Das gefällt mir«, sagte er nach einer kurzen Geruchsprobe.

»Du hast Geschmack. Es ist die richtige Wahl.« Sie lächelte. »Lässt sich nämlich etwas besser auf deinem Penis verteilen.« Tilda zeigte ihm die Maske. »Die solltest du aufsetzen, sobald du dich in Position begibst. Und dann einfach nur die Augen schließen und genießen. Ich warne dich vor, wenn ich die Stellung wechsle. Jetzt darfst du erst mal deinen Kopf in meinen Schoß legen. Zieh deinen

Bademantel aus. Sei nicht schüchtern.« Sie nahm im Schneidersitz auf dem Bett Platz. »Komm zu mir, Liebster.«

»Oh ja.« Er stöhnte schon beinahe. Ungeschickt öffnete er die Schlaufe des Bademantels, den er auf den Sessel warf. Sie lächelte bei seinem Anblick.

»Nicht alle Männer verstehen es wie du, sich von Anfang an zu freuen.«

Beck kletterte aufs Bett und legte vorsichtig den Hinterkopf auf ihren Schoß. Er streifte die Maske über die Augen, während ihre Finger seinen Nacken berührten.

»Ist das bequem für dich?«, fragte sie.

»Ja.«

»Dann genieß es. Ich verspreche dir ein himmlisches Erlebnis.«

»Das glaube ich sofort.«

Mit streichenden Bewegungen und sanftem Druck massierte sie ihm zunächst den Nacken. Wie sie versprochen hatte, fühlte sich das herrlich an.

Beck stöhnte. »Oh Gott, tut das gut.«

»Du Ärmster bist ganz verspannt.«

»Überall«, antwortete er.

»Ich kümmere mich darum. Mach dir keine Sorgen. Gleich sind deine Verspannungen wie weggeblasen.«

Hatte das Wort etwas zu bedeuten? Würde sie ihn vielleicht sogar ... Er mochte gar nicht an diese Möglichkeit denken.

Sie fuhr ihm mit den Händen durchs Haar, strich über seinen Hinterkopf. »Jetzt nehme ich das erste Mal Öl.« Sie drehte die Flasche auf.

Sekunden später roch er den entspannenden Duft. Ihre glitschigen Hände berührte ihn wieder, liebkosten seinen Nacken und die Schulter.

»Das ist so schön«, wisperte er.

»Du hast es dir verdient.«

Die Minuten verstrichen. Der Stress schien von ihm abzufallen. Tilda war jeden einzelnen Cent wert. Hoffentlich könnte er den Orgasmus ein bisschen hinauszögern, sobald sie sich seinem besten Stück widmete.

»So, mein Lieber, ich stehe jetzt vorsichtig auf. Hat es dir bis hierher gefallen?«

»Das war sensationell.«

»Dann zeig ich dir jetzt, wie es weitergeht.« Sie stützte seinen Kopf mit den Händen ab. »Willst du ein Kissen haben?«

»Hm-mh.«

Sie legte seinen Kopf behutsam ab, ehe sie vom Bett kletterte. »Ich brauche noch ein bisschen mehr Öl. Einen kleinen Moment.«

Er hörte, wie sie etwas aus dem Koffer nahm.

»Wenn ich dich so anschaue, sollte ich vielleicht von der Hüfte abwärts statt von den Füßen aufwärts arbeiten. Du kannst es ja kaum erwarten. Dein Freund zittert richtig vor Erregung. Soll ich mich jetzt schon um ihn kümmern?«

»Ich hätte nichts dagegen.«

»Dein Wunsch ist mir Befehl.«

Sie berührte ihn zärtlich. Er stöhnte erneut. Unvermittelt packte sie etwas zu fest zu. War das ihre Massagetechnik? Hoffentlich nicht!

»Was würde bloß deine Frau hierzu sagen?«, fragte sie mit kalter Stimme. »Ob ihr gefällt, was wir gleich machen? Weil du es verdient hast?«

Ihre veränderte Ausdrucksweise alarmierte ihn. Er hob den Kopf und schob sich die Augenmaske auf die Stirn. Die Masseurin starrte ihn hasserfüllt an. Sein Blick wanderte nach unten. Sie hielt ein Barbiermesser in der Hand.

Erschrocken schrie er auf.

»Gleich wirst du quieken wie ein Schweinchen.« Sie ließ ihn los und hob die Hand mit dem Messer. »Oink.«

Blitzschnell und mit einer Geschicklichkeit, die er sich selbst nicht zugetraut hätte, drehte er sich um die Längsachse, um von ihr wegzukommen. Er rollte über den Rand des Bettes und fiel zu Boden. Schmerzhaft prallte er auf den Teppich. Sein Glied war vollkommen erschlafft.

»Wo willst du hin, du kleines Ferkel?«

»Geh weg«, flehte er.

Das Badezimmer war nur wenige Schritte entfernt. Er krabbelte hinein und warf die Tür zu. Sein Blick fiel auf die Klinke. Das Bad war nicht abschließbar. Wie könnte er sie verscheuchen? Er erinnerte sich an das Telefon, das neben dem Klo hing.

»Glaubst du wirklich, du kannst mir so entkommen?«, fragte sie.

Mühsam stand er auf und sprang zur separaten Toilettenkabine. Beck schob die Tür zu. Auch die ließ sich nicht von innen verriegeln. Hektisch griff er zum Telefonhörer, der ihm fast aus der Hand gefallen wäre. Er wählte die ›1‹.

»Macht schon!«, flüsterte er panisch. »Nehmt ab.«

* * *

Annika Butzen blickte auf das klingelnde Telefon. Der Gast aus Zimmer 537 meldete sich über das neben dem Klo hängende Gerät. Normalerweise benutzten die Gäste eher den Apparat am Bett. Hatte das etwas zu bedeuten?

»Rezeption. Annika mein Name. Wie kann ich Ihnen helfen?«

»Hilfe! Ich brauche Hilfe! Kommen Sie schnell. Zimmer 537.«

»Haben Sie einen medizinischen Notfall?«

Annika bemerkte den alarmierten Blick ihres Kollegen Paulo.

»Hier ist eine Frau, die mich umbringen will!«

»Wiederholen Sie das!«

»Kommen Sie schnell. Sie hat ein Rasiermesser in der Hand. Beeilung!«

Sie hörte, wie im Hintergrund eine Tür aufgeschoben wurde. Der Mann schrie panisch. Dann brach das Gespräch ab.

»Scheiße!«, fluchte Annika.

»Was ist los?«

»Angeblich kämpft der Gast in 537 um sein Leben. Eine Frau mit Rasiermesser bedroht ihn. Das Gespräch ist abgebrochen.«

»Ich schicke den Sicherheitsdienst hoch«, sagte Paulo.

»Ich ruf da noch mal an.« Annika wählte die Rückrufoption aus, die sie automatisch mit dem letzten Anrufer verband.

»Sie kommen zu spät«, meldete sich eine weibliche Stimme.

Der Mann schrie im Hintergrund. Wieder unterbrach jemand die Verbindung.

»Wir müssen die Polizei rufen«, stieß Annika hervor.

»Der Sicherheitsdienst ist schon unterwegs«, erwiderte Paulo.

»Das reicht nicht. Die Frau klang wahnsinnig. Ich wähle den Notruf!«

* * *

Sie beugte sich über den verängstigten Mann, der ihr die Arme entgegenstreckte und versuchte, sich an die Wand zu drücken. Wie viel Zeit blieb ihr noch, bis die ersten Hotelmitarbeiter nach dem Rechten sehen würden? Definitiv genug, um ihr Werk zu beenden.

»Tun Sie das nicht«, jammerte der Mann. »Nehmen Sie mein Geld, und gehen Sie. Bitte!«

»Mir geht's nicht ums Geld.«

»Ich hab Ihnen nichts getan.«

»Da kann ich nicht mal widersprechen.«

Sie stach mit dem Messer zu und traf ihn am Handgelenk. Er schrie vor Schmerz. Blut spritzte aus der Wunde. Seine Arme sackten nach unten.

»Nein«, flehte er. »Nicht.«

Tränen und Rotz verschmierten sein Gesicht. Er urinierte.

»Eines kann ich dir versichern. Es ist nichts Persönliches. Du hattest einfach bloß Pech. Vielleicht tröstet dich das.«

Mit der freien Hand versetzte sie ihm eine harte Ohrfeige. Sein Kopf zuckte zur Seite und offenbarte ihr die schutzlose Kehle. Sie drückte die Klinge auf die Haut und schnitt von links nach rechts. Er schrie und gurgelte. Blut spritzte auf sie. Erneut stach sie zu, in sein Gesicht, einmal, zweimal. Dann zog sie sich zurück. Als sie das Waschbecken erreichte, kippte er polternd zu Boden.

Wie viel Zeit blieb ihr noch? Sie warf das Rasiermesser ins Becken, griff zu einem weißen Handtuch und wischte sich sein Blut von den Händen. Sie musste ihre Sachen zusammenpacken und verschwinden. Zu leicht wollte sie es den Bullen nicht machen. Sie schaute in den Spiegel und zwinkerte ihrem Spiegelbild zu.

»Das macht Spaß«, sagte sie leise, ehe sie sich abwandte.

2

Der Sicherheitsbeauftragte des Hotels starrte auf die Etagenanzeige des Fahrstuhls, die soeben von der ›3‹ zur ›4‹ wechselte.

»Wie ist die Lage?«, fragte er übers Walkie-Talkie.

»Die Polizei ist angeblich mit zwei Streifenwagen unterwegs. Der erste soll in drei Minuten eintreffen«, antwortete die Rezeptionistin.

Der Fahrstuhl erreichte die fünfte Etage. Zum Glück war kein Gast auf dem Flur zu sehen. Unsicher verließ er die Kabine. Er arbeitete seit zwei Jahren für das Hotel, und so etwas hatte er noch nicht erlebt. Was sollte er tun? Auf die Polizei warten? Doch falls der Gast tatsächlich in Lebensgefahr schwebte, müsste er dann nicht umgehend eingreifen?

»Gibt es Neuigkeiten aus 537?«

»Nein«, erklang es aus dem Funkgerät. »Wo sind Sie?«

»Im Flur der fünften Etage. Scheint alles ruhig zu sein. Ist das vielleicht bloß ein übler Scherz? Jagen uns Betrunkene ins Bockshorn?«

»Danach hat der Mann nicht geklungen.«

* * *

Tilda zog das blutbefleckte Sweatshirt und die ebenfalls besudelte Hose aus. Im Koffer bewahrte sie ein rotes Kleid mit langen Ärmeln auf, das sie nun herausholte. Rasch schlüpfte sie hinein und zog den Reißverschluss am Rücken zu. Sie ging noch einmal ins Badezimmer und musterte sich. Die Baumwolle verdeckte alles, was sie verdecken sollte. Das war perfekt. Sie kehrte in den Wohnraum zurück und schlüpfte in die Schuhe, die sie mit einem Schnellverschluss zumachte.

Im Koffer klappte sie das Geheimfach auf, in dem sie die Pistole verborgen hatte. Den Rest würde sie zurücklassen, aber die Schusswaffe war existenziell.

Plötzlich klopfte es an der Zimmertür. Tilda lächelte. Die zweite Phase begann. Sie schoss auf den Fernseher, dessen Bildschirm zersprang.

»Verschwinden Sie!«, schrie sie. »Der nächste Schuss geht durch die Tür!«

* * *

Der Sicherheitsbeauftragte zuckte bei dem Knall zusammen. Aus dem Zimmer erklang die aufgebrachte Stimme einer Frau.

»Verschwinden Sie! Der nächste Schuss geht durch die Tür.«

»Scheiße!« Er entfernte sich rückwärts durch den Flur. »Sie hat geschossen. Wo bleibt die Polizei?«, fragte er die Rezeption.

»Der erste Streifenwagen ist gerade vorgefahren.«

»Sag ihnen, dass die Frau eine Schusswaffe hat. Ich kümmere mich um die Sicherheit der anderen Gäste.«

»Verstanden.«

Eine Hotelzimmertür öffnete sich.

»Gehen Sie zurück ins Zimmer. Die Polizei ist unterwegs«, blaffte er den verwunderten Gast an.

Der warf sofort die Tür zu. Rückwärts ging der Sicherheitsbeauftragte bis zum Aufzug. Genau in diesem Moment öffnete sich Zimmer 537. Eine Frau in rotem Kleid trat heraus. In ihrer Hand hielt sie eine Pistole und zielte auf ihn.

Er tastete hektisch nach dem Knopf für den Fahrstuhl. Zum Glück stand der noch in der fünften Etage. Die Tür glitt auf. Er zog sich in die Kabine zurück und drückte die Lobbytaste.

Die Frau kam näher und beschleunigte ihren Schritt. »Sag ›auf Wiedersehen‹«, brüllte sie, als sie keine fünfzehn Meter mehr entfernt war.

Er presste den Finger auf die Taste der Fahrstuhltür und ging in die Hocke. Viel zu langsam glitt die Tür zu. Er rechnete damit, dass ihn jeden Moment ein Schuss treffen würde. Stattdessen setzte sich endlich der Fahrstuhl in Bewegung.

»Oh Gott!«, stieß er erleichtert aus. »Was war das denn?«

Auf dem Weg nach unten hielt niemand den Aufzug an. Kaum hatte sich die Tür im Erdgeschoss wieder geöffnet, sah er die zwei Schutzpolizisten, die mit der Rezeptionistin sprachen. Der Sicherheitsbeauftragte stürzte auf sie zu. »Die Frau läuft Amok!«, schrie er. »Sie hat geschossen!«

Er erreichte die Polizisten und schilderte, was passiert war. Alarmiert sahen sich die Beamten an. Einer von ihnen griff zu seinem Funkgerät und forderte Verstärkung an. In diesem Augenblick hielt ein zweiter Streifenwagen vor dem Hoteleingang.

* * *

Tilda rannte zum Treppenhaus. Die Fahrstühle konnte sie nicht benutzen, denn die ließen sich bestimmt leicht außer Betrieb setzen. Dann säße sie in der Falle. So einfach würde sie es ihnen nicht machen. Sie musste die Straße erreichen und hatte auch schon eine Idee, wie sie das anstellen würde. Tilda riss die Tür zum Treppenhaus auf. Sofort registrierte sie die Kamera. Sie nahm sich die Zeit, den Mittelfinger zu zeigen. Dann stürmte sie die Stufen hinunter. Schnell erreichte sie die vierte Etage. Niemand kam ihr entgegen. Obwohl sich die Überwachungskameras in den Stockwerken nicht bewegten, kam sie sich beobachtet vor. Gewiss verfolgten die Bullen und das Sicherheitspersonal ihre Flucht. Wie würden sie darauf reagieren? Sich ihr in den Weg stellen und eine Schießerei im engen Treppenhaus riskieren? Das wäre unwahrscheinlich. Ein schwer bewaffnetes Einsatzkommando würde so vorgehen, normale Schutzpolizisten hingegen eher nicht.

Sie kam in der dritten Etage an und lief weiter. An der Tür zum zweiten Stock zögerte sie kurz.

* * *

Der Sicherheitsbeauftragte und ein Polizist verfolgten die Flucht der Bewaffneten über einen Schwarz-Weiß-Monitor. Der Polizist hielt Kontakt zu seinen Kollegen, die mittlerweile die Lobby geräumt hatten und hinter Möbelstücken in Deckung gegangen waren. Ihre Waffen zeigten zur Tür. Das Treppenhaus führte in die Tiefgarage, an der jedoch das Gitter heruntergelassen worden war. Wenn die Verdächtige das Hotel auf diesem Weg verlassen wollte, würde sie in die Falle tappen.

Am Zugang zum zweiten Stockwerk blieb sie kurz stehen.

»Was hat sie vor?«, murmelte der Sicherheitsbeauftragte.

Der Polizist zuckte ratlos mit den Achseln. Dann setzte die Frau ihren Weg schon fort.

»Wahrscheinlich hat sie bloß Luft geschnappt«, sagte der Beamte.

* * *

Tilda riss die Tür zur ersten Etage auf. Sie betrat den Gang und wandte sich nach rechts. Als sie das Hotel ausgekundschaftet hatte, hatte sie ein Zimmer in diesem Stockwerk gemietet. An der Rezeption hatte sie behauptet, unter Höhenangst zu leiden. Der bemühte Mitarbeiter hatte ihr daraufhin einen Raum im ersten Stock zugewiesen.

Eines der Hotelzimmer öffnete sich, und ein älteres Paar kam heraus. Bot sich hier eine ungeahnte Möglichkeit, oder wäre es besser, dem ausgeklügelten Plan zu folgen? Sie richtete die Pistole auf die Hotelgäste.

»Zurück ins Zimmer!«, befahl sie.

Die Frau schrie erschrocken auf. Fast wäre sie gestolpert, als sie sich umwandte und in den Raum flüchtete. Die Tür flog mit einem Knall ins Schloss.

Tilda wandte sich den Flurfenstern zu. Die Griffe waren abmontiert, was ihr Vorhaben erschwerte. Trotzdem war es machbar. Mit dem Pistolengriff schlug sie gegen die Scheibe. Schon nach dem zweiten Schlag zersplitterte das Glas.

* * *

»Was macht sie da?«, fragte der Sicherheitsbeauftragte. »Springt sie aus dem Fenster?«

»Wie hoch ist das?«, erkundigte sich der Polizist.

»Ungefähr vier Meter. Ist zur Straße gerichtet.«

»Scheiße! Darauf war ich nicht eingestellt.« Der Beamte griff zum Funkgerät. »Die Verdächtige flieht durch einen Sprung aus der ersten Etage. Mindestens vier Mann zum Bürgersteig!«, brüllte er.

* * *

Tilda kletterte auf den Sims. Der Sprung war tief, aber sie hatte das aus ähnlicher Höhe ein paar Mal geübt. Vier Meter waren für einen trainierten Menschen kein Problem. Sie sicherte die Pistole, um nicht versehentlich einen Schuss abzugeben, der sie selbst gefährdet hätte. Dann atmete sie ein und sprang. Sie kam auf, rollte sich ab, rappelte sich hoch und rannte los. Versuchte es zumindest. Ein Mann stand ihr im Weg.

»Hey!«, schrie er.

Sie rammte seine Schulter und wurde von der eigenen Wucht zurückgeworfen.

»Verpiss dich!« Sie rannte los und warf einen Blick nach hinten. Vier Schutzpolizisten waren ihr dicht auf den Fersen.

»Stehen bleiben! Hände hoch! Das ist unsere einzige Warnung!«

Sie war versucht, es darauf ankommen zu lassen. Hatte einer der Polizisten wirklich den Mut, abzudrücken? Er könnte einen unbeteiligten Passanten treffen. Trotzdem war ihr das zu heikel. Sie trudelte aus und hob die Hände. Fast gleichzeitig packte jemand sie von hinten und presste sie zu Boden.

3

Hauptkommissar Tobias Mühlenberg und sein junger Kollege Henry Rieble sahen sich in dem Hotelzimmer um, während die Spurensicherung ihr Werk verrichtete. Die Mordverdächtige war verhaftet und würde im Präsidium in einem Vernehmungszimmer auf sie warten. Um den Tathergang besser einschätzen zu können, hatte Mühlenberg beschlossen, zunächst den Tatort zu inspizieren.

Der Anblick des toten Mannes würde ihn in den nächsten Wochen bis in den Schlaf verfolgen. Er hatte in seiner Karriere schon schlimmer zugerichtete Leichen gesehen, doch hatte der unglückselige Ingmar Beck Chancen, sich einen der vorderen Plätze zu sichern.

»Warum macht jemand so etwas?«, fragte Rieble.

Eine angemessene Frage, die sie hoffentlich im Verlauf der Vernehmung klären könnten.

»Hasst diese Frau Männer?«, fuhr Rieble fort. »Vielleicht wegen ihres Jobs?«

Der junge Kommissar war auf schnelle Antworten erpicht. Mühlenberg wusste dank seiner Berufserfahrung, wie selten man mit dem ersten Eindruck richtiglag. Eine

Lektion, die sein Kollege in den nächsten Jahren noch lernen würde. Trotzdem verstand er den Grund für seine Spekulation. Sie hatten in der Nachttischschublade zweihundert Euro Bargeld gefunden, außerdem war das Mordopfer unbekleidet. Der sichergestellte Koffer enthielt Massageöle. Die Täterin hatte wahrscheinlich eine sexuelle Dienstleistung angeboten. War dabei etwas schiefgelaufen? Unter diesem Blickwinkel lag Riebles Vermutung nahe. Trotzdem gab es Hinweise darauf, die gegen diese Annahme sprachen. Welche Prostituierte brachte ein Rasiermesser und eine Pistole mit zum Job?

Mühlenberg holte vorsichtig ein in einer Beweissicherungstüte steckendes Polaroid heraus. Das zeigte die Festgenommene in inniger Umarmung mit einem jungen Mann. Auf diesem Schnappschuss wirkte sie keineswegs wie eine Männerhasserin.

»Ich kann deine Gedanken lesen«, behauptete Rieble. »Du glaubst, jemand, der sich so auf einen Kerl einlässt, tötet nicht aus Männerhass. Ich bleibe dabei. Er könnte ihr Sohn sein.«

»Nein«, widersprach Mühlenberg. »Dafür ist der Altersunterschied nicht groß genug. Die sind zehn, höchstens zwölf Jahre auseinander.«

»Es könnten auch fünfzehn sein«, spekulierte Rieble. »Dann wäre sie sehr jung Mutter geworden, und es würde passen.«

»Noch weißt du nichts über das Verhältnis von Eltern und Kindern«, stellte Mühlenberg klar. »Selbst Vater zu werden, macht dich bald zu einem besseren Polizisten. Davon bin ich überzeugt.«

Rieble streckte ihm kurz die Zunge heraus. »Nur deshalb habe ich Lucy geschwängert, logisch. Um im Job besser zu werden. Nicht aus Liebe.«

»So wie auf diesem Foto präsentiert sich keine Mutter

mit ihrem Sohn. Guck dir an, wie nah ihre Hand an seinem Schritt liegt.«

Rieble musterte das Bild und nickte nachdenklich. »Der Punkt geht an dich.«

»Finden wir's raus. Fahren wir ins Präsidium. Ich bin gespannt, was sie preisgibt.«

* * *

Mühlenberg sichtete die ersten Ergebnisse, die ihm die Kollegen zur Verfügung gestellt hatten, und lächelte. Die Mordverdächtige war schon so gut wie überführt. Man hatte ihn informiert, wie ruhig sie sich Fingerabdrücke hatte abnehmen lassen und wie gelassen sie geblieben war, als man das Blut an ihr gesichert hatte. Fürchtete sie sich nicht vor den Laborergebnissen? Könnte sie ihre Lage so falsch einschätzen?

Die Frau saß mit vor dem Bauch gefesselten Händen am Vernehmungstisch. Für ihr erstes Gespräch war alles vorbereitet. Mühlenberg und Rieble musterten sie durch den Einwegspiegel. Die Mordverdächtige wirkte völlig gelassen.

»Kennen wir ihren Namen?«, fragte Rieble.

»Ihre Fingerabdrücke haben zu keinem Treffer geführt«, antwortete Mühlenberg. »Vielleicht verrät sie uns, wie wir sie ansprechen sollen.«

»Mich wundert's, dass sie noch keinen Anwalt verlangt hat«, stellte Rieble fest. »Ist das nicht immer das Erste, was solche Typen ...« Er hielt inne und grinste über seinen Fehler. »Frauen neigen eher zu Totschlag als zu Mord.«

»Und das selten bei Fremden«, bestätigte Mühlenberg. »Das sollten wir im Auge behalten. Vielleicht kannte sie Beck.«

Die Festgenommene wandte sich ihnen zu und schaute zum Spiegel. Sie zwinkerte provokant.

»Wow«, sagte Rieble. »Das nenne ich mutig.«

»Sie hält sich wohl für überlegen. Den Zahn werden wir ihr ziehen.« Mühlenberg dachte an das Polaroid. Eine ungute Vorahnung überkam ihn. Sie mussten dringend herausfinden, wer der junge Mann auf dem Bild war und ob es ihm gut ging. »Gehen wir!«

Sie verließen den Nebenraum. An der Tür zum Vernehmungszimmer tippte Rieble einen vierstelligen Code ein, woraufhin sich das Schloss summend entriegelte. Mühlenberg trat zuerst ein, gefolgt von Rieble. Sie setzten sich an den Tisch, und Mühlenberg legte eine Mappe zwischen sich und die Tatverdächtige. Dann startete er das Aufnahmegerät.

»Ich bin Kriminalhauptkommissar Mühlenberg, das ist mein Kollege Kriminalkommissar Rieble. Ist es richtig, dass Sie freiwillig auf einen Anwalt verzichten?«

»Vorläufig.« Die Frau lächelte. »Mal gucken, wie Sie sich führen.«

»Wie dürfen wir Sie ansprechen? Haben Sie einen Namen?«

Aus dem Lächeln der Frau wurde ein Grinsen. »Ärgerlich, wenn Fingerabdrücke kein Ergebnis bringen.«

»Da irren Sie sich«, erwiderte Mühlenberg. »Das erste aufschlussreiche Resultat liegt schon vor. Wir haben im Hotelzimmer ein Rasiermesser mit Ihren Fingerabdrücken sichergestellt. Anhand der Spuren lässt sich eindeutig feststellen, dass es sich dabei um das Tatwerkzeug handelt. Die Untersuchung der an Ihnen sichergestellten Blutspuren läuft zwar noch, aber ich bin mir sicher, das Ergebnis zu kennen. Es wird von Herrn Beck stammen.«

»Sie dürfen mich Tilda nennen.«

»Und wie weiter?«, fragte Rieble.

»Der Vorname reicht.«

»Okay, Tilda«, sagte Mühlenberg. »Warum haben Sie Herrn Beck getötet?«

»Habe ich das?«

Mühlenberg antwortete nicht, und auch Rieble ging nicht auf die Frage ein.

Tilda leckte sich mit der Zunge über die Lippen. »Es gibt einen Menschen, mit dem ich darüber in aller Offenheit sprechen würde. Leider ist das keiner von Ihnen beiden.«

Rieble lachte abfällig. »Wen sollen wir holen? Einen Priester? Oder Ihren Psychologen?«

»Hauptkommissar Lukas Sommer«, sagte sie, ohne eine Miene zu verziehen.

4

Vergangenheit.

»Komm mit, Papa, ich will dir was zeigen.« Der achtjährige David nahm seinen Vater bei der Hand und zog ihn in sein Zimmer.

»Was gibt's so Wichtiges?«, fragte sein Vater Bastian.

»Mein neues Buch.«

»Wieso hast du schon wieder ein neues Buch?«

»Papa! Hast du das vergessen? Heute war der Autor in unserer Klasse und hat daraus vorgelesen. Das war total lustig und spannend. Am Ende konnten alle, die genug Geld mithatten, das Buch kaufen.«

»Dafür hast du dein Taschengeld geopfert?«

»Mama hat es mir beim Frühstück gegeben.«

Auf dem Schreibtisch lag ein Hardcover, dessen Schutzumschlag hauptsächlich in Blau gehalten war. Ein blonder Junge mit rotem T-Shirt stand auf einem roten Skateboard und schien gerade einen hohen Sprung auszuführen. Oder flog er mit dem Board?

»Der Autor hat etwas für mich ins Buch geschrieben.« Stolz schlug David die erste Seite auf.

»Für David!«, las Bastian vor. »Ich wünsche dir viel Spaß. Danke für dein Interesse.« Er klappte den Einband wieder zu. »Das ist ja nett.«

»Liest du mir daraus vor?«

»Nach dem Zähneputzen. Einverstanden?«

Eine Viertelstunde später lagen sie gemeinsam auf dem Bett. David hatte sich eingekuschelt, Bastian lag über der Decke.

»Liest du bis zum Kapitel mit der Babysitterin?«, bat der Junge. »Das ist irre witzig.«

Bastian blätterte bis zu der Stelle. »Das sind ja fünfzig Seiten.«

»Ausnahmsweise. Bitte. Weil du drei Tage nicht da bist.« David zog einen Schmollmund. »Das ist so lange. Kannst du nicht hierbleiben?«

»Leider nicht. Mein Chef hat das angeordnet.«

»Sonst kommst du abends immer nach Hause.«

»Ich weiß. Diesmal geht das nicht. Tut mir echt leid. Aber glaub mir. Die Tage sind ruckzuck vergangen. Und nur deshalb lese ich bis zur Babysitterin.«

Nun strahlte David. »Das ist so lustig. Bestimmt musst du laut lachen. All meine Freunde haben geprustet, als ...«

»Stopp! Nichts verraten. Fangen wir an. Kapitel eins: Ein Alien im Jungenklo.«

David kicherte. »Auch das ist voll witzig.«

Eine halbe Stunde später legte Bastian Schubert im Schlafzimmer seinen kleinen Koffer aufs Bett. Seine Frau

Christine gesellte sich zu ihm und nahm ihn von hinten in den Arm.

»David und ich werden dich sehr vermissen. Danke, dass du dir gerade so viel Zeit für ihn genommen hast. Es tut immer gut, ihn lachen zu hören.«

»Das schönste Geräusch der Welt, oder?« Bastian drehte sich zu seiner Frau um und küsste sie. »Ich hab überhaupt keine Lust auf diese drei Tage. Teambuilding. Was für ein Quatsch! Nur weil wir jetzt einen anderen Teamleiter haben, muss ich nicht meine Kollegen, die ich seit Jahren kenne, neu kennenlernen. Aber was soll ich machen?« Er zuckte die Achseln.

»Vielleicht ist ja das Hotel schön«, sagte Christine.

»Hoffentlich lässt er uns zumindest abends in Ruhe. So wie ich ihn einschätze, hat er bestimmt etwas organisiert. Bowling. Oder Darts. Irgendwas, um den Gruppengedanken zu stärken. Er ist ja eher ein sportlicher Typ.« Bastian schnaubte. »Ich packe eben meine Sachen. Dann komm ich zu dir. Gucken wir die Serie zu Ende? Schaffen wir das überhaupt? Waren es noch zwei oder drei Folgen?«

»Zwei. Ich warte im Wohnzimmer auf dich.« Sie gab ihrem Mann ein Kuss.

Bastian schaute ihr nach. Ihm schoss der Gedanke durch den Kopf, wie viel Glück er mit Christine und David hatte. Umso weniger begriff er, was ihn wirklich bewegte. Worüber er seit unzähligen Monaten fast ausschließlich nachdachte. Wieso bekam er das nicht mehr aus dem Schädel? Er seufzte innerlich. Dann trat er an den Schrank.

* * *

Sie hatten die Außenjalousie nur bis zur Hälfte heruntergelassen. Das Licht von der Straßenlaterne erhellte leicht den Raum. Bastian lag auf seiner Frau und küsste sie sanft. Christine hielt die Augen geschlossen.

»Das ist so schön«, murmelte sie.

Er bewegte sich etwas schneller und stöhnte. Sein Höhepunkt stand unmittelbar bevor. Als es so weit war, legte er den Kopf in den Nacken und atmete langgezogen aus. Dann küsste er erneut seine Frau.

»Ich entsorge eben das Kondom«, sagte er, umfasste den Rand des Gummis und glitt aus Christine. Auf seinem Nachttisch lag ein vorbereitetes Taschentuch, in das er das Kondom einwickelte.

»Wir sollten noch mal darüber reden«, flüsterte sie. »David wird bald neun. Falls er ein Geschwisterchen haben soll, läuft uns die Zeit davon.«

»Ich weiß. Lass uns das besprechen, wenn ich am Wochenende wieder da bin. Dann habe ich den Kopf dafür frei.« Er lächelte ihr zu und verließ das Schlafzimmer.

Im Bad warf er das Taschentuch in den Mülleimer und musterte sein Spiegelbild. Ein weiteres Kind kam für ihn nicht infrage. Wieso brachte er es nicht über sich, Christine diesen Wunsch auszureden? Stattdessen vertröstete er sie immer wieder, während sie es immer häufiger ansprach. Ein Kompromiss war nicht möglich. Entweder oder. Andere Alternativen gab es nicht.

Zurück im Schlafzimmer ließ er die Außenjalousie bis auf ein paar Luftschlitze herunter und legte sich zu seiner Frau. Sie kuschelte sich an ihn.

»Ich liebe dich«, wisperte sie.

»Und ich dich.«

* * *

Bastian starrte auf den Wecker. Zwei Uhr vierzig. Wie lange hatte er geschlafen? Maximal anderthalb Stunden. Der gleichmäßige Atem neben ihm war nicht zu überhören. Christine plagte sich nicht mit seinen Schlafstörungen herum.

Was stimmte bloß nicht mit ihm? Er führte eine glückliche Ehe, vor allem, wenn er sich mit gleichaltrigen Freunden in ähnlicher Lebenslage verglich. Sein Sohn vergötterte ihn und bereitete außerdem keine Schwierigkeiten. Ganz im Gegenteil. Er war ein guter, sportlicher, beliebter Schüler. Konnte man sich als Vater mehr wünschen? Trotzdem war Bastian nicht zufrieden. Er hätte gern Christine die Schuld zugeschoben, die ihn mit ihrem neuerlichen Kinderwunsch unter Druck setzte. Doch das war nur die halbe Wahrheit. Ja, er wollte kein zweites Kind. Die finanzielle Belastung erschien ihm zu hoch. Außerdem hatte er Davids Babyphase nicht so sehr genossen wie Christine. Dennoch hätte er sich mit ihrem Wunsch arrangieren können. Wenn ihn nicht etwas plagen würde, von dem seine Frau nichts ahnte.

Vorsichtig drehte er sich zu ihr um. Durch die Luftschlitze fiel mattes Licht ins Zimmer. Es reichte, um seine Frau mustern zu können. Sie lag auf der Seite, ihr Gesicht ihm zugewandt. Er konzentrierte sich auf ihren Hals. Unaussprechliche Gedanken kamen ihm in den Sinn. Woher stammten sie bloß? Er verstand es einfach nicht. Zumindest kapierte er, dass sie offenbar nicht wieder verschwinden würden. Der Wunsch in ihm war geweckt. Was ihn zugleich ängstigte und faszinierte.

Als hätte Christine sein Starren im Schlaf bemerkt, wandte sie sich von ihm ab. An seinen Fantasien änderte das nichts.

* * *

Bastian saß auf dem Hotelbett und schüttelte den Kopf, die Stirn auf die Hände gestützt. Was hatte er bloß getan? Wie sollte er es Christine je erklären, falls sie es herausfände?

Er stand auf, ging ins Badezimmer des kleinen Hotelzimmers, drehte den Wasserhahn auf und spritze sich kaltes Wasser ins Gesicht.

»So dumm!«, flüsterte er. »Du bist so bescheuert!«

Schon der erste Tag des Teambuildings war für ihn die Hölle gewesen. Mit jeder verstrichenen Stunde hatte er das Gefühl gehabt, zu implodieren. Wahnsinnig zu werden. Wie sollte man den Mist, den der Teamleiter von sich gab, noch zwei weitere Tage ertragen? Und wie befürchtet, hatte die neue Führungskraft abends eine Bowlingbahn angemietet. Sie hatten während der Spiele in Maßen Alkohol getrunken, dazu Nachos mit Käsesauce und Jalapeños gegessen. Erst gegen halb elf war Bastian in sein Hotelzimmer zurückgekehrt – mit dem sicheren Wissen, keinen weiteren Tag auszuhalten. Also hatte er sich heute Morgen telefonisch bei seinem Teamleiter krankgemeldet und behauptet, seit der Nacht nicht von der Toilettenschüssel wegzukommen. Zur Mittagszeit war Bastian nach Frankfurt zurückgefahren, aber nicht nach Hause. Stattdessen hatte er sich ein günstiges Hotelzimmer gesucht. Christine sollte nichts von seiner Krankmeldung erfahren. Das war zumindest ursprünglich der Plan. Nun am frühen Abend fragte er sich allerdings, wieso er so dumme Entscheidungen fällte. Was brachte es ihm, zwei Nächte außer Haus zu verbringen? Wie würde Christine reagieren, sollte sie das je herausfinden?

Sie wollte unbedingt ein zweites Kind. Hatte er einfach bloß Angst vor der Konfrontation, weil das für ihn nicht infrage kam? Oder steckte mehr hinter seiner Flucht in ein billiges Hotelzimmer? Vielleicht sogar die Gedanken, die ihn seit einiger Zeit zugleich faszinierten und erschreckten?

Er öffnete die Minibar, in der auch kleine Flaschen mit

Spirituosen standen. Bastian entschied sich für Wodka, drehte den Verschluss auf und kippte den Alkohol herunter.

Er musste nachdenken und eine Entscheidung treffen. Vielleicht würde ihm Wodka kombiniert mit lauter Musik helfen, einen klaren Kopf zu bekommen. Er öffnete die Chat-App und schrieb seiner Frau. Er behauptete, sich auch am zweiten Tag des Events tödlich zu langweilen und sich schon auf zu Hause zu freuen. Christine antwortete ihm rasch und erzählte von ihren Erlebnissen mit David. Zum Glück schlug sie kein Telefonat vor. So fiel es ihm nicht schwer, seine Lüge aufrechtzuerhalten. Am Ende schrieb sie, wie sehr David und sie ihn vermissen würden und sich auf seine Rückkehr freuten. Er spiegelte ihre Gefühle, obwohl er sie nicht empfand. Wenn er ehrlich zu sich war, vermisste er nicht einmal seinen Sohn.

****

Der Club, den er sich ausgesucht hatte, lag ungefähr zehn Fußminuten vom Hotel entfernt. Ob er unterwegs jemandem begegnen würde, der ihn oder Christine kannte? Unwahrscheinlich, aber nicht völlig ausgeschlossen. Vielleicht sollte es sogar so sein. Dann würde ihm das Schicksal die Entscheidung abnehmen, wie er seine Frau ins Bild setzen würde.

Ohne auch nur einmal den Kopf zu senken, verließ er das Hotel und schlenderte gelassen zu dem Club, der an diesem Wochentag gut besucht war. Als er die Tür öffnete, schallte ihm pulsierender Techno entgegen. Genau das Richtige. Ein Abend Alkohol, Tanzen, Ekstase. Morgen würde er eine Entscheidung treffen.

Er betrat den Laden und steuerte die Theke an, wo er sich einen Wodka Energy bestellte. Zu dem Club gehörte eine eher kleine Tanzfläche, auf der vor allem Frauen im Takt der Musik ihre Körper bewegten.

Bastian bemerkte rasch eine blonde Frau mit schönen Kurven. Sie trug ein figurbetontes Kleid, das ihr bis zum Oberschenkel reichte, und Stiefel, die ihre Knie überdeckten. Eine attraktive Erscheinung. Ihre Augen waren geschlossen. Bastian trank sein Glas leer und stellte sich vor, zu ihr auf die Tanzfläche zu gehen und sich von hinten an sie zu schmiegen. Er würde sie mit ins Hotel schleppen und alles mit ihr anstellen, was ihm fast ununterbrochen durch den Kopf ging.

Um möglichst schnell einen guten Alkoholpegel zu erreichen, orderte er an der Bar das nächste Getränk. Zu seinem Glück besetzte in der kurzen Zeit niemand seine Beobachtungsposition. So konnte er seine Auserwählte im Auge behalten, bis er bereit wäre, sie anzusprechen.

»Fuck«, murmelte er eine halbe Stunde später.

Die Frau hatte lange allein getanzt. Beinahe wäre er schon auf Tuchfühlung gegangen. Dann hatte ein Typ sie angesprochen, sie hatte die Augen geöffnet und war ihm um den Hals gefallen. Er hatte viel Zeit auf eine vergebene Schlampe verschwendet.

Frustriert ging er zur Theke und bestellte noch einen Wodka Energy. Kaum hatte der Barkeeper ihm das Getränk auf den Tresen gestellt, griff er danach und drehte sich um. Sollte er den nächtlichen Ausflug bald beenden? Vielleicht könnte er dann sogar am nächsten Morgen zum Teambuilding zurückkehren, um sich keine Nachteile bei der Arbeit einzubrocken.

Bastian trank einen Schluck und ließ seinen Blick schweifen. Keine zehn Meter entfernt stand eine wahnsinnig attraktive, ebenfalls blonde Frau. Sie trug ein weißes

Herrenunterhemd, das sie mit einem schwarzen BH, Minirock und hochhackigen Schuhen kombinierte. Seine Augen glitten über ihren Körper. Auf ihrem linken Oberschenkel prangte eine große Tätowierung mit faszinierendem Motiv. Ein Fleischermesser mit breiter Klinge, in der sich ein Totenkopf spiegelte. Bastian fiel es schwer, den Blick von der Frau zu nehmen. Was hatte sie zu diesem Tattoo bewegt? Welche Geschichte steckte dahinter?

Er leerte das Glas zur Hälfte. Als er es absetzte, wandte sich die Frau ihm zu. Ihre Blicke trafen sich, keiner von ihnen schaute rasch wieder weg. Ganz im Gegenteil. Ihr Blickkontakt hielt über viele Sekunden an. Sie lächelte ihm zu. Zaghaft erwiderte er das Lächeln. Daraufhin hob sie eine Hand und winkte ihn mit dem Zeigefinger zu sich.

Ihre Lippen formten Wörter. Sagte sie: »Komm her«?

Das würde er herausfinden. Er setzte sich in Bewegung. Das Schicksal hatte für ihn eine Entscheidung getroffen.

5

Gegenwart.

»Wieso wollen Sie Hauptkommissar Sommer sprechen?«, fragte Mühlenberg. »Das ist ein ungewöhnlicher Wunsch. Nach einer Festnahme kann sich eine Tatverdächtige wie Sie nicht aussuchen, welchem Kriminalkommissar sie gegenübersitzt. Das ist kein Wunschkonzert.«

Mühlenberg war froh über Riebles Schweigen. Da sein Kollege sich erst vor wenigen Jahren in Frankfurt beworben hatte, konnte er mit Lukas' Namen vermutlich nichts anfangen. Es wäre ungünstig, wenn er das preisgegeben hätte.

»Sommer ist ein wahnsinnig attraktiver Mann. Nichts für ungut. Sie beide sind als Männer okay, aber mit Sommer können Sie nicht mithalten. Und bitte, tun Sie mir und Ihnen einen Gefallen. Behaupten Sie erst gar nicht, er sei tot. Ich habe mehrfach an seinem Grab Ruhe und Frieden gefunden. Ein schöner Ort. Bis die Grabstätte plötzlich verschwunden war. Einfach so. Das hat mich misstrauisch gemacht. Also hab ich angefangen, mich umzusehen. Es hat alles ein bisschen gedauert, aber mittlerweile weiß ich, wo er, seine Frau Jennifer und sein Sohn Jeremias wohnen. Und ich habe herausgefunden, für welche Behörde er arbeitet. Wiesbaden.« Sie schüttelte theatralisch den Kopf. »Was hat ihn bloß dahin verschlagen? Ausgerechnet Wiesbaden. Verstehen Sie das?«

Mühlenberg ließ sich nichts anmerken, obwohl ihn erschütterte, wie viel diese Tilda wusste. Was hatte das zu bedeuten? Schwebte Lukas in Gefahr? Hatte sie es auf dessen Familie abgesehen?

Tilda gähnte, ohne sich die Hand vor den Mund zu halten.

»Vielleicht sollten wir unsere Unterhaltung morgen wie bisher ohne Anwalt fortführen. Aber ich erwarte, Sommer gegenüberzutreten. Der Verzicht auf meine Rechte kostet Sie Entgegenkommen.«

»Okay«, erwiderte Mühlenberg. »Sie werden die Nacht im Untersuchungsgefängnis verbringen und morgen ins Präsidium zurückgeholt. Dann sehen wir weiter.«

»Ich kann's kaum erwarten.«

* * *

»Wer ist Lukas Sommer?«, fragte Rieble auf dem Flur.

»Ein ehemaliger Kollege. Guter Mann. Arbeitet inzwischen für die KEG.«

»Und was hat das mit seinem Grab zu bedeuten?«

Mühlenberg seufzte. »Gehen wir in unser Büro.« Ohne eine Antwort abzuwarten, lief er los. »Lukas und seine damalige Partnerin haben in einem Entführungsfall ermittelt. Carla und Simon. Ein Teenager und dessen deutlich jüngerer Bruder. Noch in der Grundschule, der Kleine. Der Entführer lockte Lukas und Lisa Jung, so hieß seine Partnerin, in eine Falle. Er zwang Carla, auf Lisa und

Lukas zu schießen. Lisa starb, Lukas überlebte. Das wusste damals nur Lukas' Vorgesetzter. Sie beschlossen, Lukas undercover ermitteln zu lassen. Drei Jahre lang galt er als tot. Dann fand er endlich eine Spur, rettete die Geschwister und überführte den Kidnapper. Es war Lukas' Vorgesetzter.«

»Ein Polizist?«

»Polizeirat Koch. Hat sich im Gefängnis erhängt.«

»Oh mein Gott. Wieso wusste ich davon nichts?«

»Das ist eine der Geschichten, die in der Stadt gern unter den Teppich gekehrt werden. Selbst Lukas' Sohn und seine Frau, die damals von ihm getrennt lebte, wussten nichts davon. Inzwischen lebt er wieder mit Jennifer und Jeremias zusammen. Mir gefällt's gar nicht, dass unsere Mordverdächtige ihre Namen kennt.«

»Was machen wir jetzt?«

Sie erreichten das Büro. Mühlenberg schaltete die Deckenbeleuchtung an und setzte sich an den Schreibtisch, auf dem eine Nachricht lag.

»Das ist gut«, murmelte er. »Die Kollegen haben in den sozialen Medien ein Profil des jungen Mannes gefunden, der auf dem Polaroid zu sehen ist. Sie haben ihn identifiziert. Er lebt bei seinen Eltern hier in Frankfurt. Also so viel zu deiner Theorie, sie könnte die Mutter sein.« Mühlenberg schaute auf die Uhr. »Den Besuch bei ihm verschieben wir auf morgen früh. Aber ich gebe heute noch Lukas Bescheid. Das erscheint mir wichtiger. Vielleicht hat er gar keine Zeit, um uns zu unterstützen.«

»Wart ihr gut befreundet?«

»Er hat damals mich kontaktiert, als er herausgefunden hatte, wo der Polizeirat Carla und Simon gefangen hielt. Mir hat Lukas immer vertraut. Waren wir deswegen Freunde?« Mühlenberg zuckte mit den Achseln. Über die Probleme, mit denen sich Sommer damals herumgeschlagen hatte, wollte er nichts erzählen. Zumindest heute Abend nicht.

* * *

Jennifer Sommer schüttete einige Paprikachips in die leere Holzschale. »Willst du wirklich nichts mehr? Gleich sind sie alle.«

»Iss, so viel du willst! Ich bin pappsatt«, antwortete Sommer.

»Du hast ja nur eine Handvoll gegessen. Wie kann man da satt sein?«

Das Klingeln des Telefons ersparte Sommer eine Antwort. Er schaute aufs Display. »Nanu! Was will der denn?«

»Robert?«, fragte Jennifer.

»Nein. Tobias Mühlenberg.« Er legte den Finger aufs grüne Hörersymbol und schob es in die Mitte des Displays. »Hallo, Tobias.«

»Hallo, Lukas. Ich stehe vor der Haustür und würde mich gern mit dir unterhalten.«

Sofort erhob sich Sommer. »Warum hast du nicht geklingelt?«

»Keine Ahnung. Vielleicht wollte ich dir die Gelegenheit geben, meinen Anruf wegzudrücken.«

Die Worte seines ehemaligen Kollegen klangen unheilvoll. »Ich öffne dir. Bis gleich.« Er trat an die Tür und betätigte den Türöffner.

»Was will er?«, fragte Jennifer.

»Anscheinend nichts Gutes.«

Der Anblick des Frankfurter Hauptkommissars bestätigte den Eindruck. Zwar rang der sich ein Lächeln ab, doch sah Sommer ihm den inneren Kampf an. Die Männer reichten sich die Hand. »Komm rein!«

Er führte Mühlenberg ins Wohnzimmer.

»Hallo, Jennifer«, sagte der Polizist. »Lange her.«

»Sehr lange«, bestätigte sie, trat zu ihm und gab ihm ebenfalls die Hand. »Soll ich euch allein lassen?«

»Nein«, antwortete Mühlenberg. »Dich betrifft es auch.«

»Das klingt alles nicht gut«, stellte Sommer fest. »Setzen wir uns. Was ist passiert?«

Mühlenberg zog einen Stuhl am Esstisch zurück, setzte sich und berichtete von dem Einsatz, der ihn in das Frankfurter Hotel geführt hatte. »Meinen Partner Henry Riebel kennst du nicht, oder?«

»Nein. Wir sind uns noch nicht begegnet.«

Mühlenberg fuhr fort, erzählte von dem Polaroid und dass es an der Täterschaft der Frau keinen begründeten Zweifel gab. »Im Vernehmungszimmer verzichtet sie zwar auf einen Anwalt, ist aber nicht sehr gesprächig. Bis sie völlig unerwartet deinen Namen nennt.«

»Sie hat von mir gesprochen?«

Mühlenberg nickte. »Sie wusste über dein Grab Bescheid. Es hat sie misstrauisch gemacht, als es plötzlich verschwunden war. Außerdem hat sie Jennifer und Jeremias erwähnt. Ist euer Junge auch da?«

»Der übernachtet bei seiner Freundin«, antwortete Jennifer.

»Vielleicht gar nicht schlecht. Auf jeden Fall will diese Tilda ausschließlich mit dir sprechen. Kennst du sie?«

Mühlenberg zog sein Telefon aus der Jackentasche und rief ein Bild der mutmaßlichen Mörderin auf. Er reichte Sommer das Gerät.

Der musterte in aller Ruhe das Foto. »Ich habe die Frau noch nie gesehen.«

»Bist du dir sicher?«

Sommer zögerte nicht lange. »Ja. Daran könnte ich mich erinnern.«

»Wieso weiß sie dann über dich ... über *uns* Bescheid?«, fragte Jennifer.

»Keine Ahnung.«

»Kennst du sie vielleicht aus der Undercoverermittlung in der Rockergang?«, hakte Jennifer nach.

Noch einmal musterte Sommer in aller Ruhe das Foto der Mordverdächtigen. Irgendetwas an ihr kam ihm bekannt vor, doch wusste er sie nicht einzuordnen. »Sie ist attraktiv. So ein Gesicht vergisst man nicht so leicht.«

»Und du hattest mit Nutten zu tun. Würde das nicht passen? Du hast nie damit hinterm Berg gehalten, dass da einige hübsche Frauen bei waren.«

»Sie ist ziemlich sicher keine der Professionellen, mit denen ich damals Kontakt hatte.«

»Ich möchte dir noch ein Bild zeigen«, sagte Mühlenberg. »Wie schon erwähnt, haben wir ein Polaroid sichergestellt. Darauf ist die Frau mit einem deutlich jüngeren Mann in inniger Pose zu sehen. Wir haben in den sozialen Medien ein Profil von ihm gefunden. Erkennst du ihn vielleicht?«

Mühlenberg öffnete das Profil und zeigte es Sommer.

»Fehlanzeige«, brummte der. »Habt ihr ihn schon gesprochen?«

»Nein. Wir wollen morgen früh zu ihm und seinen Eltern, wo er gemeldet ist. Mir war es wichtiger, dich heute ins Bild zu setzen. Tilda wird vermutlich nichts preisgeben, es sei denn, du tauchst im Präsidium auf.«

»Was sagt dein Vorgesetzter dazu?«, fragte Sommer. »Immerhin gehöre ich nicht mehr zu euch. Wäre er mit meiner Anwesenheit einverstanden?«

»Du ermittelst für die KEG und hast bundesweite Befugnisse. Da sehe ich kein Problem. Würdest du uns morgen unterstützen?«

Sommer suchte den Blick seiner Frau, die ihm aufmunternd zulächelte. Wie immer unterstützte Jennifer ihn – egal, wie er sich entscheiden würde.

»Ich möchte nur ungern unvorbereitet einer Mörderin gegenübersitzen, die über mich besser Bescheid weiß als umgekehrt.«

»Das heißt?«, fragte Mühlenberg.

»Hast du für morgen früh schon einen Zeitplan aufgestellt?«

»Das mache ich von dir abhängig.«

»Könnten wir zuerst zu dem jungen Mann und seinen Eltern fahren? Vielleicht erfahren wir so mehr über die Gefangene.«

»Lässt sich einrichten. Also hilfst du uns?«

Mühlenberg reichte ihm über den Tisch hinweg die Hand. Sommer schlug ein.

»Wann soll ich im Präsidium sein? Dann könntest du mir deinen Partner vorstellen, und wir fahren anschließend zu dritt zu dem jungen Mann.«

Fünf Minuten später schloss Sommer hinter Mühlenberg die Tür.

»Du wirkst beunruhigt«, stellte Jennifer fest.

Sommer nickte. Was ihm Mühlenberg über den Mord in dem Hotel und den Fluchtversuch der Frau berichtet hatte, gefiel ihm nicht. So handelte keine Mörderin, die einen Streit mit einem Freier hatte. Dahinter steckte mehr. Wieso kannte die Täterin seinen Namen, wusste über Sommers Familie und seinen neuen Job Bescheid? Das schmeckte ihm nicht.

»Mir gefällt's nicht, dass ich mich nicht an sie erinnere. Irgendwoher müssen wir uns ja kennen. Sonst würde sie nicht darauf bestehen, mit mir zu sprechen.«

»Du bist unseretwegen beunruhigt«, sagte Jennifer.

Sommer lächelte. »Sei in nächster Zeit einfach ein bisschen wachsamer. Und wir sollten Jeremias sensibilisieren, ohne ihn zu alarmieren.« Er schaute auf seine Armbanduhr. »Ich rufe eben Robert an. Der muss wissen, warum ich morgen nicht wie gewohnt im Präsidium auftauche. Geh schon mal ins Bett. Keine Ahnung, wie lange ich mit Robert telefoniere.«

»Lass dir Zeit«, sagte Jennifer. »Ich warte im Schlafzimmer.«

Sie küsste ihn, ehe sie den Raum verließ. Sommer sah ihr hinterher. Heute Nacht würde er sich den Kopf darüber zerbrechen, wie er mit der unausgesprochenen Drohung gegenüber Jeremias und Jennifer umgehen sollte. Verbrecher erwähnten den Namen von Polizeiangehörigen nie grundlos. Er vermutete einen tieferen Sinn hinter den Worten der mutmaßlichen Mörderin. Oder diente das nur dazu, seine Aufmerksamkeit zu wecken? Das war ihr gelungen.

6

Sommer klopfte an die angelehnte Bürotür.

»Herein«, erklang es von innen.

Sommer stieß die Tür auf. Mühlenberg erhob sich vom Schreibtischstuhl. Ihm gegenüber saß ein deutlich jüngerer Kollege.

»Hallo, Lukas. Schön, dass du es geschafft hast. Henry, das ist der sagenumwobene Lukas Sommer. Lukas, das ist mein Partner Henry Rieble. Guter Mann.«

»Freut mich«, Sommer schüttelte den beiden die Hände. Rieble erwiderte den Händedruck ein bisschen zu stark, doch Sommer reagierte nicht auf dieses Dominanzgebaren. »Glauben Sie Ihrem Partner nicht alles. Von wegen sagenumwoben und so.«

»Das, was Tobias gestern angedeutet hat, klang ziemlich spannend. Sie waren offiziell für tot erklärt? Wow! Einem lebendigen Toten steht man selten gegenüber.«

»Die beste Tarnung, die man sich für einen Undercovereinsatz vorstellen kann.«

»Und was hat Ihre Familie dazu gesagt? Wusste die wirklich nichts davon? Nicht das kleinste bisschen?«

»Meine Frau und ich lebten damals getrennt. Ich hatte Fehler gemacht, über die ich heute nur ungern rede. Aber ja, sagen wir mal so: Als ich drei Jahre nach meiner Beerdigung zu Hause auftauchte, war Jennifer überrascht und schockiert zugleich.«

»Krass! Und dass Sie dann auch noch den eigenen Vorgesetzten als Kindesentführer enttarnt haben und ...«

»Genug in der Vergangenheit geschwelgt«, unterbrach ihn Mühlenberg. »Vielleicht ergibt sich auf dem Weg zu dem Jungen eine Gelegenheit, darüber zu plaudern.« Er beugte sich dicht ans Ohr seines Partners. »Hier im Präsidium ist es besser, nicht über Koch zu sprechen. Das war damals eine ziemlich peinliche Nummer für alle.«

Rieble nickte verständnisvoll. Mühlenberg trat wieder ein Stück zur Seite.

»Lukas, als Erstes solltest du dir das Video der gestrigen Vernehmung ansehen. Setz dich bitte auf meinen Platz. Ich hab das schon vorbereitet.«

Sommer folgte der Aufforderung, Mühlenberg stellte sich an seine Seite. Mit einem Mausklick startete er die Videoaufzeichnung vom Vortag. Sommer schaute sie sich fünf Minuten an, ehe er den Clip stoppte.

»Jetzt bin ich mir hundertprozentig sicher. Ich kenne diese Frau nicht. Weder habe ich sie jemals gesehen, noch sagt mir ihre Stimme oder ihre Sprachmelodie etwas.«

»Wie kann es sein, dass sie dann nach Ihnen verlangt?«, fragte Rieble.

»Keine Ahnung«, antwortete Sommer. »Vielleicht gehörte sie zu der Rockergang, ohne dass ich ihr persönlich begegnet bin. Oder zu der rivalisierenden Bande. Sie müssen wissen, ich habe damals undercover nicht bloß nach den entführten Kindern gesucht. Polizeirat Koch hat mich in eine Rockergang geschleust. Er wollte sie zerschlagen, weil er selbst bei einer anderen Gang Geld investiert hatte.

Das ist die einzige Erklärung, die mir einfällt. Diese Frau und ich haben noch nie miteinander gesprochen. Daran könnte ich mich erinnern.«

»Schade«, brummte Mühlenberg. »Aber nicht zu ändern.«

»Was machen wir jetzt?«, fragte Rieble. »Tilda wird um elf Uhr aus dem Untersuchungsgefängnis hergebracht.«

»Zeit genug, um zu dem Jungen und seinen Eltern zu fahren«, erwiderte Mühlenberg. »Hoffentlich treffen wir einen von ihnen an.«

»Ihr habt sie nicht telefonisch vorgewarnt?«, wollte Sommer wissen.

»Nein«, antwortete Mühlenberg. »Mir ist es lieber, unangekündigt dort aufzutauchen, solang ich nicht weiß, mit wem wir es zu tun haben.«

* * *

Nach einer knapp zwanzigminütigen Fahrt erreichten sie das Wohnviertel, in dem nur Einfamilienhäuser standen.

Mühlenberg deutete auf ein verklinkertes Haus mit roten Dachschindeln. »Da vorn.«

In der Garagenauffahrt stand ein in die Jahre gekommener Kombi. Rieble parkte vor der Auffahrt. Die Polizisten stiegen aus und musterten das einstöckige Gebäude, ohne hinter den Fensterscheiben eine Bewegung zu bemerken. Nirgendwo brannten Lichter. Sie gingen auf den Hauseingang zu. Unter der Klingel hing ein Messingschild mit dem Nachnamen der Familie: Hercher.

Mühlenberg klingelte und trat einen Schritt zurück. Rieble und Sommer standen hinter ihm. Es dauerte nur wenige Sekunden, bis ihnen eine etwa fünfzigjährige Frau die Tür öffnete.

Beim Anblick der unerwarteten Besucher riss sie den Mund auf. »Polizei?«, fragte sie kaum hörbar.

Mühlenberg nickte. »Hauptkommissar Mühlenberg, Prä...«

»Haben Sie Alexander gefunden?«, unterbrach die Frau ihn.

Im Hintergrund tauchte ein etwas älterer Mann auf. Ein grauer Vollbart dominierte sein Gesicht. Sein Kopf war kahl.

»Polizei?«, fragte auch er. »Was ist mit Alexander? Geht es ihm gut?«

»Wir hatten gehofft, ihn hier anzutreffen. Haben Sie ihn vermisst gemeldet?«, erwiderte Mühlenberg. »Davon weiß ich nichts.«

»Nein, nein«, sagte der Mann, der seine Frau zur Seite schob. »Er ist schon so oft verschwunden. Aber wenn plötzlich Polizeibeamte ...« Er räusperte sich. »Wollen Sie reinkommen? Weswegen sind Sie hier? Hat Alexander etwas ausgefressen?«

Sie setzten sich ins Wohnzimmer. Die Eltern schauten die Polizisten erwartungsvoll an.

»Wir würden gern ein paar Hintergrundinformationen sammeln, bevor wir auf den Grund unseres Besuchs kommen«, sagte Mühlenberg. »Habe ich das richtig verstanden? Sie haben derzeit keinen Kontakt zu Ihrem Sohn, was nicht zum ersten Mal vorkommt?«

Der Vater nickte. »Alexander ist jetzt zweiundzwanzig. Seit er sechzehn ist, macht er nur Probleme. Abgebrochene Schule, hingeworfene Ausbildungen. Solche Kaliber. Außerdem konsumiert er Marihuana und was sonst noch alles. Keine Ahnung, was wir falsch gemacht haben. Vielleicht haben wir ihn zu sehr verwöhnt. Er ist unser einziges Kind.«

»Seit wann ist er verschwunden?«, fragte Sommer.

»Seit vier Tagen«, antwortete die Mutter. »Davor war er zehn Tage hier mit seiner neuen *Freundin*.« Sie betonte das Wort abschätzig.

»Kennen Sie die Freundin von früher?«, wollte Mühlenberg wissen.

»Nein. Den Umgang hätten wir ihm untersagt. Aber Susanne und ich waren so froh, Alexander zu sehen. Wir hatten drei Monate nichts von ihm gehört, kannten nicht einmal seine aktuelle Handynummer. Das einzige Lebenszeichen von ihm waren seine gelegentlichen Postings bei Tiktok. Dann taucht er abends plötzlich auf und hat diese Tilda im Schlepptau. Fragt, ob sie ein paar Tage hier schlafen können.«

»Ich habe sofort Ja gesagt. Wie man als besorgte Mutter reagiert. Alexander wohnt seit Jahren im Souterrain in einer Einliegerwohnung. Die ist auch groß genug für zwei. Über eine normale, gleichaltrige Freundin hätten wir uns gefreut. Aber sie ist angeblich fünfunddreißig. Falls das stimmt. Mir kam sie älter vor. Und selbst wenn. Was will eine Frau mit einem dreizehn Jahre jüngeren Freund? Der kann ihr nichts bieten. Dann auch noch diese Tattoos. Schrecklich!«

»Alexander weiß genau, was wir über Tätowierte denken.«

Mühlenberg hob die Augenbrauen. »Die Frau ist tätowiert? Am ganzen Körper?«

»Nein«, antwortete der Vater. »Man sieht es nur, wenn sie etwas Kurzärmliges trägt. Zumindest das!« Er seufzte. »Sie kamen hier abends an und sind über eine Woche geblieben. Haben immer mindestens bis mittags geschlafen. Sind nachts lange wach geblieben, ließen laute Musik laufen, die wir bis ins Schlafzimmer hörten. Und nicht nur die Musik, wenn Sie verstehen. Gerade die Frau ist provozierend laut. Die wenigen Male, die wir gemeinsam gegessen haben, verliefen eher wortkarg. Tilda hat kaum was von sich preisgegeben. Wir wissen nicht, wo sie sich kennengelernt haben oder auch nur ein Detail über ihre Herkunft. Angeblich hat sie früher als Model gearbeitet. Könnte schon passen. Sie ist sehr hübsch. Umso mehr frage ich mich, was sie von einem ... Bubi wie Alexander will. Der ist nicht ihre Kragenweite. Die beiden überlegen, mit Tiktok Geld zu verdienen. Als hätte das eine Zukunft.«

»Und dann sind sie wieder plötzlich verschwunden?«, fragte Mühlenberg.

»Ohne Vorwarnung«, erklärte der Vater. »Einfach so. Zumindest das sind wir von Alexander gewohnt.«

»Ich möchte Ihnen ein Polaroid zeigen. Können Sie uns bestätigen, ob es sich bei der Frau um diese Tilda handelt?« Mühlenberg zog das Foto aus der Jackentasche und schob es den besorgten Eltern zu.

»Ja, das ist sie«, sagte der Vater sofort.

Auch die Mutter nickte. »Woher haben Sie dieses Bild?«

»Es wurde am Schauplatz eines Mordes gefunden«, antwortete Rieble.

Mühlenberg unterdrückt ein Augenrollen. Die unsensible Auskunft seines Kollegen erschreckte die Eltern. Die Mutter verlor jede Gesichtsfarbe.

»Ist Alexander tot?«, fragte sie.

»Nein. Wir wissen nicht, wo er sich aufhält«, sagte Mühlenberg. »Die Frau, die sich Tilda nennt, hatte dieses Polaroid bei sich. Wir haben sie wegen Mordverdachts festgenommen. Sie hat einen Geschäftsmann getötet, nachdem sie sich zuvor vermutlich auf eine sexuelle Dienstleistung geeinigt hatten.«

Der Mutter traten Tränen in die Augen. »Ich wusste es.

Habe ich es dir nicht gesagt, Joachim? Und Sie wissen nicht, wo Alexander ist?«

»Nein«, antwortete Mühlenberg. »Wir haben übrigens keinen Grund zur Annahme, dass er in die Tat verstrickt ist.«

»Sie verschweigen uns nichts?«, fragte der Vater. »Oder haben Sie seine Leiche gefunden?«

»Darüber wären Sie schon informiert worden«, versicherte Mühlenberg.

»Dürfen wir uns in der Einliegerwohnung umsehen?«, wollte Sommer wissen. »Wir brauchen Ihre Erlaubnis dazu, weil wir keine richterliche Genehmigung haben.«

»Die geben wir Ihnen gerne«, erklärte die Mutter. »Ich habe mich da noch nicht umgesehen. Aus Respekt vor Alexanders Privatsphäre. Aber warum sollte ich das Polizeibeamten verweigern? Vor allem, wenn diese Tilda eine Mörderin ist. Oh Gott!«

Mühlenberg bat die Eltern, der Durchsuchung nicht beizuwohnen. Die Polizisten teilten sich auf. Mühlenberg und Sommer nahmen sich das Schlafzimmer vor, Rieble schaute sich im Bad und der kleinen Küche um, die zu der Wohnung gehörten.

»Keine Frauensachen«, stellte Sommer rasch fest.

Neben dem Bett stand eine prall gefüllte Reisetasche, die Sommer oberflächlich inspizierte.

»Schütt den Inhalt auf dem Bett aus«, schlug Mühlenberg vor, nachdem er die Bettdecke zurückgeschlagen hatte.

Sommer kam der Aufforderung nach. Sie wühlten vorsichtig darin herum. Sein erster Eindruck hatte ihn nicht getäuscht. In der Tasche befand sich keine Kleidung, die Rückschlüsse auf die Mordverdächtige zuließ.

Rieble kam aus dem Badezimmer zu ihnen. »Nichts«,

sagte er. »Keine Schminke oder Tabletten, keine Pflegeprodukte, die ich einer Frau zuordnen würde.«

»Hier auch nichts«, brummte Mühlenberg. »Was hat das zu bedeuten? Warum nimmt sie ihre Sachen mit, während seine zurückgeblieben sind?«

»Hat sie ihn verlassen?«, fragte Rieble. »Ist er deswegen einfach wieder verschwunden, ohne sich von seinen Eltern zu verabschieden? Aus Liebeskummer oder weil es ihm peinlich war, sie seinen Eltern vorgestellt zu haben?«

»Dann hätte er seine Sachen mitgenommen«, vermutete Sommer. »Ich befürchte, er wusste im Gegensatz zu ihr nicht, dass sie nicht zurückkommen würden.« Er schaute Mühlenberg besorgt an.

Der nickte. Offenbar teilte er seine Sorgen. »Fahren wir zu ihr. Vielleicht kriegen wir heute mehr aus ihr heraus.«

7

Tilda wartete im selben Vernehmungszimmer wie am Vortag auf sie. Ihre Hände waren wieder vor dem Bauch gefesselt. Sie lächelte arrogant, als Mühlenberg und Rieble den Raum betraten.

»Keiner von Ihnen ist Lukas Sommer«, stellte sie fest. »Nehmen Sie meine Wünsche nicht ernst? Ich hätte Ihnen mehr zugetraut.«

»Wo ist Alexander Hercher?«, fragte Mühlenberg, nachdem er das Tonbandgerät gestartet hatte.

Der Versuch, die Verdächtige zu überrumpeln, schlug fehl. Sie lächelte sogar noch breiter. Als würde ihr die Frage in die Karten spielen.

»Wie geht es Susanne und Joachim?«, fragte sie. »Sind sie in großer Sorge wegen ihres verwöhnten Sprösslings? Wenn ich einen Sohn hätte, würde ich ihn anders erziehen.«

»Inwiefern verwöhnt?«, erwiderte Mühlenberg. »Das scheint Sie anfangs nicht gestört zu haben. Oder wieso haben Sie sich auf einen Mann eingelassen, der deutlich jünger ist als Sie?«

»Ich wiederhole mich zwar nur ungern, aber meinetwegen. Holen Sie Hauptkommissar Lukas Sommer her. Mit ihm rede ich. Mit Ihnen nicht.«

»Woher kennen Sie Hauptkommissar Sommer?«, erkundigte sich Rieble.

Tilda grinste. »Daher weht also der Wind.« Sie blickte zum Spiegel. »Er kann sich nicht an mich erinnern. Das enttäuscht mich. Ich hätte gedacht ...« Tilda zuckte mit den Achseln.

* * *

Sommer verfolgte die Vernehmung aus dem Nebenraum. Ob sie ahnte, dass sie ihm in diesem Moment genau in die Augen sah?

Wer war sie? Auch in den letzten Minuten war er sich seiner Sache sicher. Er war dieser Frau nie persönlich begegnet. War sie trotzdem irgendwie in seine früheren Ermittlungen verstrickt? Jemand aus dem Dunstkreis der beiden Gangs, mit denen er es damals zu tun hatte? Oder gehörte sie zu einem ganz anderen Fall?

Die Frau zwinkerte ihm zu. War es so offensichtlich, dass er hinter dem Spiegel stand?

* * *

»Sehen Sie uns gefälligst ins Gesicht, wenn wir mit Ihnen reden«, fuhr Rieble die Mordverdächtige an.

Die Frau drehte sich provozierend langsam zu ihm um und hob die Augenbrauen. »Männern bekommt es im Regelfall nicht so gut, in diesem Ton mit mir zu sprechen, Herr Kommissar. Alexander Hercher kann ein Lied davon singen.«

»Wo ist er?«, fragte Mühlenberg.

»Ich rede nur mit Lukas Sommer.«

»Haben Sie dem Jungen etwas angetan?«, erkundigte sich Rieble.

»Ich rede nur mit Lukas Sommer.«

»Geben Sie uns zumindest einen kleinen Hinweis, mit dem wir arbeiten können. Sie bieten uns was, wir bieten Ihnen etwas«, schlug Mühlenberg vor.

»Ich rede nur mit Lukas Sommer.«

Mühlenberg seufzte genervt. »Soll das jetzt ewig so weitergehen? Wir stellen Ihnen Fragen, und Sie antworten immer gleich? Was soll das?«

»Ich rede nur mit Lukas Sommer.«

»Ja, verdammt!«, fluchte Rieble. »Wir haben's kapiert.«

»Warum sitzt er mir dann nicht gegenüber?« Wieder drehte sie sich zu dem Spiegel. Sie wirkte nachdenklich. »Sommer wartet dahinter, richtig? Zerbricht er sich den Kopf, woher er mich kennt?«

»Sie irren sich«, sagte Mühlenberg. »Wie Sie selbst herausgefunden haben, arbeitet er inzwischen für eine Wiesbadener Polizeibehörde. Wir haben versucht, ihn zu erreichen. Leider ermittelt er gerade in einem ganz anderen Teil Deutschlands und konnte sich nicht freinehmen, um nach Frankfurt zu kommen.«

»Das glaube ich Ihnen nicht. Ich bin überzeugt, er beobachtet mich durch den Spiegel. Was haben Sie vorhin gesagt? Ich biete Ihnen was, Sie bieten mir was?«

»So lautet unser Angebot«, bestätigte Mühlenberg.

Plötzlich hob sie die gefesselten Hände. »Nehmen Sie mir die Handschellen ab«, sagte sie.

Rieble lachte spöttisch. »Warum?«

»Weil ich Ihnen dann etwas anbieten kann.«

»Was genau?«, wollte Rieble wissen.

»Haben Sie Angst? Zwei starke Männer wie Sie. Glauben Sie, nicht mit mir fertig zu werden? Machen Sie sich nicht lächerlich.«

»Wieso sollten wir Ihnen die Handschellen abnehmen?«, fragte Mühlenberg.

»Weil ich Ihnen dann etwas vorführe, das Sommers Erinnerung auf die Sprünge hilft.«

Mühlenberg schaute zu Rieble. Der presste die Lippen zusammen, nickte jedoch.

»Wenn das ein blödes Spielchen ist, beenden wir die Vernehmung für heute. Dann bringen wir Sie zurück ins Untersuchungsgefängnis«, drohte Mühlenberg. »Den Mord an Herrn Beck beweisen wir Ihnen auch ohne Ihre Kooperation. Dafür bekommen Sie lebenslänglich. Falls Sie glauben, ein Ass im Ärmel zu haben, muss ich Sie enttäuschen.«

Tilda reagierte nicht auf ihn.

Mühlenberg griff in die Hosentasche und zog einen Schlüsselring hervor, an dem ein einzelner Schlüssel hing. Er führte ihn ins Schloss der Handschellen und öffnete sie.

»Danke.« Tilda rieb sich die Handgelenke. »So ist es schon viel besser.«

»Jetzt müssen Sie uns auch was bieten«, stellte Mühlenberg klar.

»Dafür stehe ich auf. Also nicht erschrecken. Ich verspreche, ich bleibe auf meiner Seite des Tisches.«

Sie schob den Stuhl zurück und erhob sich. Wie schon bei ihrer Festnahme trug sie ein rotes Kleid mit langen Ärmeln. Tilda öffnete den Reißverschluss auf der Rückseite des Kleids, streifte es ab und ließ es zu Boden fallen.

»Was soll das?«, fragte Mühlenberg. Fasziniert blickte er auf die Tätowierungen der Frau.

Mit dem Fuß schob die Gefangene das Kleid beiseite. In Unterwäsche stand sie vor den Polizisten. Dann stellte sie ihr linkes Bein auf den Tisch und strich mit den Fingern über das eintätowierte Messer, in dessen Schneide sich ein Totenkopf spiegelte.

»Erinnern Sie sich jetzt, Hauptkommissar Sommer?«, rief sie.

* * *

Sommer verfolgte das Schauspiel aus dem Nebenraum. Er musterte das Tattoo, über das sie mit den Fingerspitzen fuhr.

»Erinnern Sie sich jetzt, Hauptkommissar Sommer?«

»Oh scheiße!«

Er hatte sich nicht getäuscht, denn begegnet war er ihr tatsächlich nie. Trotzdem erinnerte er sich.

8

Vergangenheit.

Polizeirat Wilhelm Koch betrat das Büro und nickte Hauptkommissar Sommer und Oberkommissarin Jung zu.

»Über die Zentrale ist gerade eine Vermisstenmeldung reingekommen«, erklärte er. »Ein Familienvater, von dem seit drei Tagen jede Spur fehlt. Kümmert ihr euch darum?«

»Gibt es denn Anzeichen für ein Verbrechen?«, fragte Lisa Jung.

»Das könnt *ihr* mir hoffentlich beantworten, sobald ihr die ersten Befragungen durchgeführt habt.« Koch legte einen Zettel mit handschriftlichen Informationen auf Sommers Schreibtisch, tippte sich an die Stirn und verließ das Büro.

Jung atmete tief durch. »Kochs Art ist wirklich gewöhnungsbedürftig. Ich hab keine Ahnung, warum ihr beide euch so gut versteht.«

Sommer zuckte mit den Achseln. Er war dem Polizeirat für seine moralische Unterstützung nach der Trennung von

Jennifer sehr dankbar. Außerdem hatte Koch ihm dringend dazu geraten, seine Lebensweise zu ändern, um keine dienstlichen Schwierigkeiten zu bekommen. Zugleich hatte er jedoch auch alle Beschwerden gegen Sommer an sich abtropfen lassen. Hätte der Polizeirat ihn nicht unterstützt, hätte Sommer wahrscheinlich mehr als nur seine Ehe ruiniert.

Er blickte auf den Zettel und überflog die von Koch notierten Fakten. »Bastian Schubert, verheiratet mit Christine, ein gemeinsamer Sohn namens David, acht Jahre alt. Schubert sollte an einem dreitägigen Teambuilding-Seminar seiner Abteilung teilnehmen. Am Morgen des zweiten Tages hat er sich krankgemeldet und ist aus Mannheim abgereist. Seitdem gibt es außer ein paar Nachrichten kein Lebenszeichen.«

»Also ein Mann in der Midlife-Crisis«, spekulierte Jung. »Ist das wirklich ein Fall für uns?«

»Machen wir Koch glücklich und fahren zu der Frau des Vermissten.«

»Du bist so ein Streber.« Jung beäugte Sommers zerknittertes Hemd. »Ich sag's dir noch mal. Wenn du möchtest, bügele ich in den nächsten Wochen deine Hemden. Oder bring sie zur Reinigung. Wundert mich, dass Koch dir das durchgehen lässt.«

Sommer verdrehte die Augen. »Nerv nicht! Früher hat das immer Jennifer gemacht. Tut mir leid, wenn dich mein Anblick stört.«

»Ich mache mir eher Sorgen um deine Außenwirkung. Könnte als deine Partnerin auf mich zurückfallen.«

Sommer stand auf und griff zu seiner Lederjacke. »Ich kann ja die Jacke anlassen. Dann fällt's niemandem auf.«

* * *

Christine Schubert führte sie ins Wohnzimmer der Vierzimmerwohnung. Sie bot ihnen Kaffee und Wasser an, Sommer und Jung lehnten dankend ab.

»Bastian muss etwas zugestoßen sein«, flüsterte sie. »David und er sind ein Herz und eine Seele. Ich weiß nicht, wie lange ich meinen Jungen noch vertrösten kann. Wenn ich ihn um zwei von der Schule abhole, fragt er immer gleich nach seinem Vater.« Christine Schubert weinte. »Er hat mich schon gefragt, ob Papa im Himmel ist. Was soll ich denn darauf antworten?«

»Hatten Sie in letzter Zeit Differenzen?«, fragte Sommer.

»Nein, überhaupt nicht. Ganz im Gegenteil. Wir führen eine tolle Ehe. Planen sogar ein zweites Kind. Wenn ich unsere Beziehung mit denen meiner Freundinnen vergleiche, haben wir großes Glück. Bastian ist ein liebevoller Vater, abends fast immer zu Hause. Er unterstützt mich im Haushalt. Ich weiß nicht, wie es besser laufen könnte.«

»Gibt es vielleicht finanzielle Probleme?«, fragte Jung.

»Manchmal ist es am Monatsende knapp. Wir haben vor zwei Jahren diese Wohnung gekauft. Extra schon mit einem vierten Zimmer. Im Prinzip geht's, solang keine ungeplanten Ausgaben dazwischenkommen.«

»Und Sie haben das letzte Mal Mittwochabend mit ihm Nachrichten ausgetauscht?«, vergewisserte sich Sommer.

»Ja«, bestätigte sie.

»Darf ich die sehen?«

Die besorgte Ehefrau griff zu ihrem Telefon, öffnete das Chatprogramm und reichte Sommer das Handy. Der überflog die Nachrichten. Christine hatte deutlich längere Texte als ihr Ehemann geschrieben. War das typisch männlich, oder deutete das darauf hin, dass er sein Verhalten geändert hatte? Sommer scrollte weiter nach oben. Auch in früheren Textnachrichten hatte seine Frau den größeren Textanteil.

»Sein Handy ist seit Mittwochabend aus«, sagte sie. »Das würde er nie tun. Ihm muss etwas zugestoßen sein.«

»Haben Sie in den letzten Wochen seltsame Anrufe erhalten? Oder bedrohlich klingende Briefe?«, fragte Jung.

»Was wären seltsame Anrufe?«

»Jemand ruft an, Sie melden sich, und der andere legt direkt auf«, führte Jung aus.

»Nein.«

»Und es gab keinen Streit zwischen Ihnen?«, fragte Sommer erneut. »Wir müssen wirklich alles wissen, Frau Schubert, um helfen zu können.«

Die Ehefrau zögerte kurz. »Nein.«

»Aber?«, hakte Sommer nach.

»Wenn's nach mir ginge, wäre ich schon wieder schwanger. Bastian hat das ein bisschen hinausgezögert. Wir wollten dieses Wochenende in Ruhe darüber reden. Ich bin sicher, am Ende wären wir ...« Sie schluchzte.

Sommer ließ sich nichts anmerken. Bastian Schubert wäre nicht der erste Mann auf der Welt, der sich einem solch wichtigen Gespräch entzog.

»Wir besorgen uns richterliche Genehmigungen, um sein Handy orten zu können. Außerdem wollen wir auch seine Bankverbindungen prüfen. Würden Sie uns Ihr Einverständnis quittieren?«

»Jederzeit!«, antwortete sie. »Auf unser gemeinsames Konto habe ich schon geschaut. Da sind keine Ausgaben angefallen.«

»Nutzt Ihr Ehemann eine Kreditkarte?«, fragte Jung.

»Mehrere.«

»Haben Sie die auch alle geprüft?«

Christine schüttelte den Kopf. »Ich weiß gar nicht, ob das geht. Um solche Dinge kümmert sich Bastian. Mir reicht meine EC-Karte.«

* * *

Am Freitagmittag empfing der Teamleiter Nikolas Schaaf Jung und Sommer in seinem Büro. Er erzählte ihnen zunächst von seinem kürzlichen Einstieg in die Firma und seiner Idee vom mehrtägigen Teambuilding-Workshop.

»Damit wir uns wirklich mal nur aufs Berufliche konzentrieren können, haben wir uns bewusst für ein Tagungshotel in Mannheim entschieden. Der Anfahrtsweg hält sich in Grenzen, trotzdem ist man nicht zu Hause. Der erste Tag war schon sehr fruchtbar. Abends waren wir bowlen. Als ich am nächsten Morgen Herrn Schuberts Krankmeldung erhielt, fand ich das schade. Er vermutete, die Nachos oder Jalapeños vom Vorabend nicht vertragen zu haben. Wir vereinbarten, dass er nach Hause fahren würde, sobald sein Zustand das zuließe. Wenn er am nächsten Tag wieder gesund gewesen wäre, hätte er einfach zurückkehren können. Leider war es das letzte Mal, dass er sich bei mir gemeldet hat.«

»Wie hat er bei dem Workshop und abends auf Sie gewirkt?«, fragte Sommer.

»Mir ist nichts Negatives aufgefallen. Er hat bei den Übungen mitgemacht und beim Bowling gesunden Ehrgeiz gezeigt. Mir hat sein Auftreten gefallen.«

»Wissen Sie, ob er sich vielleicht auf die Teamleiterstelle beworben hat?«

»Hat er nicht. Dafür fehlt ihm die Qualifikation. Ich bin im Gegensatz zu Herrn Schubert Diplom-Betriebswirt. Das war neben Führungserfahrung eine Bewerbungsvoraussetzung.«

»Und Ihnen ist nichts an Herrn Schubert aufgefallen, was sein Verschwinden erklären könnte?«, wollte Jung wissen.

Schaaf schüttelte den Kopf. »Tut mir leid. Vielleicht

sollten Sie die Kollegen fragen, die ihn schon länger kennen. Auf mich wirkte er völlig normal.«

* * *

»Sieh mal einer an«, sagte Sommer. »Volltreffer!«

Nach drei Gesprächen mit Arbeitskollegen, die Schaafs Eindruck bestätigt hatten, waren Sommer und Jung ins Präsidium zurückgefahren. Im Faxgerät hatte eine Auflistung der aktuellen Kreditkartenabrechnungen Schuberts gelegen.

»Er hat Mittwoch in einem Frankfurter Hotel eingecheckt. Und abends eine ziemlich teure Rechnung bezahlt.«

Jung nahm ihm das Fax ab. »Das ist ein Technoclub. Zumindest hat er einen guten Musikgeschmack.«

Sommer schaute auf seine Uhr. »In dem Club treffen wir jetzt noch niemanden an. Fahren wir zuerst zum Hotel?«

»Hab nichts dagegen. Ich sag dir, wie's ausgeht. Der Kerl hat seine Frau betrogen, weil er keine Lust auf ein zweites Kind hat. Und jetzt traut er sich nicht nach Hause. Sein Handy hat er ausgeschaltet, damit ihn weder Ehefrau noch Chef erreichen können. Völlige Zeitverschwendung, was wir hier machen.«

»Nicht ausgeschlossen«, bestätigte Sommer.

* * *

Sie zeigten der Rezeptionistin einen Durchschlag der weit gefassten richterlichen Genehmigung, außerdem das erhaltene Fax.

»Den Gast habe ich selbst eingecheckt«, sagte sie. »Er kam Dienstag am frühen Nachmittag und wollte für eine

Nacht bleiben. Ich habe den entsprechenden Betrag auf der Kreditkarte blockiert.«

»Ist Ihnen etwas an seinem Gemütszustand aufgefallen?«, erkundigte sich Sommer. »Hat er unglücklich oder besorgt gewirkt?«

»Nein«, antwortete die dunkelhaarige Frau. Sie nahm ihre Brille ab und massierte sich den Nasenrücken. »Er war nicht sehr gesprächig, aber freundlich. Männliche Gäste, die bei uns ein Zimmer für eine Nacht beziehen, landen oft im Laufe des Abends im Rotlichtviertel und bringen ihren weiblichen Besuch dann mit.«

»Wissen Sie, ob Herr Schubert in Begleitung zurückkam?«, fragte Jung.

»Die Rezeption ist nur bis einundzwanzig Uhr besetzt. Gäste haben mit ihrem Zimmerschlüssel rund um die Uhr Zutritt. Das machen wir nicht zuletzt aus Diskretionsgründen so.«

»Wird der Eingang videoüberwacht?«

»Die Aufnahmen überschreiben sich alle vierundzwanzig Stunden automatisch. Dafür sind Sie zu spät dran.«

»Wie sah sein Zimmer aus?«, wollte Jung wissen. »Haben Sie auch beim Check-out mit ihm gesprochen?«

»Er hat nicht persönlich ausgecheckt. Ich sitze morgens ab sieben Uhr hier. Er muss vorher gegangen sein. Er hat keine Sachen zurückgelassen. Das ist zwar nicht der Normalfall, kommt aber immer wieder vor. Der Zustand des Zimmers war okay, die Minibar ein bisschen geleert. Nichts Ungewöhnliches. Da ich seine Kreditkarte eingelesen hatte, konnte ich ihm alles in Rechnung stellen. War also kein Problem.«

Vom Hotel fuhren sie zu dem Club, der noch nicht geöffnet hatte.

»Willst du Feierabend machen und nach Hause fahren?«, fragte Sommer seine Partnerin.

»Und du?«

»Ich würde hier in der Nähe etwas essen und warten, bis sie aufmachen. Bringt wahrscheinlich nichts, aber man weiß ja nie.«

Jung schaute auf ihre Uhr. »Bist du dir sicher? Mir käm's schäbig vor, dich allein zu lassen.«

»Quatsch!«, unterbrach er sie. »Es reicht, wenn einer von uns seine Beziehung ruiniert hat. Fahr nach Hause, und kümmere dich um deinen Freund. Ich schick dir eine Nachricht, falls ich was erreiche.«

»Danke. Ich revanchier mich. Du kannst mir wirklich deine Hemden bringen. Ich bügle sie dir.«

»Fahr, bevor ich's mir anders überlege.«

Sommer verabschiedete sich von Jung. Dann schlenderte er zu einem libanesischen Restaurant, in dem er vor einigen Jahren einen schönen Abend mit Jennifer verbracht hatte. Vielleicht würde er es schaffen, dort zu essen, ohne traurig in Erinnerungen zu schwelgen.

Bei seiner Rückkehr zum Club waren die Türen geöffnet. An der Kasse saß ein junger Mann. Sommer zeigte ihm seinen Dienstausweis und riss den Grund für sein Auftauchen an.

»Gehen Sie runter, und fragen Sie nach Simone. Sie ist schon da und hatte auch am Mittwoch Dienst. Ist noch nichts los, also dürfte sie Zeit für Sie haben. Lange blonde Haare.«

Sommer stieg die Stufen hinunter. Die Lautstärke der Musik hielt sich in Grenzen. Tatsächlich tanzte noch kein Gast auf der Tanzfläche. Ein paar Besucher standen am

Tresen, hinter dem er auch eine Frau entdeckte, die der Beschreibung entsprach.

»Sind Sie Simone?«, fragte er.

Die Kellnerin musterte ihn interessiert. »Wer will das wissen?«

»Ist leider dienstlich. Sorry.« Er zeigte ihr seinen Dienstausweis und erklärte, was ihn herführte. Dann reichte er ihr ein Bild des vermissten Mannes.

Simone musterte das Foto, bevor sie es zurückgab. »Ja, der war hier.«

»Sicher?«

»Hundertprozentig. Mir ist vor allem seine Begleitung aufgefallen, denn er selbst ist nicht mein Typ. Zu durchschnittlich, zu brav. Umso verwundeter war ich, mit welcher Frau er stundenlang abhing.«

»Wieso?«

»Sie war wahnsinnig attraktiv. Tolle Figur. Gut auf der Tanzfläche. Aber am meisten ist mir ihr Tattoo in Erinnerung geblieben.«

»Was hat es damit auf sich?«

»Moment. Ich komme eben zu Ihnen.« Die Kellnerin umrundete die Bar und stellte ihr linkes Bein auf einen Barhocker. »An dieser Stelle war das Tattoo.« Sie fuhr sich über den Oberschenkel. »Ein Messer mit großer Klinge, in der sich ein Totenkopf spiegelt. Sie müssen wissen, ich arbeite als Tätowiererin. Kellnern ist für mich ein Nebenjob, bis ich mir in der Szene einen Namen gemacht habe. Das Tattoo war großartig. Perfekt gestochen. Man sah viele Einzelheiten. Wenn sie nicht die ganze Zeit mit dem Gast im Gespräch gewesen wäre, hätte ich mich mit ihr ausgetauscht, wo sie das hat machen lassen. Leider waren die beiden irgendwann verschwunden. So gegen drei oder halb vier.«

»Als Tätowiererin sind Sie künstlerisch begabt, oder?«, fragte Sommer.

»Das will ich wohl meinen.«

»Könnten Sie aus dem Gedächtnis heraus das Tattoo nachzeichnen? Oder noch besser ein Phantombild der Frau?«

»Ja«, antwortete sie selbstbewusst. »Aber nicht jetzt. Dafür brauche ich mindestens eine halbe Stunde pro Bild. Ich will keinen Ärger mit dem Boss. Vermutlich wird mir das Tattoo besser gelingen, als die Frau aus der Erinnerung zu zeichnen.«

»Beides hilft. Kommen Sie morgen dazu?«

Erneut musterte sie Sommer von Kopf bis Fuß. »Nur Ihnen zuliebe. Und Sie müssen mich dafür zum Brunch einladen. Okay?«

Am liebsten hätte Sommer ihr geraten, vor ihm wegzulaufen. Stattdessen nickte er. Er war gespannt auf die Zeichnung. Vielleicht könnte er so einen Durchbruch erzielen.

* * *

Tilda streichelte dem Mann spöttisch über den Kopf. Er zuckte bei der Berührung zusammen. Sie lachte.

»Oje! Entspann dich. Du solltest es genießen.«

Sie hatte ihn ausgezogen und ihm die Arme hinter dem Rücken fixiert. Auch seine Füße waren zusammengebunden. Er trug eine Augenbinde.

»Soll ich dir beschreiben, was du verpasst? Oder kannst du es riechen? Ich stehe nackt vor dir. Meine Muschi genau vor deinem Gesicht. Atme ruhig tief ein!«

»Bitte! Tu mir nichts.«

»Mein Gott! Jammer nicht so.« Sie schlug ihm mit der flachen Hand ins Gesicht. »Es gibt nichts Schlimmeres als jammernde Männer. Verhalt dich nicht so unwürdig.«

Er schluchzte, sagte aber nichts mehr.

»Mich hat schon immer die Gottesanbeterin fasziniert«, erklärte sie leise. »Manchmal paart sie sich mit einem Männchen und lässt es völlig unbehelligt. Wenn sie allerdings hungrig ist, reißt sie ihm bei der Paarung den Kopf ab. Erst hat sie Spaß, danach frisst sie sich satt. Du hast halt leider Pech, denn heute bin ich sehr hungrig.«

Sie schaute zu der Couch und lächelte. Dann hob sie einen Stock auf und trat hinter den Mann.

»Ich will nicht sterben. Bitte! Ich erzähle niemandem was.«

»Wie könntest du auch? Dafür bleibt dir nicht genügend Luft.«

Der Mann ließ sich zur Seite kippen und versuchte dann, irgendwie auf die Beine zu kommen. Amüsiert beobachtete sie das Schauspiel.

»So sehr kann man an seinem jämmerlichen Leben hängen.« Tilda griff zu einem ebenfalls auf dem Boden liegenden Draht und schlang ihn dem Gefesselten um den Hals.

»Nein!«, schrie er. »Hilfe!«

»Würdest du nicht so zappeln, dürftest du mich noch einmal begatten. Aber so macht das keinen Spaß. Also stille ich erst meinen Hunger, bevor ich ... Du weißt schon. Es geht los. Genieß es!«

Sie schob den Stock zwischen Draht und Nacken und begann, ihn langsam zu drehen. Immer tiefer fraß sich der Draht in die Haut des Opfers.

»Ist das nicht herrlich?«, fragte sie. »Einfach unvergleichlich.«

Immer schneller drehte sie den Stock in ihren Händen.

9

Gegenwart.

Sommer besprach sich mit Rieble und Mühlenberg im Nebenraum. Sein Blick fiel auf die Festgenommene, die sich inzwischen wieder angezogen hatte. Er versuchte, sich daran zu erinnern, wie gut das Phantombild sie wiedergegeben hatte. Simone Ballas hatte das Tattoo perfekt getroffen. Soweit er sich entsann, war auch das Phantombild brauchbar gewesen. Doch nach allem, was er in den vergangenen Jahren erlebt hatte, war es kein Wunder, dass er sich nicht daran erinnert hatte.

Die Polizisten hatten ihr die Handschellen nicht wieder angelegt. Sommer fasste für sie die wichtigsten Eckpunkte der damaligen Ermittlungen zusammen.

»Wir haben vier Wochen lang versucht, eine Spur von Schubert zu finden. Aber die beiden Abbuchungen von der Kreditkarte waren so etwas wie sein letztes Lebenszeichen. Weder haben wir seine Leiche gefunden noch einen Anhaltspunkt, wo er sich aufhalten könnte. Auch das Phantombild der Frau hat uns nicht weitergebracht. Niemand, dem wir es gezeigt haben, konnte sich an sie erinnern.«

»Habt ihr die Akte jemals offiziell geschlossen?«, fragte Mühlenberg.

»Nicht, solang ich fürs Präsidium tätig war. Du weißt ja, fünf Monate später entführte Koch Carla und Simon Holtzmann. Kurz darauf hielten mich alle für tot. Keine Ahnung, wie der Stand der Dinge ist. Irgendwo müssten auch die Zeichnungen archiviert sein. Sie waren Bestandteil der Ermittlungen.«

»Das lässt sich rauskriegen«, sagte Mühlenberg. »Dafür müssen wir nur den Namen Schubert eingeben. Ich schätze, der Fall wurde irgendwann als ungelöst abgestempelt und vergessen.«

»Sie sind sicher, was das Tattoo anbelangt?«, fragte Rieble. »Vielleicht sieht es der Zeichnung bloß ähnlich.«

»Nein. Ballas hat mir damals genau diese Tätowierung beschrieben. Das wird sie uns sicher bestätigen. Sie besitzt inzwischen ihr eigenes Studio hier in Frankfurt. Auch wenn die Sache schon Jahre her ist, erinnert sie sich garantiert. Sie war richtig fasziniert von dem Motiv. Ob sie sich noch an die Frau erinnert? Keine Ahnung. Aber was würde uns das bringen? Ich brauche ihre Bestätigung nicht. Im Nebenzimmer sitzt die Person, die Ballas damals im Gespräch mit Schubert gesehen hat.«

»Was fangen wir mit der Information an?«, fragte Mühlenberg. »Woher zum Beispiel wusste sie, dass du auf diese Tätowierung anspringen wirst?«

»Gute Frage«, murmelte Sommer. »Hat sie irgendwie von den Ermittlungen erfahren? Dass die Tätowierung der einzige Hinweis war, den wir verfolgt haben, um ihre Identität herauszubekommen?«

»Sie haben nie öffentlich nach einer tätowierten Frau gefahndet?«, vergewisserte sich Rieble.

»Nein«, antwortete Sommer. »Es sprach viel dafür, dass Schubert mit einer weiblichen Bekanntschaft durchgebrannt ist.«

»Hast du das wirklich geglaubt?«, fragte Mühlenberg.

Sommer schüttelte den Kopf. »Damals hat uns Koch mit Arbeit zugeschüttet. Der Fall Schubert hatte keine hohe Priorität – und wir keinen Grund, an ein Verbrechen zu glauben.«

Er schaute zu Tilda, die sich ihnen lächelnd zugewandt hatte. Sie wirkte so selbstgefällig, als würde alles genau nach Plan laufen.

»Habt ihr euch schon gefragt, ob sie sich freiwillig hat festnehmen lassen?«

»Wieso sollten wir?«, erwiderte Rieble. »Sie ist aus einem Flurfenster der ersten Etage gesprungen. Das waren rund vier Meter. Da hätte sie sich auch sämtliche Knochen brechen können. Warum sollte sie so ein Risiko eingehen, wenn sie sich absichtlich festnehmen lassen will?«

»Wäre sie bis zur Lobby gerannt, hätte vielleicht ein nervöser Polizist auf sie geschossen«, sagte Sommer. »Außerdem erhöht der Sprung aus dem Fenster ihre Glaubwürdigkeit.«

Rieble wandte sich dem Spiegel zu. »Ich kann's mir nicht vorstellen«, schnaubte er, gleichwohl nicht mehr völlig überzeugt.

»Wir werden's im Hinterkopf behalten«, sagte Mühlenberg.

»Habt ihr einen genaueren Blick auf ihre Tätowierungen geworfen?«, fragte Sommer. »Mich hat sofort ihr Oberschenkel in den Bann gezogen. Trotzdem hatte ich den Eindruck, dass nur ... fragwürdige Motive in ihrer Haut verewigt sind. Mordmethoden.«

»Ja«, bestätigte Rieble. »So hab ich das auch wahrgenommen. Ich habe eine Axt gesehen, die in einem Baum steckt und von deren Scheide Blut tropft. Außerdem eine feuernde Pistole. Wenn mich nicht alles täuscht, spiegelt sich etwas in der Kugel, die den Lauf verlässt. Ich konnte leider nicht erkennen, was es war. Können wir sie dazu zwingen, uns die Motive noch einmal zu zeigen?«

Mühlenberg und Sommer schauten sich an.

»Finden wir einen Richter, der dafür eine Genehmigung unterschreibt?«, fragte Sommer.

Mühlenberg zuckte mit den Achseln. »Ich versuch's. Versprechen kann ich nichts.«

»Ob sie sich bei den Motiven von realen Taten inspirieren lassen hat?«, spekulierte Rieble.

»Dann könnte man sie glatt für eine Massenmörderin halten«, erwiderte Mühlenberg. »Hätte nicht die KEG von so einer Mordserie erfahren müssen?«

»Das kommt darauf an, wie gut sie ihre Spuren verwischt und die Leichen entsorgt hat. Außerdem hat sie einen gebräunten Teint. Als hätte sie viel Zeit in der Sonne verbracht. Vielleicht war sie im Ausland aktiv. Dann wüssten wir darüber gar nichts.«

»Wie viel Tattoo-Motive habt ihr gezählt?«, fragte Rieble. »Waren das nicht mindestens zwölf?«

»Kann ich nicht genau sagen«, antwortete Sommer. »Dummerweise habe ich mich zu sehr auf den Oberschenkel konzentriert.«

»So, wie sie es geplant hat«, brummte Mühlenberg. »Vielleicht hast du recht, und sie hat sich absichtlich in Frankfurt festnehmen lassen. Weil sie wusste, dass du hier lebst.«

»Leute, das macht mich fertig«, bekannte Rieble. »Mir schwirrt der Kopf. Entschuldigt ihr mich? Ich gehe eben zum Klo.«

»Lass dir Zeit«, sagte Mühlenberg.

Der junge Kommissar verließ den Raum.

»Machst du dir Sorgen um seine Strapazierfähigkeit?«, fragte Sommer, nachdem die Tür zugefallen war.

»Nein. Henry ist für diesen Job geschaffen. Ich habe ihn bei seiner ersten Obduktion genau beobachtet. Er hat keine Miene verzogen. Der kriegt das hin.«

»Spricht aus eurer Sicht etwas dagegen, dass ich sie allein befrage?«

Mühlenbergs Stirn kräuselte sich. »Dann wüsste sie, dass sie mit ihrer Vermutung recht hatte.«

»Das weiß sie ohnehin. Sonst hätte sie sich nicht vor unseren Augen ausgezogen.«

»Sie spekuliert. Wissen kann sie es nicht.«

»Sie ist überzeugt davon. Das reicht ihr.«

»Und in welcher Funktion soll ich dir das genehmigen?«

»Als Beamter der KEG, der dem Verdacht nachgeht, ob die Frau in mehrere Morde verstrickt ist.«

»Musst du das nicht mit deinen Vorgesetzten absprechen?«

Sommer schüttelte den Kopf. Mühlenbergs Blick glitt zwischen seinem früheren Kollegen und dem Nebenraum hin und her.

»Was haben wir schon zu verlieren?«, murmelte er. »Meinen Segen hast du. Wenn du dich zu ihr setzt, musst du das Aufnahmegerät wieder starten.«

»Nehmt ihr das auch auf Video auf?«, vergewisserte sich Sommer.

Mühlenberg zeigte zu der Kamera, die auf den Einwegspiegel gerichtet war. »Die ganze Zeit ohne Unterbrechung. Falls wir keinen Richter finden, der uns erlaubt, ihre Tätowierungen in Augenschein zu nehmen, können wir zumindest aufs Videomaterial zugreifen. Die meisten Motive dürften wir dadurch identifizieren.«

»Okay. Dann probiere ich mein Glück. Mal gucken, wie sie reagiert.«

»Viel Erfolg!« Mühlenberg nannte ihm den Türcode.

Sommer verließ den Nebenraum und tippte den Code ein. Das Schloss summte, und er öffnete die Tür.

Sofort verzog Tilda den Mund zu einem Grinsen. »Wie schön! Hauptkommissar Sommer. Ich freue mich, dass wir endlich miteinander reden können. Sie immer nur aus der Ferne zu beobachten, hat mich irgendwann gelangweilt.«

Ohne zu reagieren, setzte sich Sommer und startete das Aufnahmegerät.

»Wie geht es Jeremias und Jennifer?«

Er ging nicht auf die Provokation ein. »Sie haben behauptet, in der Mordsache Beck nur mit mir sprechen zu wollen?«

»Das ist richtig. Seit ich diesen Wunsch geäußert habe, ist schon viel Zeit vergangen. Wertvolle Zeit. Aber vielleicht wird ja trotzdem noch alles gut.«

»Was meinen Sie damit?«

Tilda zwinkerte ihm zu.

10

Alexander Hercher fuhr mit seinen Fingern die Schweißnaht entlang. Nicht zum ersten Mal, seit er in diesem teils stählernen, teils gläsernen Käfig gelandet war. Wie sollte er sich auch sonst die Zeit vertreiben?

Er schaute sich um. Wie viel Arbeit mochte es gewesen sein, diesen Käfig in den Keller einzubauen? Ungefähr Dreiviertel der Außenfläche waren aus Stahl, der Rest aus Glas. Ganz oben war ein kleiner Schlitz, der vermutlich die Lüftung darstellte. Alexander hatte in den letzten Tagen versucht, die Glasscheibe zu zerschlagen, doch sie war zu dick. Wahrscheinlich bräuchte es eine Pistolenkugel, um sie zu beschädigen.

Frustriert legte er sich auf die Pritsche. Wie hatte er sich in Tilda so täuschen können? Er hatte sich schon bei ihrem ersten Gespräch hoffnungslos in sie verliebt, und trotz des Altersunterschieds schien es ihr nicht anders zu ergehen. Für einige Wochen hatte er auf Wolke sieben geschwebt. Nie zuvor war er so verliebt gewesen. Umso brutaler hatte ihn die Realität eingeholt. Leider hatte ihm Tilda nur etwas vorgespielt. Allerdings fiel ihm dafür kein nachvollziehbarer

Grund ein. Was brachte es ihr, ihn festzuhalten? Seine Eltern waren nicht sonderlich vermögend. Hatte sich Tilda von dem in den Neunzigerjahren gebauten Haus täuschen lassen? Wenn sie auf Lösegeld spekulierte, könnten die Eltern vermutlich keine zwanzigtausend zusammenkratzen. Es sei denn, sie würden eine Hypothek auf die Immobilie aufnehmen. Das von der Bank bewilligt zu bekommen, würde Wochen dauern. Er wusste das so genau, weil seine Eltern vor einem Jahr über seine Zukunftsperspektiven gesprochen hatten. Dabei hatten sie ihn über ihre Finanzen ins Bild gesetzt.

Würde Tilda ihn wochenlang festhalten, nur um Lösegeld zu erpressen? Waren deswegen so viele Bücher in den Regalen an der Wand seines Gefängnisses? Zumindest das würde Sinn ergeben.

Alexander erhob sich wieder. In einer Ecke lehnte eine Plastikleiter. Sie als Rammbock einzusetzen, hatte nicht funktioniert, dafür war sie zu leicht. Aber zumindest käme er mit ihrer Hilfe auch ans höchste Regal, das gut zwei Meter über seinem Kopf angebracht war.

»Scheiße«, flüsterte er.

Er dachte wieder an das Lösegeldszenario. Wieso war ihm dieser Gedanke nicht schon früher gekommen? Zweimal täglich betrat ein Mann den Raum und reichte ihm durch eine Klappe Getränke und Essen. Außerdem nahm er den Müll mit. Bislang hatte er nicht ein einziges Wort mit ihm gewechselt. Alexander hatte ihn nie zuvor gesehen – dessen war er sich sicher. Betrieb Tilda zusammen mit einem Komplizen diesen Aufwand, um ein sechsstelliges Lösegeld zu erpressen? Wie hoch wäre die Hypothek, die seine Eltern aufs Haus aufnehmen könnten? Darüber hatten sich die beiden nicht ausgelassen. Er schätzte, mindestens zweihunderttausend Euro. Vielleicht sogar mehr aufgrund der gestiegenen Immobilienpreise. Ob er nicht der erste junge Mann war, den Tilda gefangen hielt? Hatte sie vor ihm bereits ein anderes Opfer in diesem Käfig eingesperrt?

Mit diesem Hintergedanken im Kopf schaute er sich um. Sein Gefängnis verfügte über eine Toilette und ein breites Waschbecken. Keine Dusche. Wäre die aus hygienischen Gründen nicht nötig, wenn er hier wochenlang ausharren musste?

Er konzentrierte sich auf die Regale. Von Anfang an hatte ihn die Vielzahl der Bücher irritiert. Insgesamt zweiundneunzig Romane. Das hatte er gezählt. Manche davon waren dicke Schmöker, für die er Tage benötigen würde, selbst wenn er rund um die Uhr lesen würde.

»Scheiße«, flüsterte er. »Wie kann sie mir das antun?«

Selbstmitleid stieg in ihm hoch. Er wollte Tilda hassen, doch das fiel ihm schwer. Noch immer konnte er sich ihrer Faszination nicht entziehen. Unwissentlich lächelte er. Mit einer Frau wie ihr war er nie zuvor im Bett gewesen. Sie hatte ihm unvergessliche Stunden geboten, und er hatte sich ebenfalls angestrengt, ihr die Wünsche von den Lippen abzulesen. Wieso hatte sie ihn betäubt und hierhergeschleppt? Nur, um seine Eltern auszunehmen?

Er dachte an Tildas Tattoos, die ihn von der ersten Sekunde in den Bann gezogen hatten. Alexander hatte sie gefragt, woher sie die Inspiration zu den Motiven gehabt hätte. Ihre Antwort war harmlos gewesen. Sie hatte ihm ein paar amerikanische Thrillerautoren genannt und behauptet, in deren Büchern fündig geworden zu sein. Bis zu seiner Entführung hatte er keinen Grund gehabt, daran zu zweifeln. Mittlerweile glaubte er ihr nicht mehr.

»Oh Gott«, stöhnte er.

In seinem Bauch rumorte es. Er schlurfte zur Toilette und setzte sich, doch erwies sich das Rumoren als falscher Alarm. Nach ein paar Minuten erhob er sich wieder. Er trat ans Waschbecken und hielt die Hand vor den Sensor. Wasser floss aus dem Hahn. Er fing es mit den Handflächen auf und spritzte es sich ins Gesicht. Mit einem kratzigen Handtuch trocknete er sich ab. Dann ging er zur Pritsche zurück und legte sich wieder hin.

War die nächste Essenslieferung nicht überfällig? Er wusste nicht, wie spät es war, und der Raum verfügte über keine Fenster. Das Licht war die ganze Zeit gleichmäßig gedimmt, außerdem waren oberhalb der Pritsche LED-Lampen in die Wand eingelassen, die er eigenhändig aktivieren konnte. Da sein Bauch knurrte, schienen seit der letzten Nahrungsaufnahme mehrere Stunden vergangen zu sein.

Plötzlich hörte er ein ungewohntes Geräusch. Normalerweise war es in seinem Gefängnis totenstill. Nun jedoch …

Alexander richtete sich auf und kehrte zum Waschbecken zurück. Seine Vermutung bestätigte sich. Aus dem Wasserhahn floss unaufhörlich ein kleines Rinnsal. Das war bisher noch nie passiert. Er wedelte mit seiner Hand vor dem Sensor herum. Normalerweise sollte daraufhin ein Schwall kühlen Wassers herauskommen. Doch nichts geschah.

»Was ist los?«, fragte er halblaut. Funktionierte der Sensor nicht mehr? Oder war das nur ein kurzer Aussetzer? Noch kam genug Wasser aus dem Hahn, um die notwendige Körperpflege betreiben zu können. Sollte das Rinnsal jedoch versiegen, hätte er ein Problem.

Bei der nächsten Essenslieferung würde er den Mann darauf aufmerksam machen. Ob der zur Reparatur den Käfig betreten müsste? Vielleicht wäre das Alexanders Chance, ihn zu überwältigen und in die Freiheit zu gelangen.

Nachdenklich legte er sich auf die Pritsche. Hoffentlich

dauerte es nicht mehr lange, bis der Kerl zurückkehrte. Alexander würde alle Getränke, die man ihm brächte, genau prüfen. Nicht, dass der Mann ihn betäubte, um den Wasserhahn in Ruhe reparieren zu können.

In den folgenden Minuten lauschte er dem plätschernden Rinnsal. Das Geräusch hatte eine einschläfernde Wirkung. Er wurde müde und gähnte. Da sich die Essensklappe nicht lautlos schließen würde, könnte er die Rückkehr des Mannes nicht verpassen. Alexander schloss die Augen.

Ein neuer Ton riss ihn aus dem Dämmerzustand. Sofort war er hellwach. Was hatte das zu bedeuten? Er schaute sich um. Niemand war in den Raum gekommen. Er schwang die Beine von der Pritsche, stand auf und ging zum Waschbecken, wo sich seine Vermutung bestätigte. Der Waschbeckenstöpsel hatte sich von allein geschlossen. Wie konnte das sein? Hatte das mit dem nicht endenden Rinnsal zu tun?

Alexander versuchte, ihn mit den Fingern zu öffnen. Doch er bekam den Stöpsel nicht zu fassen. Eine kleine Pfütze bildete sich bereits darüber. Er tastete das Waschbecken ab, ohne eine Vorrichtung zu entdecken, mit der er ihn bewegen konnte.

»Scheiße!«, fluchte er.

Hilflos sah er zu der Tür, durch die der Mann immer reinkam. Wo blieb er heute? Erneut bewegte er die Hand vor dem Sensor auf und ab. Der Wasserstrahl verstärkte sich. Statt des kleinen Rinnsals lief nun ungefähr die dreifache Menge durch den Hahn ins Waschbecken.

Alexander trat zurück und wartete. Irgendwann müsste das Wasser von allein wieder ausgehen.

Doch es floss unaufhörlich weiter, und die Pfütze im Becken wurde immer größer.

»Das darf nicht wahr sein!«

Wenn er keinen Weg fand, es zu stoppen, würde es irgendwann über den Waschbeckenrand treten.

Alexander bückte sich und suchte die Unterseite des Beckens ab. Alles war glatt und mit der Wand verbunden. Er entdeckte keine Vorrichtung, um den Stöpsel zu bedienen. Er erhob sich wieder und tauchte seine Hand ins Wasser. Angestrengt versuchte er, mit den kurzen Fingernägeln zwischen Stöpselrand und Ausbuchtung zu gelangen. Doch es war hoffnungslos. Unterdessen erwärmte sich das Wasser, das auf seine Haut prasselte. Oder täuschte er sich?

Alexander trocknete sich mit dem Handtuch ab und hielt die Hand erneut unter den Strahl. Er hatte sich nicht geirrt. Das Wasser war wärmer als zuvor. Bedeutete das etwas? Unschlüssig kratzte er sich am Kopf. Es würde keine zehn Minuten mehr dauern, bis der Rand des Beckens erreicht war. Dann würde das Wasser in sein Gefängnis tropfen.

»Was soll die Scheiße?«, brüllte er.

Zorn stieg in ihm hoch. Warum quälte Tilda ihn so? Oder wusste sie hiervon nichts? Hatte sie ihn vielleicht nur an den Gefängniswärter ausgeliefert? Eventuell gegen eine kleine Provision?

Er stellte sich vor die Glasscheibe neben die Essensklappe und winkte mit den Armen. Zwar hatte er bisher in dem Kellerraum keine Kamera entdeckt, doch falls sie existierte, würde sie gewiss auch die Essensklappe erfassen.

»Hört mich jemand?«, rief er »Hilfe! Das Wasser! Es läuft unablässig.«

Er drehte sich zur Seite und deutete aufs Waschbecken.

»Hallo! Hilfe! Könnt ihr zu mir kommen? Bitte!«

Nach fünf Minuten gab er erschöpft auf. Er trat wieder ans Becken, das bereits bis zur Hälfte voll war. Könnte er das Wasser irgendwie abschöpfen? Zu seiner letzten Nahrungslieferung hatte ein schmaler Thermobecher gehört, der Café Crema enthalten hatte. Er holte ihn, schraubte den Deckel auf und ließ ihn achtlos fallen. Alexander füllte den Becher mit Wasser, trug ihn zur Toilette und schüttete ihn in die Schüssel. Mehr als fünfzig Mal wiederholte er diesen Vorgang, ehe er schwer atmend innehielt. Durch seine Bemühungen hatte sich das Becken nur ein wenig langsamer gefüllt. Aber es würde nicht reichen, um ein Überlaufen zu verhindern. Trotzdem fuhr er damit fort. Das Wasser durfte nicht über den Rand treten. Das musste er unter allen Umständen vermeiden.

11

Lukas Sommer hielt den Blickkontakt zu der Verhafteten aufrecht. Sie lächelte. Sie hatte ihm seine letzte Frage nicht beantwortet und würde es wohl auch nicht tun. Also müsste er sie auf andere Weise knacken.

»Haben Sie sich absichtlich verhaften lassen?«, fragte er.

Ihr Lächeln wurde breiter. »Wie kommen Sie denn auf diesen verwegenen Gedanken? Das war ein verdammt hoher Sprung. Nicht ganz ungefährlich. Ich hätte bei der Landung umknicken können.«

»Bauchgefühl.«

»Mich trügt mein Bauchgefühl selten.«

»Also haben Sie sich absichtlich festnehmen lassen?«

Tilda zuckte mit den Achseln. »Fangen Sie das Ganze chronologisch nicht von der falschen Seite an? Sie erkundigen sich gerade nach dem Ende. Das ist ja so, als würden Sie bei einem Buch zuerst die letzte Seite lesen. Dafür sollte man mit dem Tod bestraft werden.« Tilda kicherte mädchenhaft.

Sie war eine verdammt gute Schauspielerin, konnte in

Sekundenschnelle eine andere Gemütslage vorgaukeln. Das musste er im Hinterkopf behalten.

»Darf ich raten, mit welchen Einzelheiten unser gemeinsames Buch anfängt?«, fragte er.

»Ich bin gespannt wie ein Flitzebogen.«

»Als ich noch bei der Frankfurter Polizei war, habe ich mir an einem Vermisstenfall die Zähne ausgebissen.«

»Das klingt nach einem guten Beginn. Spannender Einstieg. Reden Sie weiter! Wieso haben Sie sich daran die Zähne ausgebissen? Kam Ihnen der Tod dazwischen?« Sie lächelte süffisant.

»Nein, die Spurenlage war zu dünn.«

»Ein sehr fesselndes Buch. Ich möchte mehr hören.«

»Es ging um einen liebevollen Familienvater, der möglicherweise in einer Art Midlife-Crisis steckte. Seine Frau wollte ein zweites Kind und war die treibende Kraft hinter dieser Idee. Ob er richtig glücklich im Job war, hat mir nie jemand bestätigt.«

»Zwei schwerwiegende Probleme.«

»Eines Tages meldet er sich bei der Arbeit krank, fährt aber nicht nach Hause, sondern checkt in einem billigen Frankfurter Hotel ein. Er verbringt den Abend in ...«

»Stopp! Ich möchte eine Zwischenfrage stellen. Damit ich alles richtig verstehe. Hatte er an dem Tag eine normale Arbeitsschicht, oder ist er von den üblichen Abläufen abgewichen? Musste er zum Beispiel zu so etwas wie einem Workshop?«

Mit ihrer Frage signalisierte sie ihm, dass sie über Bastian Schubert Bescheid wusste. Vor Gericht ließ sich das allerdings nicht beweisen.

»Sie haben recht. Er hat sich von einer außergewöhnlichen Veranstaltung abgemeldet. Er fuhr also in ein billiges Hotel in Frankfurter Bahnhofsnähe ...«

»Nicht unbedingt die beste Gegend für einen Familienvater.«

»... und verbrachte den Abend in einem Technoclub.«

»Das spricht zumindest für seinen Musikgeschmack.«

»Dort zahlte er die angefallene Rechnung mit seiner Kreditkarte. Das war das letzte Lebenszeichen von ihm. Meine Partnerin ...«

»Ui, ich war mir nicht sicher, ob Sie Oberkommissarin Jung erwähnen würden. Haben Sie deren Tod verkraftet?«

Sommer zwang sich, ruhig zu bleiben. »Ich denke oft an Lisa. Aber darum geht es jetzt nicht. Kommen wir zurück zum Technoclub. Eine Kellnerin mit gutem Blick für Einzelheiten erinnerte sich an den Mann. Vor allem daran, ihn mit einer Frau gesehen zu haben. Und die hatte ein auffälliges Tattoo am Oberschenkel. Ein Messer, in dessen Klinge sich ein Totenkopf spiegelte.«

»Ui.«

»Wir beide wissen, weshalb Sie sich vorhin ausgezogen und Ihr Bein präsentiert haben, sodass man es auch im Nebenraum sehen konnte.«

»Haben Sie da gewartet? Sind Sie ein Spanner?«

Sommer erwiderte nichts darauf. Er hatte genug preisgegeben. Es war an ihr, in die Details einzusteigen. Falls sie ihn nur weiter provozierte, würde er aufstehen und zur Tür gehen. Immer in der Hoffnung, dass sie ihn zurückrufen würde. Die beiden starrten sich an.

Dann senkte sie den Blick. »In jedem Mann steckt entweder ein wildes Raubtier oder ein Opferlamm«, sagte sie leise, ehe sie wieder aufsah. »Ich bin Expertin darin, das zu erkennen. Mir reicht ein Sekundenbruchteil, um zu meiner Einschätzung zu kommen. Sie können mir glauben, ich lag noch nie falsch. Ich nenne Ihnen gerne Beispiele. Hauptkommissar Mühlenberg ist ein in die Jahre gekommenes Raubtier.

Müde geworden, trotzdem eine tödliche Bedrohung. Sein junger Partner hingegen ist ein Opferlamm. Auch wenn er sich selbst so nicht sieht. Und in Ihnen steckt ebenfalls ein wildes Tier. Ich bin sicher, Sie haben schon oft getötet, richtig?«

»Hören Sie endlich mit diesen Ablenkungen auf!«, fauchte er sie an.

»Die meisten Männer lassen dieses Raubtier in sich niemals ans Tageslicht«, fuhr sie ungerührt fort. »Deswegen werden sie dick oder sterben an Herzinfarkten. Weil sie einen lebenslangen Kampf ausfechten, um nicht gegen die Normen der Gesellschaft zu verstoßen. Die übrigens unerträglicher werden und die Männer immer mehr einengen. Heutzutage ist hart und kantig nicht mehr gefragt. Sie müssen weich und flexibel sein. Manchen sieht man den Kampf an. Ich könnte mir vorstellen, dass der Familienvater, von dem Sie sprechen, ein solches Exemplar gewesen ist. Vielleicht hat das Raubtier in ihm einfach nur jemanden benötigt, der es befreit.«

»Waren Sie die Frau, die Bastian Schubert in dem Technoclub getroffen hat?«

»Sie sind schon wieder zu schnell. Sie haben meine Tattoos angesprochen. Wissen Sie, was mein erstes Motiv war?«

»Erzählen Sie's mir.«

»Nichts lieber als das. Eine Gottesanbeterin. Jetzt fragen Sie sich bestimmt, warum ausgerechnet dieses Insekt? Kennen Sie sich damit aus? Das Weibchen frisst das Männchen beim Paarungsakt. Aber nur, wenn es hungrig ist. Ansonsten hat das Männchen Glück. Eine herrliche Marotte der Natur, oder? Sex unter Lebensgefahr. Na ja. Letztlich hat mir das Motiv irgendwann nicht mehr gefallen. Es war mir zu passiv. Deswegen habe ich es überstechen lassen. Mit einem großen Messer, in dessen Klinge sich ein Totenkopf spiegelt. Das ist noch immer eins meiner Lieblingsmotive. Ich verbinde ganz besondere Erinnerungen damit.«

»Also geben Sie zu, dass Sie damals in dem Technoclub waren?«

»Warum sollte ich die Wahrheit abstreiten? Ach, Bastian. Er konnte so gut erzählen. Wussten Sie, dass ein Schriftsteller die Schule seines Sohns besucht hat, ausgerechnet an dem Tag, an dem David seinen Vater zuletzt gesehen hat? Was macht das mit einem Jungen? David hat dem Autor ein Buch abgekauft. Sein Vater hat begonnen, es ihm vorzulesen. Ob der Junge es je zu Ende gelesen hat? Oder liegt es noch irgendwo, längst vergessen und begraben unter vielen anderen Gegenständen?« Sie zögerte kurz. »Begraben«, wiederholte sie leise.

»Was haben Sie mit Bastian Schubert angestellt?«, fragte Sommer.

»Vielleicht hat er ja auch etwas *mit mir* angestellt.«

»Das heißt? Hat er Sie damals mit ins Hotelzimmer genommen und versucht, Sie zu vergewaltigen?«

Tilda lachte schallend. Nach einigen Sekunden ebbte ihr Lachanfall ab, und sie wischte sich die Tränen aus den Augen. »Den Mann möchte ich sehen, der sich das traut. Wären Sie dazu bereit?«

»Also war meine Frage berechtigt. Was haben Sie ihm angetan?«

»Die Einhaltung der chronologischen Reihenfolge ist mir sehr wichtig. Das ist wie ein Tick. Daran habe ich mich auch bei meinen Tattoos gehalten. Nach jedem bedeutenden Ereignis bin ich zum Tätowierer und habe es auf meinem Körper verewigen lassen. So reicht ein Blick in den Spiegel, um mich zu erinnern. Wenn Sie sich davon nicht belästigt fühlen, zeig ich sie Ihnen gern noch einmal.«

Sommer zog das Smartphone aus der Hosentasche. »Darf ich die Tattoos fotografieren?«

»Spricht nichts dagegen.« Sie stand auf und öffnete zum zweiten Mal an diesem Vormittag den Reißverschluss des Kleids und ließ es zu Boden fallen. »Wenn Sie fotografieren wollen, müssen wir es richtig machen.« Mit beiden Händen griff sie hinter ihren Rücken und streifte auch den BH ab.

»Wieso tun Sie das?«, fragte Sommer.

»Vielleicht präsentiere ich mich einem attraktiven Mann wie Ihnen gern in meiner vollen Pracht.« Sie lächelte schelmisch. »Oder der Verschluss des BHs verdeckt einen Teil eines Rücken-Tattoos. Suchen Sie sich die Erklärung aus. Sie dürfen aufstehen und mich fotografieren. Danach reden wir weiter.«

Aus Sorge, sie könnte ihr Angebot zurückziehen, folgte er der Aufforderung.

»Fangen Sie mit dem Messer-Tattoo an«, empfahl sie ihm.

Er knipste das erste Bild.

»Jetzt das hier«, sagte sie. Mit ihrem Zeigefinger berührte sie einen Spazierstock, um den Draht geschlungen war.

In den nächsten Minuten drehte sie sich immer wieder leicht und gab ihm die Zeit, jedes der insgesamt vierzehn Motive zu fotografieren. Hatte sie vierzehn Morde begangen? Dann wäre Ingmar Beck die Nummer fünfzehn.

»Mit welchem Motiv hätten Sie Ihre Tat im Hotel verewigt?« Sommer setzte sich wieder. Tilda zog den BH an, ehe sie ins Kleid schlüpfte.

»Machen Sie mir bitte den Reißverschluss zu? Allein ist das so umständlich. Dann reden wir weiter!«

Um ihren Kooperationswillen aufrechtzuerhalten, stellte Sommer sich hinter sie und zog den Verschluss zu.

»Sind Sie eigentlich tätowiert?«, fragte sie.

»Nein.« Er beschloss, sie anzulügen. Warum sollte er ihr etwas von der Gangtätowierung am rechten Oberarm erzählen, die er sich während seiner Undercoverermittlungen hatte stechen lassen?

»Wirklich nicht? Zu einem Mann wie Ihnen würde das passen.«

»Ich habe einige Male mit dem Gedanken gespielt«, behauptete er. »Mich hat jedoch eines abgehalten. Nicht zu wissen, ob mir ein Motiv noch in fünfzehn oder zwanzig Jahren gefallen würde.« Ihr zu erzählen, dass er den geflügelten Dämonen als Erinnerung an die jahrelange Einsamkeit behalten hatte, würde ihr zu viel Einblick in sein Seelenleben geben.

»Ein guter Tattoo-Künstler kann jedes Motiv überstechen. Von der Gottesanbeterin sehen Sie bei mir nichts mehr.«

Er setzte sich wieder. »Kommen wir auf Ingmar Beck zurück.«

»Eine leicht zu beantwortende Frage. Natürlich lasse ich mir noch ein Rasiermesser stechen. Das Motiv hat mehrere Vorteile. Es nimmt nicht so viel Platz weg. Der arme Ingmar. Er hat geglaubt, nach einem anstrengenden Messetag schön einen runtergeholt zu bekommen. Stattdessen wurde es zum *Messertag*.« Sie kicherte. »Ein einzelner Buchstabe macht einen großen Unterschied.«

»Wir haben Ihre Fingerabdrücke an dem Rasiermesser sichergestellt. Außerdem fanden wir Spuren von Herrn Becks Blut an Ihnen.«

»Warum erwähnen Sie das? Ich streite die Tat gar nicht ab.«

»Also gestehen Sie den Mord an Ingmar Beck?«

»Wer soll es denn sonst gewesen sein? Das war ich. Wollen wir darüber sprechen und wertvolle Zeit verschwenden?«

Schon wieder erwähnte sie den Faktor Zeit.

»Der Stock war Ihr zweites Motiv?«, vergewisserte sich Sommer.

»Ich habe Sie meine Motive in der richtigen Reihenfolge fotografieren lassen.«

»Haben Sie Bastian Schubert mit einem Stock und dem Draht ermordet?«

»Tätowierungen erzählen ihre ganz eigene Geschichte. Aber manchmal missversteht man, was man vor Augen hat.«

»Das bedeutet?«, fragte Sommer.

»Vielleicht haben der Spazierstock und der Draht nur etwas in Basti geweckt, was schon immer in ihm gesteckt hat«, antwortete sie.

Zum ersten Mal kürzte sie den Vornamen des Familienvaters ab. Bewusst oder unbewusst? Sommer vermutete, dass sie jedes Wort sorgfältig abwog.

»Reden Sie weiter«, bat er. »Was hat es mit dem Motiv auf sich?«

Statt ihm zu antworten, stöhnte sie und fasste sich theatralisch an die Schläfe. »Herrje. Was ist das? Ein stechender Kopfschmerz. Wo kommt der so plötzlich her? Lukas, es tut mir leid. Wir sollten an dieser Stelle abbrechen und uns morgen früh wieder zusammensetzen. Meinetwegen um acht. Damit wir keine Zeit verlieren. Zumindest nicht mehr als ohnehin schon.«

»Ich könnte Ihnen ein schnell wirkendes Schmerzmittel besorgen.«

»Das ist lieb. Trotzdem fühle ich mich nicht mehr in der Lage, Ihnen Rede und Antwort zu stehen. Morgen früh um acht. Wie heute ohne Anwalt, der uns nur stören würde. Organisieren Sie einen Transport ins Untersuchungsgefängnis? Danke schön.«

12

Vergangenheit.

Bastian Schubert lag auf der Seite. In den halbdunklen Raum fiel genug Licht, dass er seine Gefährtin beobachten konnte. Sie hatte eine Schlafmaske aufgesetzt, wie fast jede Nacht, die sie miteinander verbrachten.

Er dachte an den Mord zurück. Sie hatte ihn dabei zusehen lassen, wie sie einem Mann das Leben nahm. Ihr Opfer hatte dieselbe Maske getragen wie sie jetzt im Schlaf. Hatte der Mann geahnt, dass er sich nicht allein mit seiner Henkerin im Raum befand? Bastian wusste es nicht. Letztlich war es ihm auch egal. Selbst wenn er ihn angefleht hätte, wäre Bastian ihm nicht zur Hilfe geeilt, denn es hatte ihn unfassbar erregt, bei einem Mord zuzusehen.

Seit vielen Jahren hegte er Fantasien, die ihn anfangs erschreckt hatten. Gewaltorgien. Tötungswünsche. Bei Spaziergängen mit David und Christine waren ihm manchmal Frauen begegnet, die etwas an sich hatten, was in ihm eine Art von Blutgier geweckt hatte. Nie hatte er darüber gesprochen. Mit niemandem. Wie auch? Sollte er seinen Freunden beim Bier gestehen, dass er die attraktive Barkeeperin am liebsten zu Boden werfen würde, um sie zu vergewaltigen und zu erwürgen? Darüber sprach man mit niemandem. Egal, wie groß der Wunsch mit der Zeit wurde.

Und dann traf er Tilda, die ihn in Sekunden durchschaut hatte.

Ein Wink des Schicksals.

Durch sie hatte er seine Freiheit gewonnen.

Vorsichtig rutschte er von ihr weg. Er musste dringend zur Toilette. Leise stand er auf und schlich durchs Hotelzimmer. Er schloss die Badezimmertür hinter sich, klappte den Klodeckel hoch und pinkelte. Das Bad verfügte über ein Fenster. Nachdem er sich die Hände gewaschen hatte, schob er den Vorhang beiseite und sah hinaus. Von ihrem Zimmer aus blickte man auf eine der vielen Amsterdamer Grachten.

Die Stadt war wunderschön. Tilda und er hielten sich meistens draußen auf, schlenderten durch die Gassen, setzten sich in Restaurants, beobachteten Menschen. War niemand in Hörweite, erzählte er ihr von seinem Leben. Und sie von ihrem. Es war spannend, sich gegenseitig in einer Stadt zu erkunden, die er schon immer hatte besuchen wollen.

Was hatte er sich früher alles versagt, nur um zu funktionieren? Zunächst als einziger Sohn seiner Eltern, später in verschiedenen Partnerschaften und im Beruf sowieso. Tilda hatte ihn aus diesem Gefängnis befreit und zeigte ihm das wahre Leben.

In seinen Gedanken tauchte David auf. Rasch schüttelte Bastian den Kopf, um die Bilder zu verscheuchen. Es war nicht der richtige Moment, um an seinen Sohn zu denken. Dafür bliebe ihm noch genügend Zeit.

Er zog den Vorhang wieder zu und öffnete leise die

Badezimmertür. Als er den Wohnraum betrat, stutzte er. Das Bett war leer. Rasch schaute er sich um.

»Tilda?«, fragte er.

Hatte sie ihn heimlich verlassen? Seinen kurzen Aufenthalt im Bad ausgenutzt?

Er trat in die Mitte des Hotelzimmers. Hinter ihm am Fenster raschelten die Vorhänge. Ehe er sich umgedreht hatte, sprang jemand von hinten auf seinen Rücken. Durch die Wucht taumelte er nach vorn. Tilda schwang die Beine um ihn und umklammerte mit ihren Armen seine Brust.

Sie lachte amüsiert. »Du bist zusammengezuckt wie ein Mädchen, das seinen ersten Horrorfilm sieht.«

Er schwankte bis zum Bett und drehte sich halb um. Sie ließ sich auf die Matratze fallen.

»Wieso bist du aufgestanden?«, fragte Bastian.

»Nur für diesen Spaß.«

Er legte sich auf sie, und sie küssten sich. Seine Hände glitten über ihren nackten Körper.

»Wieso hast du mich beobachtet, bevor du zum Klo gegangen bist?«, fragte sie ihn nach dem Sex.

»Das hast du mitbekommen?«

»Ich hab sehr feine Antennen. Deswegen hab ich dich ja in dem Club entdeckt.«

»Ich hab nachgedacht.«

»Worüber?«

»Mein Leben.«

»Oh, oh.«

»Nicht falsch verstehen. Dank dir habe ich zum ersten Mal das Gefühl, ein *echtes* Leben zu führen, ohne mich an gesellschaftliche Konventionen zu halten. Dafür bin ich dir so unglaublich dankbar.«

»Du stehst erst an der Schwelle zu dem, was ich als

echtes Leben bezeichnen würde. Es ist mir eine Ehre, dich auf deinem Weg zu begleiten.« Sie fuhr ihm mit dem Zeigefinger über die Brust. »Bald wirst du diese Schwelle übertreten. Verlass dich drauf. Und wenn ich dich schubsen muss.« Sie grinste.

»Bist du dir sicher, dass ich es schaffe?«

»Todsicher.«

* * *

Im Takt der pulsierenden Technomusik wippte Bastian leicht mit dem Kopf. Tilda hatte den Laden ausgesucht, war aber nicht mitgekommen. Stattdessen wartete sie in dem Apartment, das sie erst heute bezogen hatten. Sie hatte ihm eine Aufgabe gestellt. Er sollte mit einer weiblichen Eroberung zurückkehren, mit der er die Schwelle zum echten Leben endgültig übertreten würde. Bastian hatte nicht vor, sie zu enttäuschen. Damit ihr Plan funktionierte, brauchte er eine naive junge Frau, die erst viel zu spät merken würde, dass sie sich in einem Spinnennetz verfangen hatte.

Wie hoch wohl sein Puls war? Er fühlte sich lebendig, war aufgeregt und ängstlich zugleich. Er wollte Tildas Wunsch um jeden Preis erfüllen. Er hatte zu viel Angst davor, dass sie sich sonst von ihm abwenden, ihn verlassen würde – eine grauenhafte Vorstellung. In kürzester Zeit war er süchtig nach ihrer Nähe geworden.

Bastian schaute sich um. Das ideale Opfer wäre nicht nur jung und somit leicht zu beeindrucken, sondern auch allein unterwegs. Niemand sollte sich anschließend an den Mann erinnern, mit dem sie gemeinsam den Club verlassen hatte. Auf der Tanzfläche bewegten sich zahlreiche Menschen im Beat der Musik, darunter viele attraktive Frauen. Blond war die dominierende Haarfarbe – was seiner Präferenz entsprach. Der Dancefloor befand sich auf der untersten Ebene. Bastian suchte sich eine Position in der Ebene darüber. Mit einem Flaschenbier in der Hand stand er an einer Balustrade und hielt Ausschau. Die Auswahl der infrage kommenden Frauen raubte ihm den Atem. Alles Opferlämmer. Schon allein der Gedanke sorgte für ein erhabenes Gefühl. Er war wie ein Wolf, der sich langsam der Herde näherte, ohne dass ein Hund Alarm schlug.

Ihm fiel eine junge Frau auf, die genau wie er eine Flasche Bier in der Hand hielt. Nach jedem Lied trank sie einen Schluck. Sie wirkte wie eine Getriebene, beinahe schon manisch. Tanzen, trinken, tanzen, trinken. Zwischendurch bewegten sich ihre Lippen, als würde sie mit jemandem sprechen. Dabei sah sie wütend aus. Fast so, als würde sie ihren unsichtbaren Gesprächspartner mit Vorwürfen überhäufen.

Nach einer Weile ging sie von der Tanzfläche. Falls sie sich nun zu jemandem gesellte, hätte sein Instinkt ihn getrogen. Angespannt beobachtete er sie. An einer der Theken holte sie sich Nachschub und sah sich um. Suchte sie jemanden? Den ersten Schluck trank sie schon am Tresen. Dann nahm sie den gleichen Weg zurück und verfiel wieder in den alten Rhythmus.

Für Bastian gab es kaum noch Zweifel. Die Frau war frustriert.

Hatte er sein Opfer gefunden? In seinem Kopf entfaltete sich ein Plan. Er verließ seine Beobachtungsposition. Wenn sie das nächste Mal zur Theke ginge, würde er parat stehen.

Nach ungefähr zwanzig Minuten schien der letzte Schluck aus der Flasche getrunken zu sein. Frustriert verzog sie die Lippen, als sie absetzte. Dann schaute sie sich um. Zunächst tanzte sie weiter, ihre Bewegungen wurden durch den

Alkohol ungelenker. Offenbar gehörte sie nicht zu den Menschen, die vom Alkoholkonsum lockerer wurden. Schließlich hielt sie inne, blickte sich um und verließ die Tanzfläche. Er folgte ihr mit etwas Abstand. Wie erhofft, ging sie erneut zur Theke. Als der Barkeeper auf sie aufmerksam wurde, stellte sich Bastian an ihre Seite. Sie orderte eine weitere Flasche Bier.

»Für mich auch«, rief er auf Englisch.

Der Barkeeper nickte ihm zu.

Sein Versuch, Blickkontakt zu der Frau aufzunehmen, schlug fehl, denn sie schaute starr geradeaus. Nach wenigen Sekunden stellte der Barkeeper die Flaschen vor ihnen ab.

»Ich zahle beide«, erklärte Bastian auf Englisch.

Die Frau schaute ihn an. Wenn sie die Einladung jetzt ausschlug, hatte er verloren und wertvolle Zeit verschwendet. Zu seinem Glück lächelte sie und bedankte sich.

»Cheers.«

Sie stießen miteinander an. Bastian wandte sich um. Der Barkeeper sollte keine Chance haben, sich sein Gesicht einzuprägen.

»Bist du Deutscher?«, fragte sie in Deutsch mit niederländischem Akzent.

»Woran hast du das gemerkt? War mein Englisch so schlecht?«

Sie lächelte, ohne etwas zu sagen. Übertrieben theatralisch zog er einen Schmollmund.

»Glaub mir, mein Englisch ist tausendmal besser als mein Holländisch. Wo hast du so gut Deutsch gelernt?«

Nach zehn Minuten Smalltalk, bei dem er sie unauffällig zur Tanzfläche manövriert hatte, setzte er alles auf eine Karte.

»Du bist mir vorhin beim Tanzen aufgefallen. Auf wen bist du sauer?«

»Sieht man mir das an? Wie peinlich.« Sie lachte.

Ihre strahlend weißen Zähne faszinierten ihn. Er stellte sich vor, sie ihr mit einem Hammer auszuschlagen.

»Auf meinen Freund, nein, Ex.«

»Was hat er getan?«

»Mich mit einer guten Freundin von mir betrogen. Am liebsten würde ich sie beide umbringen.«

»Wie lange wart ihr zusammen?«

»Fast zwei Jahre.«

»Scheißkerl!«

»Darauf trinke ich.« Sie hielt ihm die Flasche zum Anstoßen hin, und er ging darauf ein. »Blöder Wichser!«

»Vollhonk!«

Sie schaute ihn an und lachte. »Das Wort kenne ich gar nicht. Vollwas?«

»Vollhonk! Ist ein anderer Ausdruck für Dummkopf oder Idiot.«

»Das haben wir im Studium nicht gelernt.«

»Tut mir leid. Eine tolle Frau wie du hat es nicht verdient, betrogen zu werden. Und ein Mann wie ich auch nicht.« Er senkte den Kopf.

»Bist du etwa ...?«

Er zeigte ihr seinen Ehering, den er auf Tildas Anraten angelegt hatte. »Von meiner Ehefrau, wir sind seit sieben Jahren verheiratet. Mittwoch hat sie mir gesagt, mit ihrem Chef eine Affäre zu haben. Sie ist Sekretärin. Was für ein Klischee. Ich bin einfach nur aus unserer Wohnung raus, hab mich in mein Auto gesetzt und bin losgefahren. So landete ich in Amsterdam.«

»Oh nein. Wie schrecklich. Das tut mir leid.«

»Zum Glück habe ich über Airbnb ein cooles Apartment gefunden. Erst mal für eine Woche. Keine Ahnung, was ich danach mache. Vielleicht bleibe ich für immer hier. Amsterdam ist toll.«

»Ja«, sagte sie. »Ich möchte nirgendwo anders leben.«

»Bist du hier geboren?«

Sie nickte und lächelte verträumt. In diesem Moment waren die Würfel gefallen. Er hatte sie am Haken.

* * *

Bastian klopfte an die Tür und lachte. Er wollte albern wirken, in Wahrheit jedoch Tilda alarmieren. Damit sie alles vorbereitete.

»Jemand zu Hause?«, lallte er.

Mirjam kicherte. Er zog den Schlüssel aus der Hosentasche und stocherte absichtlich ungeschickt am Schloss herum. Dann öffnete er die Tür.

»Hereinspaziert«, sagte er.

Sie ging vor ihm her. Mit seiner Hand streichelte er über ihren Po.

»Du bist ein tolles Mädchen«, flüsterte er. »Genau richtig!«

»Richtig wofür?«, neckte sie ihn.

Aus der Dunkelheit schoss Tilda heran. Bastian warf gleichzeitig die Tür zu. Mirjam schrie erschrocken auf.

»Das wirst du schon sehen«, sagte Tilda. Sie presste dem niederländischen Mädchen ein mit Chloroform getränktes Tuch auf Mund und Nase. In Sekundenschnelle verlor sie das Bewusstsein. Bastian fing sie auf und legte sie zu Boden.

»Wie hab ich das gemacht?«, fragte er.

»Einfach nur perfekt.« Tilda sah ihn stolz an. »Bereiten wir sie vor. Es ist Zeit für deine Transformation.«

Mirjam erwachte aus der Bewusstlosigkeit. Ihre Augenlider flatterten, sie schlug die Augen auf und schloss sie sofort wieder, weil eine Lampe sie blendete.

»Hallo, Schönheit«, sagte Bastian. »Tut mir leid wegen des Knebels in deinem Mund. Ich würde dir viel lieber die Zähne einzeln ausschlagen, aber ich weiß nicht, wie gut die Wohnung schallisoliert ist. Deshalb der Knebel. Verzeih mir.«

Ihre Hände waren mit Handschellen hinter dem Rücken gefesselt. Vorsichtig schlug sie die Augen auf, kniff sie jedoch rasch wieder zusammen.

»Blendet das Licht dich?«, fragte er. »Das lässt sich ändern.«

Er drehte den Lampenschirm. Nun schaute sich Mirjam um und entdeckte die nackte Tilda.

»Gefällt dir der Anblick?«, fragte die. »Mach dir keine Hoffnung. Weder auf weibliche Solidarität noch auf Liebkosungen von mir. Ich setze mich in die Ecke und schaue euch beiden zu. Wenn es mir gefällt, was mein Schatz mit dir anstellt, wirst du mich stöhnen hören. Vielleicht ist es sogar das Letzte, was du in deinem Leben vernimmst.«

Mirjam schrie, doch der Knebel dämpfte den Lärm.

»Los! Zeig mir das Raubtier in dir!«, feuerte Tilda ihn an.

Bastian legte den Kopf in den Nacken und stieß ein Heulen aus. Dann sprang er aufs Bett. Er presste Mirjams Beine auseinander. Sie wehrte sich verzweifelt, hatte aber keine Chance.

13

Gegenwart.

»Danke nochmal, dass du mich nach Hause fährst«, sagte Henry Rieble. Er stieg in Mühlenbergs Auto ein.

»Das mache ich doch gern.«

»Mit dem Taxi zum Präsidium ist echt keine Alternative. Wenn du dem Fahrer die Adresse nennst, schaut er danach ständig in den Rückspiegel. Vermutlich weil er denkt, einen Mörder zu kutschieren, der sich stellen will.« Rieble lachte spöttisch.

»So schlimm wird es schon nicht sein.«

»Glaub mir! Ich bin froh, den Wagen morgen früh wieder abholen zu können. Wundere dich also nicht, falls ich etwas später komme.«

Mühlenberg fuhr vom Parkplatz des Präsidiums und reihte sich in den fließenden Verkehr ein. »Eine Sache hat mir so gar nicht gefallen«, sagte er, als er vor einer roten Ampel ausrollte.

»Nur eine Sache?«, wunderte sich Rieble. »Mir hat der

ganze Tag nicht gefallen. Warum lassen wir uns so auf der Nase herumtanzen? Wir hätten sie noch stundenlang verhören können. Aber nein, Madame hat angeblich Kopfschmerzen. Glaubst du ihr das? Ich nicht.«

Die Ampel sprang auf Grün um.

»Hat Sommer sie richtig angepackt?«, fuhr Rieble fort. »Na ja, wenigstens konnte er ihre Tattoos fotografieren. Keine Ahnung, ob wir dafür eine richterliche Erlaubnis bekommen hätten. Krasse Motive, oder? Diese Bitch ist völlig krank. Hoffentlich sieht sie nie wieder Tageslicht. Sie gehört für immer weggeschlossen. Lebenslänglich mit anschließender Sicherheitsverwahrung.« Er räusperte sich. »Was genau hat dir nicht gefallen?«

»Dass sie dich als Opferlamm bezeichnet hat.«

Rieble lachte spöttisch. »Nicht dein Ernst!«

»Sagt sie das einfach so?«

»Das war eine reine Provokation. Sie wusste, wir hören im Nebenraum zu. Deswegen beleidigt sie mich als Opferlamm und behauptet, du seist ein alterndes Raubtier.« Wieder lachte er. »Wie schlecht ist überhaupt ihre Menschenkenntnis? Eher würde es umgekehrt zutreffen. Du das Opferlamm, ich das Raubtier.«

»Henry, nimm das nicht auf die leichte Schulter.«

»Ich fass es nicht! Wie kannst du das ernst nehmen?«

»Vielleicht hat Lukas recht.«

»Womit?«

»Dass sie geplant hatte, sich festnehmen zu lassen. Sie hat das nicht abgestritten.«

»Na und?«

»Falls dem so wäre, steckt etwas Größeres dahinter. In diesem Kontext stört es mich wahnsinnig, wenn eine Mörderin meinen Partner als Opferlamm bezeichnet.«

Diesmal wies Rieble das nicht von sich, sondern schaute

stumm aus dem Fenster. Auch Mühlenberg hing seinen Gedanken nach.

»Glauben wir denn, dass sie sich freiwillig hat verhaften lassen? Überleg mal, was das bedeuten würde«, murmelte Rieble nach einer Weile. »Beck hat es geschafft, vor seiner Ermordung die Rezeptionistin zu alarmieren. Das hätte diese Tilda einplanen müssen, damit es wirklich zur Verhaftung kommt. Ist das nicht weit hergeholt?«

»Zumindest ist es nicht ausgeschlossen. Eventuell ist sie eine mehrfache Mörderin. Und ihr neuestes Opfer lässt sich von ihr massieren, ist ihr also wehrlos ausgeliefert. Wir haben Massageölreste an ihm sichern können. Sie waren voll im Gange. Wieso schafft er es dann überhaupt ins Badezimmer? Wäre das einem Profi passiert? Hätte sie ihm nicht einfach die Kehle durchgeschnitten?«

»Sehen wir gerade Gespenster?«, fragte Rieble. »Ich glaube, die Bitch verarscht uns nur.«

»Zumindest sollten wir das nicht auf die leichte Schulter nehmen. Denk an deine Lage. Bald bist du nicht bloß für Lucy und dich verantwortlich, sondern auch für euer gemeinsames Kind.«

»Zur Kenntnis genommen.« Rieble seufzte.

»Was ist los?«

»Wenn du Lucy sehen würdest.« Er lächelte versonnen. »Man könnte meinen, sie platzt jeden Augenblick. Bis vorgestern hätte ich mir gewünscht, dass endlich die verdammten Wehen einsetzen. Und jetzt befürchte ich es. Hoffentlich verpasse ich bei den Ermittlungen nichts, nur weil sich der kleine Mann ankündigt.«

»Wisst ihr inzwischen, dass es ein Junge wird? Das hast du ja noch gar nicht erzählt.«

»Wir *wissen* es nicht. Die Gynäkologin wollte es uns beim letzten Ultraschall sagen, aber wir haben abgelehnt. Jetzt lassen wir uns überraschen. Seien wir ehrlich, ein Kerl wie ich zeugt natürlich einen Jungen. Was denn sonst? Opferlamm! Lächerlich!« Er lachte spöttisch. »Eine gute Menschenkenntnis hat sie nicht.«

»Hm«, brummte Mühlenberg.

Entrüstet schaute Rieble zu seinem Partner, der ihn angrinste.

»Sehr witzig, du alt gewordenes Raubtier.«

Nun lachten sie beide.

Fünf Minuten später setzte Mühlenberg seinen Partner vor der Haustür des Mehrfamilienhauses ab.

»Grüß Lucy von mir«, bat er ihn.

»Mach ich. Und du deine Frau.« Rieble löste den Sicherheitsgurt. Er boxte Mühlenberg auf den Oberarm. »Mach dir morgen früh nicht in die Hose, wenn ich es nicht pünktlich ins Präsidium schaffe. Ich hol nur meinen Wagen ab.«

»Sehr witzig!«

»Du musst auch nicht warten, bis ich im Hausflur verschwunden bin. Tilda hockt in der Zelle. Sie kann mir nichts tun.«

»Steig endlich aus. Du nervst! Bis morgen.« Mühlenberg schaute seinem Partner hinterher. Um ihm nicht weiteren Anlass für Spott zu liefern, fuhr er los. Im Rückspiegel sah er, wie Rieble salutierte.

»Spinner«, flüsterte Mühlenberg.

* * *

»Hey, Schatz. Ich bin wieder zu Hause«, rief Rieble, als er die Wohnungstür aufschloss.

Er hörte die Toilettenspülung. Offenbar war Lucy im Bad. Rieble ging ins Wohnzimmer und starrte aus dem

Fenster. Er versuchte, seine Gedanken zu sortieren. So viel war passiert.

»Süßer«, erklang hinter ihm Lucys Stimme.

Er drehte sich zu ihr um. Sie kam zu ihm und gab ihm einen Kuss. Dabei legte er seine Hand auf ihren Bauch.

»Dein Kind war heute ziemlich wild.«

»So wie mein Tag«, antwortete er.

»Ist etwas passiert?«

»Der übliche Wahnsinn. Tobias war so nett und hat mich nach Hause gefahren. Auf eine Busfahrt hätte ich keine Lust gehabt.«

»Und morgen früh ist der Wagen fertig?«

»Wehe, wenn nicht. Ich laufe nach dem Frühstück direkt zur Werkstatt, dann sollte ich nicht zu viel Zeit verlieren.«

»Soll ich uns Gemüsesticks mit Dips machen?«, fragte sie.

»Das wäre toll!«

»Mach ich doch gerne. Dauert höchstens eine Viertelstunde.« Sie gab ihm noch einen Kuss.

Rieble sah ihr hinterher. Er musste an Tilda Schmitt denken. Erstaunlich, wie besorgt sein Partner auf ihre Sprüche reagierte. Wurde Tobias langsam zu alt für den Job? Oder war er nur ein Paradebeispiel dafür, wie man sich nach vielen Jahren im Polizeidienst veränderte? Er grinste, als er sich erinnerte, was sie über ihn gesagt hatte. Alt gewordenes Raubtier. Irgendwie passte das zu ihm.

* * *

Lukas Sommer hatte Drosten nach der Vernehmung die Bilder der einzelnen Tätowierungen geschickt und mit ihm vereinbart, von Frankfurt aus direkt ins Büro zu fahren.

Am späten Nachmittag teilte er Kraft und Drosten seine bisherigen Eindrücke mit. »Ich glaube, morgen früh wird sie eine Bombe platzen lassen. Ihre Andeutungen wegen der ablaufenden Zeit macht sie nicht ohne Hintergedanken. Zum Beispiel wissen wir nicht, wo sich Alexander Hercher befindet. Sie hat die Bemerkung fallen lassen, er könne ein Lied davon singen, dass es nicht gut wäre, im falschen Tonfall mit ihr zu sprechen. Das war mehr als bloß eine versteckte Andeutung.«

»Verena und ich haben die Tätowierungen analysiert und versucht, vom Bildmotiv auf die Tötungsart zu schließen. Das hier ist dabei rumgekommen.« Er schob Sommer einen Zettel mit handschriftlichen Notizen zu.

Sommer überflog die Liste. »Messermord«, flüsterte er leise. »Erdrosslung mit einem Draht ...« *Was für eine Auflistung des Grauens*, dachte er. Seine Partner hatten ganze Arbeit geleistet. Er stimmte ihnen bei jeder Schlussfolgerung zu. »Habt ihr schon angefangen, in unseren Datenbanken nach passenden, offenen Mordfällen zu suchen?«

»Nein«, antwortete Kraft. »Wir wollten auf dich warten. Zumal wir die Liste noch nicht lange fertig haben. Manche Motive haben uns vor größere Rätsel gestellt. Das Messer war zum Beispiel einfach. Der Stock mit dem Draht schon schwieriger. Mit einem solchen Spazierstock könnte man einen Menschen auch erschlagen. Dann würde allerdings der Draht keinen Sinn ergeben. Das war bei einigen Tätowierungen so.«

»Ich glaube, ihr habt jedes Mal den Nagel auf den Kopf getroffen. Wollen wir die Morde untereinander aufteilen, um schneller voranzukommen?«

»Nein«, antwortete Drosten. »Lasst uns gemeinsam in den Datenbanken suchen. Zu dritt sieht man mehr.«

»Und dann müssen wir noch irgendwie ihre verdammte Identität herausfinden«, stellte Sommer fest. »Momentan ist sie eine Unbekannte. Wer weiß, ob sie überhaupt Tilda heißt. Robert, könntest du ihr Foto übers

BKA an Europol weiterleiten? Vielleicht hat sie einen ausländischen Pass.«

»Kümmere ich mich morgen drum«, versprach Drosten. »Das will ich in Ruhe machen.«

Die Datenbankanfragen beschäftigten sie fast zwei Stunden. Ungelöste Mordfälle, die mit einem Messer ausgeübt worden waren, hatte es in den vergangenen Jahren im gesamten Bundesgebiet mehrfach gegeben. Ähnlich verhielt es sich mit Erschossenen. Sie stießen auch auf zwei nicht geklärte Morde mit außergewöhnlicheren Tatwaffen. Zu der Tätowierung des Baseballschlägers würde ein Mord in Bayern passen, bei dem ein Mittzwanziger totgeschlagen auf einer Autobahnraststätte aufgefunden worden war. Die Rechtsmedizin hielt einen Baseballschläger aus Metall für die Tatwaffe. Das Ganze lag drei Jahre zurück, und die Ermittlungen waren im Sande verlaufen. Ebenso ungelöst war ein Hergang in Sachsen-Anhalt, bei dem ein zweiunddreißigjähriger Mann in seinem Bett verbrannt war. Die Polizisten hätten das vielleicht als Selbstmord oder Unfall durchgehen lassen, wäre das Opfer nicht mit Händen und Füßen am Bett fixiert gewesen. Zu dieser Todesart passte das Tattoo-Motiv des scheinbar harmlosen Feuers, das ein Paar Handschellen umzüngelte.

Zu einigen der extravaganteren Tattoos hatten sie gar nichts gefunden. Deshalb diskutierten sie darüber, ob Tilda ausschließlich in Deutschland zugeschlagen oder auch in anderen Ländern eine Blutspur hinter sich hergezogen hatte.

»Verena und ich setzen uns morgen mit den zuständigen Dienststellen in Verbindung«, sagte Drosten. »Vielleicht kommt ja was dabei rum.«

»Ich warte die morgige Vernehmung ab.« Sommer fuhr

sich müde durchs Gesicht. »Danach entscheide ich, ob ich weiter den Frankfurtern helfe oder gemeinsam mit euch in den alten Fällen ermittle – wenn wir da überhaupt aktiv werden. Vierzehn Tätowierungen. Das wäre heftig. Dann wäre Beck ihr fünfzehntes Opfer gewesen, ohne dass wir sie jemals auf dem Schirm hatten. Mir wär's übrigens sehr lieb, wenn ihr morgen auch bei der Vernehmung dabei wärt. Schafft ihr das?«

14

Alexander Hercher starrte das Waschbecken an wie ein Kaninchen die Schlange. Er hatte bestimmt eine Stunde lang Wasser aus dem Becken geschöpft und über die Toilette entsorgt. Irgendwann hatte er entkräftet aufgegeben. Mittlerweile lief das Wasser über den Beckenrand und tröpfelte auf den Boden. Noch war das nicht gefährlich. Aber was, wenn sein Wärter nicht mehr zurückkehrte?

Mach dir keine Sorgen, dachte er. *Sobald es höher steht als der Toilettenrand, fließt es über den Abfluss ab. Du kriegst nasse Füße und Waden. Ansonsten passiert nichts.*

Ihm gelang es, sich zu beruhigen. Dafür wies ihn sein knurrender Magen auf ein schwerwiegenderes Problem hin. Die nächste Essenslieferung war längst überfällig. Über Dehydration musste er sich keine Sorgen machen, anders sah es mit fester Nahrung aus.

Wieder kreisten seine Gedanken um die Frage, wieso Tilda ihm das antat. Außerdem wollte er zu gerne wissen, um wen es sich bei dem Wärter handelte. Bei ihren Gesprächen über die Vergangenheit hatte Tilda einige Männer erwähnt, jedoch konnte Alexander den Aufpasser keinem davon zuordnen.

Was konnte er Tilda überhaupt noch glauben? War alles, was sie ihm anvertraut hatte, eine große Lüge?

Er stützte die Stirn auf die Hände. Das Plätschern des Wassers war das einzige Geräusch im Keller.

»Ich will hier raus«, flüsterte er. »Bitte. Ich möchte einfach nur nach Hause.«

Er dachte an seine Eltern. In den letzten Jahren hatte er auf ihre Gefühle keine Rücksicht genommen, sich manchmal monatelang nicht bei ihnen gemeldet. Was würde er dafür geben, jetzt die Stimme seiner Mutter zu hören, die ihm versicherte, dass am Ende alles gut werde. Längst vergessen geglaubte Erinnerungen aus seiner Kindheit kehrten zurück. Wie er krank im Bett lag und es trotz des Hustens und der verstopften Nase genießen konnte, weil sich seine Mutter liebevoll um ihn kümmerte.

Scheiße!, dachte er. *Du hast so viel falsch gemacht. Wenn ich das hier überlebe, schwöre ich, mich zu bessern.*

Alexander schluchzte. Eine Welle der Verzweiflung schlug über ihm zusammen. Er befürchtete, nie wieder einen anderen Menschen zu sehen. Ohne Nahrung würde er irgendwann verhungern, egal, wie viel Wasser er bis dahin getrunken hätte. In seiner Fantasie malte er sich die eigene Beerdigung aus. Seine Eltern standen ganz vorn am Grab, die Menschen dahinter sah er jedoch nur schemenhaft. Wer würde sich überhaupt für sein Begräbnis interessieren? Vielleicht ein paar Nachbarn aus Mitleid. Im besten Fall einige seiner Freunde aus der Teenagerzeit. Je länger er darüber nachdachte, desto mehr verfinsterte sich sein Gemüt. Er hatte in den letzten Jahren viel falsch gemacht. Sein größter Fehler waren offenbar die Gefühle, die er für Tilda entwickelt hatte.

»Miststück!«, schluchzte er. »Dabei habe ich dich so sehr geliebt!«

Ihr Verrat stach ihn mitten ins Herz. Das Wasser plätscherte wie ein Soundtrack zu der Verzweiflung, die er empfand.

Über sein eigenes Schluchzen hinweg vernahm er ein Geräusch. Sofort schaute er auf und wischte sich die Tränen aus den Augen. Die Tür zum Keller öffnete sich. Der Wärter trat ein. Er hatte einen großen Picknickkorb dabei.

Alexander sprang auf. »Wo waren Sie so lange?«, rief er vorwurfsvoll. »Ich krepiere fast vor Hunger.« Die Wehleidigkeit war wie weggeblasen. Stattdessen wollte er seinen Frust an dem Wärter auslassen. »Gucken Sie sich diese Scheiße an!« Er deutete zum Waschbecken. »Der Abfluss ist zu, und das Wasser läuft unablässig. Es tropft schon auf den Boden. Stellen Sie das ab.«

Ohne ein Wort zu sagen, trat der Wärter vor die Essensklappe.

»Hallo! Ich rede mit Ihnen!«

Von außen öffnete der Mann die Durchreiche. Dann schlug er das Tuch über dem Picknickkorb zurück und stellte diverse Nahrungsmittel in die Öffnung. Eine Packung Toast, Cheddarkäse, Salami, Schokolade, Kekse, Zwieback, einige Äpfel und Bananen.

»Was soll das?«, fragte Alexander besorgt.

Das war deutlich mehr, als er bislang bei den einzelnen Lieferungen erhalten hatte. Ein ungutes Gefühl erwachte in ihm.

»Warum bringen Sie mir so viel? Sie dürfen nicht wieder tagelang verschwinden. Jemand muss sich um das Wasser kümmern. Ich habe keinen Bock auf nasse Füße. Tilda soll herkommen. Wenn ich sie beleidigt habe, will ich mich bei ihr entschuldigen. Sagen Sie ihr das bitte.«

Das Schweigen des Mannes war das Schlimmste. Wieso antwortete er nicht?

»Reden Sie mit mir!«

Zuletzt entnahm der Wärter dem Korb eine orangefarbene Plastikkapsel. Stammte sie aus einem XL-Überraschungsei? Der Mann legte es in die Öffnung und verschloss die Klappe wieder.

»Reden Sie mit mir!«

Der Fremde starrte ihn bloß an.

Da Alexander diesen Blick nicht lange ertrug, nahm er die Kapsel aus der Durchreiche und schraubte sie auf. »Leer«, sagte er leise. »Was soll das?«

Der Mann lächelte.

»Reden Sie mit mir! Wann kümmern Sie sich um den Sensorhahn? Können Sie das Wasser von außen abschalten? Ich setze mich gern in die Ecke, falls Sie dazu hier reinmüssen. Ich werde mich nicht rühren, versprochen. Meinetwegen können Sie mich auch fesseln.«

Noch immer sprach der Mann kein Wort.

»Soll ich etwa ertrinken?« Bewusst erwähnte Alexander nicht den Toilettenabfluss. Vielleicht hatte sein Peiniger das nicht einkalkuliert.

»Bitte!«

Der Mann nahm den Korb und wandte sich um.

Verzweifelt schlug Alexander mit der flachen Hand auf die Glasscheibe. »Bleiben Sie hier! Reden Sie mit mir!«

Der Wärter entfernte sich.

»Stopp!«, schrie Alexander. »Erklären Sie's mir. Warum tut Tilda mir das an? Was hab ich falsch gemacht? Ich bedaure es – egal, um was es geht.«

Der Mann öffnete die Tür und stellte den Korb nach draußen.

»Nein!«, brüllte Alexander.

Zu seiner Erleichterung warf der Mann die Tür von

innen zu und drehte sich um. Langsam kehrte er zum Käfig zurück. Mit angehaltenem Atem wartete Alexander.

Erneut stellte sich der Wärter vor die Durchreiche. Sie starrten sich an.

»Du hörst mir jetzt genau zu«, sagte der Mann nach einer Weile.

»Mach ich«, versprach Alexander.

»Heute sehen wir uns zum letzten Mal.«

»Was? Wieso denn das?«

»Unterbrich mich nicht! Oder willst du dumm sterben?«

»Sorry.«

»Das Wasser wird immer weiter laufen. Bis du in vier Tagen dann ertrinkst. Der kleine Luftschlitz da oben wird dich nicht retten. Irgendwann geht dir die Kraft aus, um festzuhalten.«

Alexander ließ sich nichts anmerken. Offenbar machten seine Entführer zwei entscheidende Denkfehler. Die Fließgeschwindigkeit des Wassers war viel zu gering, um den großen Käfig in vier Tagen zu füllen. Das würde deutlich länger dauern. Zudem würde der Abfluss der Toilette ein Volllaufen verhindern.

Der Mann lächelte. »Soll ich raten, woran du denkst? Das WC, richtig?«

»Was ist damit?«, fragte Alexander.

»Du bist ein schlechter Schauspieler.« Er lachte arrogant. »Der Abfluss der Toilette wird sich schließen, sobald dort länger als dreißig Sekunden ununterbrochen Wasser hineingelaufen ist. An solche Details haben wir natürlich gedacht. Glaubst du, wir konstruieren in mühevoller Arbeit einen wasserdichten Käfig und übersehen so was? Hältst du uns für so dumm?«

»Warum tun Sie mir das an? Ich will nicht sterben!«

»Du hast eine Chance.«

»Was muss ich dafür tun?«

»Darauf vertrauen, dass die Bullen dich rechtzeitig finden. Dazu komme ich später. Das ist der wichtigste Punkt, deswegen reden wir darüber zuletzt. Mit dem Plastikei kannst du deinen Kot einsammeln, sobald der Abfluss nicht mehr funktioniert. Dafür ist es gedacht. Du sollst dich nicht ekeln müssen.« Er zeigte zu einem der Bücherregale. »Falls du glaubst, die Regale wären bloß als Abstellfläche für die Bücher vorgesehen, irrst du dich. Wir haben sie sehr stabil konstruiert. Sie tragen bis zu einhundertzwanzig Kilo. Du kannst dich also darauflegen und ausruhen, wenn das Wasser immer höher steigt. Kein Mensch würde es schaffen, vier Tage in Bewegung zu bleiben. Von der Unterkühlung ganz zu schweigen. Mit der Leiter kommst du auch ans oberste Regal. Sie ist aus Plastik, trägt aber dein Gewicht. Ich würde dir empfehlen, die nächsten Stunden zu nutzen, um die Bücher der unteren Etagen nach oben zu stellen. Erst wenn du die oberste Ausruhfläche brauchst, solltest du sie ins Wasser werfen. Sie werden es dir erschweren, dich mühelos an der Oberfläche zu halten.«

»Ich will nicht krepieren«, flehte Alexander.

»Hängt von den Bullen ab. Tilda gibt ihnen die Chance, ihr Hinweise zu entlocken, mit denen sie dich spätestens am vierten Tag finden sollten. Wenn das geschieht, hast du den Hauptgewinn gezogen. Jetzt musst du genau aufpassen. Ich zeige dir etwas, das deine Retter brauchen, um dich aus der Bredouille zu befreien. Siehst du diesen Kasten?« Der Wärter trat ein paar Schritte von der Durchreiche weg, bis er einen Betonpfeiler erreichte. Daran war ein grauer Kasten angebracht.

»Was ist damit?«

»Man kann ihn öffnen. Ganz einfach. Am Rand ist eine Ausbuchtung. So zieht man ihn auf.« Er führte es vor.

Dahinter kam ein roter Knopf zum Vorschein, der fast wie ein Buzzer bei einer Fernsehquizshow aussah.

»Sobald sich der Abfluss der Toilette verschließt, kann man ihn hiermit reaktivieren. Man drückt ihn, dann fließt das Wasser langsam ab. Klar, es wird eine halbe Stunde oder so dauern. Aber du wirst dich ziemlich schnell wieder aufs oberste Regal setzen können, um dich auszuruhen. Teil dir das Essen gut ein. Ich habe vorhin deinen Blick bemerkt. Du hast dich gewundert, warum ich dir so viel gebe. Es muss halt vier Tage reichen. Trinken steht dir ausreichend zur Verfügung. Das ist übrigens ein weiterer Grund, wieso ich an deiner Stelle das Ei benutzen würde.« Er grinste. Dann schloss er den Kasten wieder.

»Warum tun Sie das?«, wollte Alexander wissen. »Wir sind uns nie begegnet, oder? Ich hab Ihnen nie geschadet.«

»Eine gute Frage«, erwiderte der Wärter. »Im Prinzip sind wir uns ziemlich ähnlich. Wir konnten uns Tildas Anziehungskraft nicht entziehen. Wenn man einmal diesen Weg eingeschlagen hat, gibt es kein Zurück mehr. Das haben wir beide auf schmerzhafte Weise lernen müssen. Beziehungsweise bist du gerade dabei, ich hab das schon hinter mir.« Er lächelte aufmunternd. »Vielleicht gönnt dir das Schicksal einen Neuanfang. Vorausgesetzt, die Bullen entschlüsseln das Rätsel rechtzeitig.«

»Lügen Sie mich auch nicht an? Kriegt die Polizei eine Chance, mich zu retten?«

»Die Bullen bekommen von Tilda in den nächsten Tagen Hinweise auf deinen Aufenthaltsort. Vorausgesetzt, sie sind willens, Schmerzen zu ertragen.«

Alexander öffnete den Mund. Das klang gar nicht gut. »Schmerzen? Was meinen Sie damit?«

Ohne eine weitere Erklärung wandte sich der Mann ab.

»Nein!«, schrie Alexander. »Bleiben Sie bei mir. Ich hab noch so viele Fragen.« Wieder schlug er mit der flachen Hand auf die Glasscheibe. »Bitte! Gehen Sie nicht!«

Der Wärter ging unbeirrt zur Tür.

»Tun Sie mir das nicht an! Ich habe Angst!«

Ohne einen letzten Blick zurück verließ der Mann den Raum.

»Arschloch!«, schrie Alexander. Er blickte zum Waschbecken. Das Wasser floss noch immer langsam aus dem Hahn. Würde der Käfig wirklich in vier Tagen komplett volllaufen? Das erschien ihm unrealistisch. Vielleicht wurde es gar nicht so dramatisch, wie der Wärter behauptet hatte. Möglicherweise blieb den Polizisten viel mehr Zeit, um ihn zu retten.

Er schaute sich um. Vermutlich war es sinnvoll, jetzt schon alle Bücher aufs oberste Regal zu stapeln. Er brauchte Platz, um sich ausruhen zu können. Außerdem müsste er die Lebensmittel möglichst lange trocken lagern.

Um gar nicht erst dumpf über die Aussagen des Mannes zu brüten, platzierte er die Leiter so, dass er problemlos das oberste Regal erreichte.

Die Arbeit lenkte ihn ab. Er stapelte die Bücher um und pfiff leise eine Melodie. Er wollte bloß nicht ins Grübeln kommen. Als das erste Regal leer geräumt war, hörte er alarmiert ein neues Geräusch. Hektisch drehte er sich zum Waschbecken um.

»Nein!«, schrie er. »Nein! Das darf nicht wahr sein!«

Das Volumen des aus dem Hahn strömenden Wassers hatte sich deutlich erhöht.

Vier Tage!, schoss es ihm durch den Kopf. *In vier Tagen bist du elendig ertrunken oder gerettet.*

15

Tilda lächelte ihn an, als er den Vernehmungsraum betrat. An diesem Morgen trug sie zum ersten Mal graue Gefängniskleidung.

»Schön, Sie zu sehen, Hauptkommissar Sommer. Ich hoffe, Sie hatten einen erholsamen Schlaf.«

Sommer ging auf ihr Spielchen ein. »Danke der Nachfrage. Haben Sie auch gut geschlafen?«

»Ganz hervorragend sogar. Allerdings hat mich ein Gedanke ein bisschen vom Einschlafen abgehalten.«

»Welcher?«, fragte Sommer.

»Ob wir nicht schon zu viel Zeit verschwendet haben und es überhaupt fair gegenüber Alexander ist, wenn ich mich hinlege und schlafe. Trotzdem bin ich irgendwann eingeschlafen.« Sie kicherte. »Armer Junge.«

»Reden wir Tacheles. Sie machen diese Andeutungen nicht zum ersten Mal.«

»Das haben Sie mitbekommen? Ich gratuliere!« Sie applaudierte mit ihren gefesselten Händen.

»Worauf wollen Sie hinaus? Klartext, bitte!«

»Na ja, man könnte sagen, ihm steht schon bald das Wasser bis zum Hals.«

Wütend schlug Sommer auf den Tisch. »Ich hab genug von Ihren Spielchen. Entweder Sie sprechen nicht mehr in Rätseln, oder ich verlasse den Raum. Dann haben Sie mich zum letzten Mal gesehen.«

»Das kann ich Ihnen nicht empfehlen. Sie sind Alexanders einzige Hoffnung. Wenn Sie gehen, ist es schon sehr bald vorbei mit ihm.« Tilda seufzte. »Ich kann Sie ja verstehen. Wahrscheinlich wäre ich genauso ungeduldig. In dieser Hinsicht ähneln wir uns. Ich brauche Ihr Smartphone und einen Internetzugang. Dann zeige ich Ihnen, in welcher Bredouille Alexander steckt.«

Er starrte sie an. »Ich gebe Ihnen nicht mein Handy.«

Tilda verdrehte die Augen. »Aber Sie haben Ihr Handy dabei, und es hat Netz?«

Sommer nickte.

»Dann nehmen Sie Stift und Papier zur Hand. Ich diktiere Ihnen, auf welche Seite Sie gehen müssen, um mehr über Alexander zu erfahren.«

»Ich habe weder Stift noch Papier bei mir.«

»Holen Sie's! Wir verschwenden schon wieder wertvolle Zeit. Ich warte hier auf Sie. Versprochen!«

Sommer schaute sie kurz an, ehe er aufstand, den Raum verließ und ins Nebenzimmer ging, wo Mühlenberg zusah.

»Hast du einen Kugelschreiber und ein Blatt Papier für mich?«, fragte Sommer.

»Kommt sofort!«

Kurz darauf saß er wieder der Verhafteten gegenüber. »Wie lautet die Web-Adresse?«

»Ich diktiere sie Buchstabe für Buchstabe und Zahl für Zahl. Nicht, dass noch was schiefgeht.«

Provozierend langsam nannte sie ihm die Zeichen der Adresse, die auf Dotcom endete.

»Mein Handy ist gegen jede Art von Schadsoftware gesichert«, stellte Sommer klar.

»Das ist sehr vorbildlich, und ich habe mit nichts anderem gerechnet.«

Sommer zog sein Telefon aus der Tasche. Er öffnete den Browser und gab die diktierte Adresse ein.

»Das ist übrigens ein Livestream. So viel dürfen Sie mir glauben.«

Das Display zeigte die Aufnahmen einer Webcam. Sie war auf eine Art Käfig aus Glas und Metall gerichtet. Die Auflösung war hoch genug, dass Alexander Hercher zu erkennen war, der seitlich zur Kamera stand. Er war damit beschäftigt, Bücher von einem Regal in ein höher hängendes zu stapeln.

»Achten Sie aufs Waschbecken«, sagte Tilda.

Sommer kniff die Augen leicht zusammen. Aus dem Becken floss Wasser auf den Boden.

»Erklären Sie mir, was ich hier sehe.«

»Mit Vergnügen. Zunächst einmal möchte ich Ihnen Zeit ersparen. Selbst dem cleversten IT-Experten, der Ihnen zur Verfügung steht, wird es nicht gelingen, die IP-Adresse herauszufinden. Wir schicken den Stream über viele verschlüsselte Server. Sparen Sie sich die Mühe.«

Sommer bemerkte, dass sie nicht von sich selbst sprach, sondern von mindestens einem Beteiligten. Er nickte. »Verstanden.«

»Sagen Sie mir bitte die genaue Uhrzeit.«

»Acht Uhr siebzehn.«

»Moment. Das muss ich ausrechnen.« Sie nahm theatralisch die Finger zu Hilfe und bewegte lautlos die Lippen. »In vier Tagen, einer Stunde und siebenundvierzig Minuten hat sich der Käfig bis zum obersten Luftschlitz gefüllt. Dann ertrinkt Alexander. Ich bin bereit, Ihnen auf sehr spezielle Weise Hinweise zu geben, die Ihnen dabei helfen, den Kleinen vor Ablauf der Deadline zu finden. So könnten Sie ihn vor dem Ertrinken retten.«

»Spezielle Weise?«, wiederholte er.

Tilda legte ihre Hände auf den Oberschenkel. Wenn er sich nicht irrte, genau auf die Stelle, an der sich das Messer-Tattoo befand. Sie lächelte.

»Was meinen Sie damit?«

Tilda seufzte. »Überschätze ich Ihren intellektuellen Horizont? Ist es nicht klar, worauf ich hinauswill?«

»Hören Sie auf!«, sagte er scharf.

»Dann kaue ich es Ihnen eben vor. Wie einem Kleinkind, das nur Brei schlucken kann. Erbärmlich! Sie lassen sich an vier Tagen hintereinander ein Tattoo stechen. Das wird wehtun, denn normalerweise macht man zwischen einzelnen Sitzungen eine längere Pause, damit sich die Haut nicht entzündet. Diesmal geht das nicht. Tut mir leid. Sie müssen heute oder spätestens morgen anfangen. Dann übermorgen, danach überübermorgen, und das letzte sehr wichtige Detail erfahren Sie rechtzeitig vor Ablauf der Deadline. Ich habe den Tätowierer schon ausgesucht. Er arbeitet hier in der Stadt und weiß nichts von meinem Plan. Aber ich vertraue ihm. Ich habe einen Weg gefunden, ihm jeden Tag die Hinweise zukommen zu lassen, die er braucht, um Ihnen das Motiv zu stechen. Er erhält sie per E-Mail. Jedoch bekommt er sie nur, wenn Sie sich der Prozedur auch wirklich unterziehen.«

»Ist das Ihr Ernst?«

»Mein tödlicher Ernst.«

»Ich lasse mich nicht auf Ihren Befehl hin tätowieren! Vergessen Sie's!«

»Dann kommen Sie hoffentlich damit klar, den Tod eines jungen Mannes verschuldet zu haben. Der im Prinzip nichts dafür kann. Er hat sich halt leider in mich verliebt. Dumm gelaufen.«

Die Kälte in ihrer Stimme ließ keine Hoffnung in Sommer aufkommen, dass sie es sich anders überlegen könnte. Würde es ihnen gelingen, Herchers Aufenthaltsort auch ohne Tildas Hilfe herauszufinden? Sommer war skeptisch.

»Man sieht Ihnen Ihre Gedanken an«, sagte Tilda. »Lassen Sie's drauf ankommen! Nicht ich bin es, die nachts vor lauter Gewissensbissen nicht einschlafen können wird.«

»Wie können Sie ...«

»Ersparen Sie mir Ihre Moralpredigt«, bat sie ihn mit honigsüßer Stimme. »Jemanden wie Sie hätte ich als kleines Mädchen gebraucht, bevor ...« Sie wandte kurz den Kopf ab. »Egal! Sie kennen meine Bedingungen.«

Sommer musterte sie. War das gerade ein Ausrutscher gewesen oder eine einstudierte Lüge?

»Die Körperstelle, an der Sie sich tätowieren lassen, dürfen Sie sich selbst aussuchen«, sagte sie. »Ich begreife, wie schwierig es für Sie wäre, mit einem gut sichtbaren Hals-Tattoo herumzulaufen, obwohl die Aussicht reizvoll ist. Bei Ihrem Job!« Sie grinste. »Nehmen Sie den Oberarm oder den Rücken. Dann sieht nur Ihre Frau das Motiv. Da hat Jennifer schon Schlimmeres ertragen, nicht wahr? Wie muss es für sie und Jeremias gewesen sein, Sie zu begraben, obwohl Sie damals getrennt waren? Denken Sie an Alexanders Eltern. Susanne und Joachim. Sie haben versucht, sich ihre Abneigung mir gegenüber nicht anmerken zu lassen. Wohlgemerkt: versucht! Na ja. Ich wäre als Mutter eines Anfang Zwanzigjährigen wohl auch nicht begeistert, wenn er eine deutlich ältere Frau mit nach Hause bringen würde. Hätte es Sie eigentlich gestört, falls Jeremias mich Ihnen als seine neue Freundin vorgestellt hätte?«

»Das wäre niemals passiert«, antwortete er.

»Die Gewissheit von Eltern.« Tilda grinste. »Es macht so viel Spaß, sie zu zertrümmern. Mal gucken. Vielleicht warte ich ein paar Jahre, bevor ich versuche, Sie von Ihrem Irrtum zu überzeugen.«

Sommer nahm die unterschwellige Botschaft wahr. Tilda befürchtete nicht, die nächsten Jahrzehnte im Gefängnis zu verbringen. Alles an ihrem Verhalten deutete auf einen perfiden Plan hin.

»Auf eine Sache muss ich Sie noch dringend hinweisen. Ich bin überzeugt, Ihre Kollegen analysieren den Livestream. Dabei bemerken sie die Toilette und denken sich, über den Abfluss würde das Wasser automatisch ablaufen. Irrtum! Ich habe das über Monate geplant und mache keine Anfängerfehler. Sobald länger als dreißig Sekunden Wasser hineinfließt, schließt sich der Abfluss. Sie haben alle Motive auf meiner Haut fotografiert. Vierzehn Stück. Stellen Sie sich als fünfzehntes Motiv ein Rasiermesser vor und als sechzehntes einen gläsernen Kasten. Dann teilen Sie das durch die Jahre, die vergangen sind, seit Sie sich gefragt haben, wo Bastian Schubert geblieben ist. Daraus können Sie folgern, wie wichtig mir eine umfangreiche Planung ist. Ich gehe meine Projekte vorbereitet an. Ich kann verstehen, wenn Sie sich mit Ihren Kollegen beratschlagen wollen. Bedenken Sie dabei, der arme Alexander hat jetzt schon beim Toilettengang nasse Füße. Kommen Sie wieder, sobald Sie sich entschieden haben. Ich warte hier auf Sie.«

16

Während der Vernehmung waren Drosten und Kraft im Frankfurter Präsidium eingetroffen. Sie hatten das Gespräch im Nebenraum beobachtet, zusammen mit Henry Rieble, der auch noch rechtzeitig erschienen war, um das vergiftete Angebot der Mörderin mitzubekommen.

»Leider klingt alles, was die Frau sagt, nachvollziehbar«, sagte Mühlenberg. »Oder sehen Sie eine Chance, übers BKA die IP herauszufinden?«

Drosten schüttelte den Kopf. »Kann ich mir nicht vorstellen. Ich leite es an die Kollegen weiter, doch wenn das über ausländische Server läuft, brauchen die Experten sicher länger als vier Tage.«

»Funktioniert das mit dem Toilettenabfluss überhaupt?«, fragte Rieble. »Kann man so etwas sperren? Oder blufft sie?«

»Keine Ahnung.« Mühlenberg zuckte mit den Achseln. »Ich befürchte, das finden wir bald heraus. Ich will einen Computer hier im Raum haben, über den wir rund um die Uhr den Stream verfolgen können. Kümmerst du dich darum, Henry?«

»Mach ich!« Rieble verließ sofort das Zimmer.

»Kommt es für dich überhaupt infrage, dich tätowieren zu lassen?«, wollte Mühlenberg wissen.

»Es wäre nicht das erste Mal«, antwortete Sommer. Er strich über den rechten Oberarm. »Hierauf ist ein Gang-Tattoo. Aus meiner Undercoverzeit bei den *Hell Demons*. Ich habe es nie entfernen oder überstechen lassen. Wäre vielleicht eine gute Gelegenheit.«

»Also hast du Tilda angelogen«, stellte Mühlenberg fest.

»Sie muss nicht alles von mir wissen.«

»Kluge Entscheidung«, sagte Mühlenberg.

»Mir machen die gesundheitlichen Risiken ein bisschen Sorgen«, meinte Kraft. »Keine Ahnung, was es mit diesem Tätowierer auf sich hat, dem sie die Anweisungen per E-Mail zusenden will. Falls der mit ihr unter einer Decke steckt, könnte er verunreinigte Nadeln benutzen. HIV, Hepatitis. Oder andere Krankheiten, die niemand haben will. Das sollten wir bedenken.«

»Ich kenne eine Frau, die ein Tattoo-Studio besitzt. Sie ist die aufmerksame Kellnerin von damals bei den Schubert-Ermittlungen. Vor ein paar Jahren hat sie sich selbstständig gemacht. Bei ihr könnte ich mir sicher sein, dass die Nadeln nicht verunreinigt sind.«

»Also würdest du das zur Voraussetzung machen?«, fragte Drosten. »Der von ihr genannte Tätowierer muss in einem fremden Studio arbeiten?«

»Ja«, erwiderte Sommer.

Rieble kehrte zu ihnen zurück. »In zehn Minuten bringt die Haustechnik einen All-in-one-PC her. Was hab ich verpasst? Wie ist Ihre Meinung zu der Forderung?«

»Ich könnte es mir vorstellen. Allerdings nicht in dem Studio des Tätowierers, den sie fordert.«

»Wegen der gesundheitlichen Risiken?«, vermutete Rieble. »Falls er mit unsauberen Nadeln arbeitet?«

»Sie kennen sich damit aus?«, wollte Drosten wissen.

»Ein bisschen. Ich bin selbst an der Schulter tätowiert. Ist ja bei einem Polizeibeamten nicht so wahnsinnig gern gesehen. Trotzdem habe ich mir vor ein paar Jahren ein Motiv stechen lassen.«

»Die Fehler der Jugend.« Mühlenberg zwinkerte seinem Partner zu. »Ich kenne das Tattoo. Schrecklich!«

»Schrecklich ist bloß dein Spießertum«, entgegnete Rieble.

»Was haben Sie für ein Motiv ausgesucht?«, erkundigte sich Kraft.

»Ich bin großer Tolkien-Fan«, antwortete Rieble. »Die Bücher hab ich alle gelesen, die Jackson-Verfilmungen ein Dutzend Mal im Kino gesehen. Deswegen musste es was aus diesem Kosmos sein. Ich habe mich für den Kampf zwischen Gandalf und dem Balrog auf der Brücke von Khazad-dûm entschieden.«

»Ziemlich großes Tattoo«, fügte Mühlenberg hinzu. »Und um ehrlich zu sein: Mir gefällt's. Ich wollte ihn gerade nur aufziehen, denn ich mag die Filme auch. Der Kampf ist eine meiner Lieblingsszenen. Zum Glück sieht man davon nichts, wenn Henry ein Hemd trägt. Manche Vorgesetzte hätten damit ein Problem.«

»Was die Forderung der Frau anbelangt, habe ich wegen einer Sache Bedenken«, fuhr Rieble fort. »Mein Tattoo ist in insgesamt vier Sitzungen entstanden, im Laufe einiger Monate. Zwischen jeder Sitzung lagen mindestens drei Wochen. Die Haut muss sich zwischendurch regenerieren. Sonst kann sie sich entzünden, dann würde es schmerzhaft für Sie werden.«

»Das hat sie wahrscheinlich eingeplant«, vermutete Sommer.

»An vier Tagen vier Sitzungen?«

»Tatsächlich werden es ja nur drei«, stellte Sommer fest.

Rieble runzelte die Stirn. »Wieso?«

»Dieser Tätowierer erhält ihre Anweisungen. Er sticht mir danach das erste Mal Farbe in die Haut, wiederholt das am zweiten und dritten Tag, arbeitet jeweils nach den Hinweisen. Am vierten Tag kennen wir auch das letzte Motiv und somit das Gesamtbild. Den Tätowierprozess lassen wir natürlich weg, um keine Zeit zu verlieren.«

»Logisch!«, sagte Rieble. »Wenigstens etwas. Trotzdem. Auch drei Sitzungen werden Ihrer Haut nicht guttun.«

»Haben wir eine andere Wahl?«, fragte Sommer. »Außerdem hoffe ich, durch den Tätowierer mehr über unseren *Gast* zu erfahren. Wir kennen noch immer nicht ihren Namen. Vielleicht kann uns der Mann dabei weiterhelfen.«

»Ich versteh dich also richtig?«, erkundigte sich Mühlenberg. »Du wirst auf ihre Forderung eingehen?«

»Ich muss das mit meiner Frau besprechen. Wenn Jennifer nichts dagegen hat, werde ich es tun. Wir sind uns schließlich einig, dass es die beste Chance ist, Hercher zu retten, oder?«

* * *

Jennifer Sommer saß im Pausenraum und gönnte sich die erste Auszeit seit ihrem Dienstbeginn vor vier Stunden. Wie immer war zu wenig Personal in ihrer Abteilung eingesetzt. Vor ihr stand ein Becher Kaffee. Ihr gegenüber hatte eine junge Kollegin Platz genommen.

»Sei froh, dass du seit vielen Jahren glücklich vergeben bist«, jammerte sie. »Die Männer heutzutage sind alle bescheuert. Auf der einen Seite die totalen Weicheier, geizig bis zum Ende, fast keiner von ihnen lädt dich noch ein. Auf der anderen Seite träumen sie von der perfekten ...« Julia schaute kurz zur geschlossenen Tür. »... Pornoschlampe im

Bett«, flüsterte sie. »Du kannst dir nicht vorstellen, wie die drauf sind.«

»So schlimm?«, fragte Jennifer.

Julia nickte. »Und die wenigen passablen Gestalten erweisen sich dann meistens als Muttersöhnchen.« Sie seufzte.

Ehe Jennifer etwas erwidern konnte, vibrierte ihr Telefon. »Mein Göttergatte ruft an.«

Julia stand auf. »Wir sehen uns.« Sie verließ den Pausenraum.

»Hey, du Musterehemann«, begrüßte sie ihn.

»Womit hab ich das verdient?«, fragte er.

»Ich habe mich gerade mit einer jungen Kollegin über ihren Frust bei der Partnersuche unterhalten.«

»Was würdest du über deinen Musterehemann denken, wenn der ein fettes Tattoo am Oberarm hätte?«

»Wow! Steckst du in der Midlife-Crisis? Ist es jetzt so weit?«

»Wenn's nur so wäre. Hast du ein paar Minuten Zeit?«

»Schieß los!«

Er erzählte ihr, was bei der heutigen Vernehmung der mutmaßlichen Serienmörderin herausgekommen war und welches Angebot sie ihm gemacht hatte.

»Verdammt, Lukas! Du wirst Schmerzen haben. Das ist kein Spaß, was sie fordert.«

»Ich weiß, aber ich hab schon Schlimmeres überlebt. Und so könnte ich endgültig mein Souvenir aus der Zeit bei den *Demons* loswerden. Wenn die Ermittlungen vorbei sind und du die Tätowierung furchtbar findest, würde ich es überstechen lassen. Versprochen.«

»Darum geht's mir nicht. Ich mache mir nur Sorgen um dich. Nicht, dass dieser Tätowierer mit ihr unter einer Decke steckt und dich ...«

»Ich werde mich nicht in seinem Studio stechen lassen.«

»Sondern?«

»Er muss die Nadeln von jemand Vertrauenswürdigem benutzen.«

»Klingt vernünftig.«

»Also wäre es okay für dich?«

»Wenn es hilft, diesen Alexander Hercher zu retten? Natürlich! Dafür brauchst du nicht meine Erlaubnis. Ich denke bloß an dein Wohlergehen.«

»Ich werd's überstehen.«

Jennifers Summer vibrierte am Hosengürtel. »Schatz, ich muss dringend zu einer Patientin. Du hast meinen Segen.«

* * *

Sommer kehrte ins Vernehmungszimmer zurück. Tilda starrte ihn an.

»Manchmal sind Sie leicht zu lesen, wie ein offenes Buch, und manchmal werde ich nicht schlau aus Ihrem Gesichtsausdruck«, stellte sie fest. »Haben Sie sich entschieden? Hat der arme Alexander noch Hoffnung? Oder ist Ihnen Ihre makellose Haut wichtiger?«

Wortlos setzte Sommer sich ihr gegenüber.

»Sie machen's ganz schön spannend. Hören Sie mit diesen Spielchen auf! Nur weil Sie wissen, dass Sie ihn nicht vor dem vierten Tag retten können, müssen Sie nicht den harten Hund markieren. Sonst ziehe ich mein Angebot zurück.«

Das machst du nicht, dachte Sommer. *Dafür gefällt dir die Vorstellung viel zu gut, wozu du mich zwingst.*

»Unter einer Bedingung bin ich einverstanden«, erklärte er.

»Bedingung? Das klingt nicht, als würde es mir gefallen.«

»Der von Ihnen beauftragte Tätowierer muss in einem Studio meiner Wahl arbeiten. Ansonsten kommt der Deal nicht zustande.«

»Mutig von Ihnen, das zu fordern, wenn man bedenkt, was für Alexander auf dem Spiel steht.«

»Ich erklär's Ihnen gerne. Falls ich mich bei Ihrem Tätowierer auf die Liege lege, wer garantiert mir dann, dass er mit hygienisch desinfizierten Nadeln arbeitet?«

»*Sie* könnten die vorab desinfizieren«, schlug Tilda vor. »Außerdem liegt es mir fern, Ihnen gesundheitlich zu schaden. Was brächte mir das?«

»Und was spricht gegen meine Bedingung?«

»Ich lasse mir so etwas nur ungern diktieren.« Sie seufzte theatralisch. »Meinetwegen! Wenn es Ihnen damit besser geht. Ich erkläre Ihnen jetzt genau, wie das abläuft. Der Tätowierer erhält um Punkt achtzehn Uhr eine erste E-Mail mit einem Teil des Motivs. Ob Sie sich heute Abend oder morgen früh stechen lassen, dürfen Sie entscheiden. Die nächste Mail erreicht den guten Mann übermorgen früh, danach jeweils im 24-Stunden-Abstand. Sobald die letzte E-Mail angekommen ist, bleibt Ihnen noch genügend Zeit, um Alexander lebend zu finden.«

»Garantieren Sie das?«

»Ich gebe Ihnen mein Wort. Sie haben meinen Segen, ihn zu retten. Er ist ein guter Junge. Wäre schade um ihn, wenn er am Ende leblos im Wasser treibt, weil Sie zu lange gebraucht haben.«

»Wie heißt der Tätowierer?«

»Damian Knoll«, antwortete sie. »Sie finden seine Kontaktdaten im Internet. Ich bin sehr auf das Ergebnis gespannt. Genießen Sie die Sitzungen. Bis das Motiv fertig ist, habe ich Ihnen nichts mehr zu sagen. Am besten bringen Sie mich zurück in meine Zelle. Ach übrigens, da Sie eine Bedingung genannt haben, habe ich jetzt auch eine.

Nach jeder Sitzung will ich mir hier im Vernehmungszimmer die Fortschritte der Tattoos ansehen. Nicht, dass Sie einfach bloß behaupten, Sie wären tätowiert worden. Ich kann das ja nur überprüfen, wenn ich es mit eigenen Augen sehe.«

Sommer nickte. Mit einer solchen Forderung hatte er gerechnet.

* * *

Nach einer halben Stunde gaben die Polizisten auf. Gegen Knoll lag nichts vor. Er schien bisher in keine kriminellen Machenschaften verwickelt gewesen zu sein, auch dem Finanzamt lag nichts Belastendes gegen ihn vor. Ob er Tilda persönlich kannte, müssten sie noch herausfinden.

»Wer begleitet mich zu Knoll?«, fragte Sommer.

»Das lasse ich mir nicht entgehen«, antwortete Rieble prompt.

»Ich würd auch gern mitkommen«, sagte Mühlenberg.

»Wir wären dann zu viele«, stellte Drosten fest. »Fünf Polizisten wirken einschüchternd. Verena und ich fahren zurück nach Wiesbaden. Wir kontaktieren die zuständigen Kriminalkommissariate der Fälle, über die wir gestern gesprochen haben.«

»Müssen wir darüber etwas wissen?«, erkundigte sich Rieble.

»Ich setzte euch unterwegs ins Bild«, versprach Sommer. »Lasst mich noch ein Telefonat führen, dann brechen wir zu Knoll auf.«

»Und wir fahren schon los«, sagte Kraft. Sie umarmte Sommer, bevor sie mit Drosten den Raum verließ.

»Wen willst du anrufen?«, fragte Mühlenberg.

»Ich muss uns noch ein Tätowierstudio besorgen. Dauert hoffentlich nicht lange.«

. . .

Fünf Minuten später wählte er die Nummer des Studios. Schon nach wenigen Sekunden Freizeichen meldete sich eine Frau mit dem Namen des Studios.

»Spreche ich mit Simone Ballas?«, fragte er.

»Das ist richtig. Und mit wem habe ich das Vergnügen?«

»Hauptkommissar Lukas Sommer. Wahrscheinlich erinnern Sie sich nicht mehr an mich, aber ...«

»Und ob ich mich erinnere«, unterbrach die Frau ihn. »Was für eine Überraschung, von Ihnen zu hören. Es ging damals um den verschwundenen Mann, richtig? Den ich im Club beobachtet hatte. Ich kann mich sogar daran erinnern, dass Sie mich beim Brunch versetzt haben.«

»Tut mir leid. Glauben Sie mir, das war besser für uns beide.«

»Ist er je wieder aufgetaucht?«

»Leider nicht. Vor wenigen Tagen wurde die Frau mit dem Messer-Tattoo auf dem Oberschenkel verhaftet.«

»Ist nicht wahr.«

»Sie haben damals das Tattoo perfekt beschrieben. Und jetzt brauche ich wieder Ihre Hilfe. Es geht um Ihr Studio.«

Sommer erklärte ihr, was die Verhaftete von ihm verlangte. Schon nach wenigen Minuten signalisierte Ballas ihr Einverständnis.

»Die nächsten Tage habe ich nur nachmittags Termine«, sagte sie. »Kann der Tätowierer mit den Nadeln umgehen? Nicht, dass er mein Equipment zerstört.«

»Vielleicht kennen Sie ihn. Damian Knoll.«

»Oh ja. Von dem habe ich gehört. Alles klar. Sie können sich auf mich verlassen.«

17

Sommer, Mühlenberg und Rieble suchten Damian Knoll in seinem Studio auf. Als sie die Tür öffneten, erklang ein leises Klimpern. Fünf Schritte vom Eingang entfernt saß ein Mann mit bulliger Statur und langem, geflochtenen Kinnbart hinter dem Kassentresen. Er blätterte in einer Zeitung und hob kurz darauf den Blick. Zunächst runzelte er die Stirn, dann lächelte er.

»Schade. Für einen kurzen Moment hatte ich auf einen neuen Kunden gehofft. Aber Sie? Ihnen sieht man Ihren Beruf aus Kilometern Entfernung an.«

Sommer schaute sich um. An den dunkelrot gestrichenen Wänden hingen verschiedene schwarz-weiße Tattoo-Motive in Glasrahmen. Nichts davon erinnerte ihn an die Hautverzierungen der Mörderin.

»Sie sind Damian Knoll?«, vergewisserte sich Mühlenberg. Er zeigte seinen Dienstausweis vor.

»Hauptkommissar Tobias Mühlenberg«, las Knoll halblaut. »Meine Menschenkenntnis ist sensationell.«

»Das sind meine Kollegen Rieble und Sommer.«

»Wie kann ich Ihnen helfen?« Knoll wirkte keineswegs beunruhigt.

»Sie sind Bestandteil einer Ermittlung«, sagte Rieble.

Knoll umfasste mit einer Hand seinen geflochtenen Kinnbart und drückte ihn zusammen. »Wirklich?«

»Eine Mordverdächtige hat uns Ihren Namen genannt«, fuhr Rieble fort.

»Wow! Langsam wird's spannend.«

»Daraufhin haben wir eine Hintergrundprüfung durchgeführt. Sie scheinen eine weiße Weste zu haben«, sagte Sommer.

»Was Sie überrascht«, stellte Knoll fest. »Ein Kerl wie ich, der als Tattoo-Künstler arbeitet. Der kann ja nur kriminell sein.« Der Mann klang eher amüsiert als beleidigt.

»Klingelt's bei Ihnen beim Namen Tilda?«, fragte Mühlenberg.

»Da denke ich sofort an Tilda Swinton. Tolle Schauspielerin. Aber die haben Sie vermutlich nicht wegen Mordes verhaftet, oder? Haben Sie einen Nachnamen für mich?«

»Nein«, antwortete Rieble.

»Sorry, nur Tilda reicht mir nicht. Da klingelt nichts. Wer ist das?«

»Eine Kundin von Ihnen«, erwiderte Sommer.

»Und sie ist wegen Mordes verhaftet?«, vergewisserte sich Knoll. »Mir schwirrt gerade der Kopf. Was genau wollen Sie eigentlich von mir?«

Sommer fuhr sich durchs Haar. Knoll schien nicht in die Taten verwickelt zu sein. Trotzdem wollte er seine Karten nicht zu früh offenlegen. »Haben Sie keine Kundendatei, die Sie nach Vornamen durchsuchen könnten? Der Name Tilda ist ja eher selten.«

Wieder umklammerte Knoll seinen Kinnbart. Dann seufzte er und wandte sich seinem Computer zu. »Probieren kann ich's.«

Er tippte etwas in die Tastatur ein und drückte die Enter-Taste.

»Oh«, sagte er schließlich.

»Was heißt das?«, fragte Sommer.

»Ich hatte in den vielen Jahren meiner Selbstständigkeit nur eine Kundin mit diesem Vornamen.«

»Speichern Sie außer den Kundennamen Informationen über die von Ihnen gestochenen Motive?«

Knoll nickte. »Jetzt kann ich mich sogar an die Frau erinnern.«

»Messer mit Totenkopf auf der Klinge«, sagte Sommer. »Richtig? Haben Sie den vollen Namen der Kundin?«

Knoll drehte den Bildschirm. »Schmitt.«

Rieble lachte spontan auf. »So heißt die niemals!«

»Zumindest lief die Rechnung auf diesen Namen.«

»Hat sie bar bezahlt?«, fragte Sommer.

Knoll nickte. »Wollen Sie das Motiv sehen, das ich ihr gestochen habe? Ich mache immer Beweisfotos, damit die Kunden sich nicht im Nachhinein beschweren.«

»Zeigen Sie bitte her!«, antwortete Rieble.

Knoll öffnete zwei Dateien. Zunächst eine Zeichnung des Motivs und dann das Ergebnis auf dem Bein der Frau. »Ich kann mich dunkel an sie erinnern. Sehr attraktiv, oder? Wen hat sie ermordet?«

»Einen Messebesucher«, sagte Sommer. »Außerdem ist sie in das Verschwinden eines deutlich jüngeren Mannes verwickelt. Genau deswegen sind wir hier. Sie hat uns Ihren Namen genannt. Sie sollen ein Tattoo stechen, das uns angeblich Hinweise darauf geben wird, wo sie den Mann festhält.«

»Krass! Sie will sich im Gefängnis tätowieren lassen?«

»*Ich* soll mich tätowieren lassen«, korrigierte Sommer ihn.

»Sie?«

Sommer erklärte ihm, was die Frau von ihm erwartete.

»Vier Sitzungen nacheinander, ohne Ruhetage dazwischen? Das ist keine gute Idee«, wandte Knoll ein. »Ihre Haut könnte sich entzünden. Das würde sehr schmerzhaft werden. Von der Behandlung abgesehen. Davon kann ich nur abraten.«

»Mir bleibt nichts anderes übrig«, sagte Sommer. »Ich brauche ein Alibi von Ihnen, ehe ich entscheide, ob ich dazu bereit bin.«

»Wofür?«, fragte Knoll.

Sommer nannte ihm den Tag, an dem Alexander Hercher verschwunden war.

»Das war ein Tag, bevor meine Freundin und ich in L.A. ins Flugzeug nach Deutschland gestiegen sind.« Er entsperrte das vor ihm liegende Smartphone und präsentierte Sommer ein paar Fotos. »Wenn Sie wollen, zeige ich Ihnen den Ausreisestempel in meinem Reisepass. Der liegt zu Hause.«

»Ist vorläufig nicht nötig«, sagte Sommer. »Die Bilder überzeugen mich. Jetzt gibt es einen Punkt, der Ihnen vielleicht nicht schmecken wird.«

»Welchen?«

»Egal, wie gut Ihr Alibi ist, weiß ich trotzdem nicht, inwieweit Sie mit der Verdächtigen unter einer Decke stecken könnten.«

Ärger blitzte in den Augen des Tätowierers auf. Er sagte allerdings nichts.

»Ich würde mich nicht in Ihrem Studio tätowieren lassen. Nicht mit Ihren Nadeln.«

»Langsam reicht's! Wollen Sie behaupten, meine Instrumente seien unrein? Das ist eine Frechheit!«

»Nein! Aber ich muss mich schützen. Deswegen würde ich Sie bitten, in einem anderen Studio zu arbeiten. Kennen Sie Simone Ballas?«

»Hab von ihr gehört. Sie hat sich einen guten Ruf erarbeitet.«

»Sie müssten mir die Tattoos in ihrem Studio stechen.«

»Warum lassen Sie Ballas nicht gleich die ganze Arbeit übernehmen?«

»Weil Tilda erwartet, dass *Sie* mir das Tattoo stechen.«

Knoll schüttelte den Kopf. »Ich habe seit Jahren nirgendwo anders gearbeitet als hier.«

»Aber Sie könnten es«, vermutete Sommer.

»Wenn sie gut ausgestattet ist, klar. Trotzdem.« Erneut schüttelte er den Kopf. »Warum vertrauen Sie mir nicht?«

»Weil es um meine Gesundheit geht«, antwortete Sommer.

Knoll schnaubte. »Ich arbeite nicht umsonst! Falls Sie das gedacht haben.«

»Was kostet es uns?«, fragte Mühlenberg.

»Einhundertachtzig Euro die Stunde plus Umsatzsteuer. Polizeirabatt gibt's nicht.«

»Kein Problem«, erklärte Mühlenberg.

»Sind Sie bereit, in Ballas' Studio zu arbeiten?«

Knoll stöhnte genervt auf. »Wenn's sein muss. Außerdem haben Sie Glück. Normalerweise hätte ich keine Zeit, Sie so spontan zu bedienen. Aber wegen des Urlaubs hatte ich mir extra einen größeren Puffer freigeräumt.«

Sommer reichte ihm die Hand. »Dann sind wir uns einig?«

Knoll schlug ein.

»Sie sagen uns bitte sofort Bescheid, falls Sie die E-Mail mit den Anweisungen für die erste Sitzung früher als erwartet erhalten?«, sagte Mühlenberg.

»Wie erreiche ich Sie?«, fragte Knoll.

Sommer und Mühlenberg legten ihm Visitenkarten auf den Tresen. »Unter dieser Nummer erreichen Sie mich rund um die Uhr«, sagte Sommer.

»Dito«, fügte Mühlenberg hinzu.

* * *

»Welchen Eindruck hattet ihr von ihm?«, fragte Sommer auf dem Weg zurück ins Frankfurter Präsidium.

»Dieser Bart!«, sagte Rieble. »Ekelhaft. Wenn der Suppe isst, tunkt ...«

Sommer grinste. »Ich meinte nicht den äußeren Anschein. Steckt er mit Tilda unter einer Decke? Machen wir uns nichts vor. Irgendwo arbeitet ein Komplize gegen uns. Könnte Knoll das sein?«

»Würde mich wundern«, antwortete Mühlenberg. »Schon allein wegen des Urlaubs. Wie soll das zeitlich hinhauen?«

»Seh ich genauso«, meinte Rieble. »Aber wer hilft ihr dann?«

»Vielleicht der Familienvater, der vor ein paar Jahren verschwunden ist. Bastian Schubert«, antwortete Sommer.

»Hältst du das für möglich?«, fragte Mühlenberg. »Das Schubert nicht Opfer, sondern Täter ist?«

Darüber zerbrach sich Sommer schon eine Weile den Kopf. Damals hatten Lisa und er in Schubert eher einen Aussteiger gesehen, der wegen einer Art Lebenskrise geflüchtet war. Nichts hatte darauf hingedeutet, dass er mit ungeklärten Verbrechen in Verbindung stand. Doch nach einer Weile war der Fall von ihrem Radar verschwunden. Im Licht der neuen Erkenntnis änderte sich Sommers Einschätzung.

»Entweder ist Schubert ein Opfer oder steckt mit dieser Tilda unter einer Decke«, sagte er. »Meine Partnerin und ich tendierten damals zu einer anderen Erklärung. Wir glaubten, er sei einfach abgehauen. Das war ein Fehler.«

»Und was bedeutet das?«, fragte Rieble. »Selbst wenn

wir richtigliegen und Schubert ihr Komplize ist, wissen wir nicht, wo sie Hercher versteckt halten.«

»Christine Schubert und ihr Sohn David leben noch immer in Frankfurt«, erklärte Sommer. »Ich habe das überprüft. Vielleicht bringt es was, sie aufzusuchen.«

»Jetzt?«, fragte Mühlenberg. »Hast du ihre Adresse?«

»Am liebsten würde ich allein zu Schubert. Sie hält mich seit Jahren für tot. Das wird ein Schock, wenn sie mich sieht. Es ist besser, das ohne euch hinter mich zu bringen. Oder habt ihr Einwände?«

»Ich nicht«, antwortete Mühlenberg.

»Mir ist es egal«, erklärte Rieble. »Ich reiß mich nicht drum. Das wird die Frau schwer schockieren.«

»Oh ja«, sagte Sommer. »Ohne jeden Zweifel sogar.«

* * *

Auf dem Parkplatz des Präsidiums verabschiedeten sich Mühlenberg und Rieble von Sommer. Sie sahen zu, wie er in seinen Wagen stieg, noch einmal die Hand zum Gruß hob und dann davonfuhr.

»Und jetzt?« Rieble zog sein Mobiltelefon aus der Tasche und warf einen Blick aufs Display.

»Alles in Ordnung?«, erkundigte sich Mühlenberg.

»Ich weiß nicht«, murmelte Rieble. »Lucy.«

»Was ist mit ihr?«

»Sie ist schwanger.« Er lachte.

»Sehr witzig. Hat sie sich bei dir gemeldet?«

»Nein. Aber heute Morgen ...« Er zuckte mit den Achseln. »Sie war komisch. Als würde sie mir verheimlichen, dass es schon bald losgeht. Ausgerechnet jetzt. Das ist der spannendste Fall seit Langem. Ich will nicht im Kreißsaal sein, während hier die Post abgeht.«

»Nichts ist wichtiger als die Geburt deines Kindes«, sagte Mühlenberg. »Ich hoffe, du weißt das.«

»Ja, Papa!«

»Dann ist gut.« Mühlenberg blickte auf seine Armbanduhr. »Bis Lukas mit Frau Schubert gesprochen hat, gibt's keine Neuigkeiten. Warum fährst du nicht für ein paar Stunden zu Lucy? Das würde ihr bestimmt gefallen.«

»Meinst du echt?«

»Ich lasse mich bis dahin auch zu Hause blicken. Lukas ruft an, wenn er Neues erfahren hat. Danach setz ich dich ins Bild. Und wir treffen uns nachmittags wieder im Büro.«

»Klingt nach einem Plan. Hoffentlich stresst Lucy nicht rum, wenn sie kapiert, dass ich nur eine kurze Pause mache.«

»Schieb es einfach auf die Hormone. Eins musst du mir versprechen.«

»Was?«

»Sollten die Wehen einsetzen, triffst du die richtige Entscheidung.«

Rieble zuckte mit den Achseln. »Vielleicht dauert es dann trotzdem noch einen Tag oder länger. Ich habe echte Horrorstorys von anderen Vätern gehört.«

»Henry! Sei nicht dumm. Du wirst Vater. Es gibt nichts Wichtigeres auf dieser Welt.«

»Schon gut. Ich mache nur Spaß. Wenn die Wehen einsetzen, bin ich für Lucy da. Ehrenwort.«

»Das wollte ich hören. Wir sehen uns!«

18

Christine Schubert wohnte nicht mehr in der alten Wohnung. Mit ihrem Sohn David lebte sie in einem Mehrfamilienhaus und arbeitete als selbstständiger Finanzcoach von zu Hause aus. Auf dem Klingelschild stand nicht nur der Name Schubert, sondern auch die geschäftlich klingende Abkürzung CSC. *Christine Schubert Consulting*. Das hatte Sommer schon zuvor herausgefunden.

Er klingelte. Das Gebäude verfügte über keine Videogegensprechanlage. So würde sie zumindest nicht wegen eines kleinen verpixelten Bildes einen großen Schreck bekommen. Nach wenigen Sekunden erklang der Türsummer. Sommer betrat den Hausflur und lief die hölzernen Treppen hoch. In der zweiten Etage stand eine Tür einen Spaltbreit offen. Jemand öffnete sie ganz, bevor er dort ankam. Er erkannte Christine Schubert auf Anhieb wieder. Sie sah ihn an und runzelte die Stirn. Sie brauchte einen Augenblick, dann riss sie überrascht die Augen auf und schlug sich die Hand vor den Mund.

»Oh mein Gott«, sagte sie. »Sind Sie das wirklich?«

Sie trug eine türkisfarbene Bluse und eine schwarze Hose, die sie mit flachen, schwarzen Schuhen kombinierte.

»Hallo, Frau Schubert.«

»Man hat mir gesagt, Sie seien im Dienst getötet worden.«

»Ich weiß. Darf ich reinkommen?«

Sie warf einen Blick auf ihre hellblaue Armbanduhr. »Ich erwarte einen Klienten in fünf Minuten. Er ...« In der Diele klingelte ein Telefon. »Kommen Sie rein!« Sie drehte sich um. »Schubert!«, meldete sie sich.

Sommer schritt in den Flur und schloss die Tür. Während sie telefonierte, deutete sie zu einem offen stehenden Zimmer. Sommer betrat den kleinen Raum, der offenbar als Büro diente. Er setzte sich auf einen der Besucherstühle vor dem Schreibtisch. Kurz danach kam sie herein.

»Das nenne ich perfektes Timing. Mir hat der Kunde gerade abgesagt.« Sie nahm ihm gegenüber Platz und schaute ihn entgeistert an. »Erklären Sie mir, was los ist.«

»Das ist eine lange Geschichte.«

»Und ich habe jetzt mindestens eine Stunde Zeit. Wieso hat man mir gesagt, Sie und Ihre Partnerin seien im Dienst erschossen worden?«

»Oberkommissarin Jung ist tatsächlich bei einem Einsatz getötet worden. Auch auf mich wurde geschossen, aber ich habe den Bauchschuss dank fähiger Chirurgen überlebt. Daraufhin beschloss mein damaliger Vorgesetzter, die Nachricht über meinen Tod zu verbreiten, damit ich undercover den Entführer zweier Kinder jagen konnte. Sie sehen übrigens gut aus.«

»Danke«, sagte sie überrascht. »War zwar eine harte Zeit, aber zumindest scheint sich das Schicksal seit Jahren für all den Mist zu revanchieren.«

»Wie geht es David?«

Sie lächelte warmherzig. »Prächtig. Er hat das gut weggesteckt – wofür ich sehr dankbar bin. Wieso kommen Sie unangemeldet zu mir? Haben Sie Neuigkeiten, was Bastian anbelangt? Ist etwa seine Leiche ...«

»Nein«, antwortete Sommer. »Ich ermittle wieder in dem Fall ...« Er räusperte sich.

»Wieso das? Dann muss es Neuigkeiten geben, oder?«

»Sie haben den Namen Schubert behalten«, stellte Sommer fest. »Außerdem sehe ich einen Ring an Ihrem Finger.«

Christine hob die Hand und drehte den gelbgoldenen Ehering ein paar Mal herum. »Offiziell sind wir noch immer verheiratet. Sie wissen ja bestimmt, dass ein Verschollener erst nach zehn Jahren für tot erklärt werden kann. Das dauert also noch eine Weile.«

»Führen Sie eine neue Beziehung?«

Sie schüttelte den Kopf. »Hab's zweimal probiert«, antwortete sie leise. »Ich schleppe zu viel Ballast mit mir herum. Das ist Gift für einen Neustart. Wenn Bastian für tot erklärt ist und David nicht mehr bei mir wohnt, vielleicht klappt's dann.« Ratlos zuckte sie mit den Achseln.

»Wie haben Sie es finanziell hinbekommen?«

»Anfangs nur dank meiner Eltern. Die haben mich drei Jahre unterstützt. Bis ich als Finanzcoach ausgebildet war und sich herausgestellt hat, dass ich ein Händchen dafür habe, das Vermögen meiner Kunden zu mehren. Seitdem kommen David und ich gut über die Runden. Aber wieso reden wir über mich? Was ist mit Ihnen, Herr Sommer? Warum sind Sie hier? Sie ermitteln wieder? Ich verstehe das nicht. Nach all den Jahren. Können Sie sich vorstellen, wie sehr mich das verletzt hat, als die Ermittlungen damals einfach nicht vorwärtskamen? Nachdem ich von Ihrem Tod erfahren hatte, war keiner Ihrer Kollegen mehr richtig verantwortlich. Ihren Nachfolger habe ich zweimal im

Präsidium aufgesucht. Sein Urteil stand ihm ins Gesicht geschrieben. Er war überzeugt, Basti hätte sich aus dem Staub gemacht. Dieses Desinteresse war so verletzend. Niemand wollte mir zuhören. Irgendwann hatten Ihre Kollegen ihr Ziel erreicht. Ich hab sie in Ruhe gelassen.«

»Dafür möchte ich mich entschuldigen«, sagte Sommer. »Die Beweislage war damals sehr dünn. Eigentlich ist erst vor wenigen Tagen neue Dynamik hineingekommen.«

»Was ist Bastian passiert?«

»Das weiß ich noch immer nicht.«

»Warum um Himmels willen sind Sie hier?«

»Wir haben die Frau festgenommen, zu der Ihr Ehemann am Abend seines Verschwindens nachweislich Kontakt hatte.«

»Diese am Bein Tätowierte? Lassen Sie sich nicht alles aus der Nase ziehen. Hat sie meinen Mann umgebracht?«

Sommer seufzte. »Wo fange ich am besten an? Meine Partnerin und ich sind damals zwei Theorien nachgegangen. Zum einen fragten wir uns, ob Ihrem Ehemann etwas zugestoßen war, zum anderen konnten wir nicht ausschließen, dass er einfach abgehauen war.«

»Lächerlich!« Christine schnaubte verärgert. »Ich kann mich an unsere Gespräche erinnern, Sie auch? Ich hab Ihnen gesagt, das ist ausgeschlossen.«

»Es gibt eine Zeugin, die Ihren Mann und diese Frau in einem Technoclub gesehen hat. Sie seien sehr innig gewesen. Das wissen Sie!«

»Und ich habe immer gesagt, dass das nicht sein kann!« Ihre Stimme klang nicht mehr so energisch wie zuvor.

»Ihr Mann hat nachweislich in einem Hotel im Rotlichtviertel übernachtet. Das haben wir Ihnen nicht verheimlicht.«

»Ich hab's nie verstanden.«

»Wir glauben, er könnte diese Frau aus dem Club dorthin mitgenommen haben.«

Christine stöhnte wie ein verwundetes Tier auf. Obwohl so viele Jahre vergangen waren, schien sie der Gedanke daran noch immer zu verletzen.

»Und an dieser Stelle gibt es zwei mögliche Erklärungen. Entweder hat diese Frau ihn umgebracht, oder er ist gemeinsam mit ihr verschwunden. Wohin oder wie lange, wissen wir nicht. Die nächsten Fragen, die ich deshalb klären will, werden sicher wehtun, aber ...«

Plötzlich erklang im Hausflur ein schriller Alarmton.

»Was ist das?«, fragte Sommer besorgt.

Sie zuckte mit den Achseln. »Könnte ein Brandmelder sein. Die hängen auf jeder Etage.«

Sommers Misstrauen erwachte. »Passiert das öfter? Fehlalarme?«

»Nein.«

»Kommen Sie bitte mit zur Wohnungstür.«

Sie standen auf und gingen in die Diele. Er warf einen Blick durch den Spion, erblickte aber niemanden im Hausflur. Vorsichtig öffnete er die Tür und schaute hinaus. Im Flur roch es schwach nach Rauch.

»Ziehen Sie sich Schuhe und eine Jacke an.«

»Wieso?«

Sommer griff zu seiner eigenen Jacke, die er in der Diele aufgehängt hatte. »Das ist kein Zufall!«

»Was meinen Sie?«

»Nach all den Jahren sehen wir uns wieder, und ausgerechnet jetzt geht hier der Rauchmelder los? Vielleicht ist mir jemand zu Ihnen gefolgt, weil er unser Gespräch verhindern will. Beeilen Sie sich! Ziehen Sie sich was an.«

Unsicher sah sie ihn an, ehe sie in Schuhe schlüpfte und einen Mantel vom Haken nahm. »Wohin wollen Sie?«

»Erst mal raus. Ich rechne mit einem Angriff aus dem Hinterhalt.«

»Und wieso verlassen wir dann die Wohnung? Hier ist es sicher.«

»Nicht, wenn es brennt. Sind Sie fertig?«

Christine griff zu Schlüsselbund und Handy und steckte beides in die Manteltasche. Sommer öffnete die Tür weiter und trat hinaus. Er schaute zuerst nach oben ins Treppenhaus, wo jedoch niemand lauerte. »Gehen wir.«

Sie folgte ihm und zog die Wohnungstür zu. Langsam gingen sie in die erste Etage. Immer wieder blickte Sommer nach oben, von wo indes keine Gefahr zu drohen schien. Schließlich erreichten sie das Erdgeschoss. Die Haustür war geschlossen.

»Bleiben Sie hinter mir.«

Er riss die Tür auf – fast davon überzeugt, im nächsten Moment Bastian Schubert gegenüberzustehen. Doch sein Instinkt trog ihn. In unmittelbarer Nähe ging bloß ein Rentnerehepaar an dem Haus vorbei.

»Gehen wir zu meinem Auto. Ich parke da vorn.« Er zeigte zum Wagen und lief voran.

Schubert folgte ihm zögerlich. Sommer schaute sich hektisch um, doch von keiner Seite schien Gefahr zu drohen.

Als er seinen Wagen erreichte, blieb Schubert mitten auf dem Bürgersteig stehen.

»Frau Schubert! Beeilen Sie sich! Ich bringe Sie in Sicherheit!«

»Nein!«, widersprach sie. Statt näherzukommen, trat sie zwei Schritte zurück.

»Frau Schubert!«

»Das ist nicht koscher! Ich glaube Ihnen nicht!«

»Mir?«, wunderte sich Sommer.

»Ich hab Sie jahrelang für tot gehalten. Plötzlich stehen

Sie auf meiner Fußmatte, und kurz darauf geht der Rauchmelder an.«

Er nickte. Endlich verstand er, was ihr durch den Kopf ging.

»Ich gehe zurück ins Haus. Verschwinden Sie!«

»Tun Sie das bitte nicht.«

Sie drehte sich um.

»Ich glaube, Bastian lebt noch.«

Wie vom Blitz getroffen, blieb sie stehen. »Was?«

»Vielleicht hat er sogar den Rauchmelder ausgelöst.«

Sie wandte sich Sommer zu. »Sie glauben, Bastian ist hier?« Hektisch suchte sie die Straße nach einem Anzeichen auf ihren Mann ab.

»Fahren wir ein paar Kilometer. Ich will wissen, ob uns jemand folgt.«

»Wie soll ich Ihnen vertrauen?«

»Wieso sollte ich Ihnen etwas antun wollen?«

»Keine Ahnung. Aber wie soll ich einem Mann glauben, der seinen Tod vorgetäuscht hat?«

Sommer seufzte. »Ich bringe Sie zu einem Café, bloß drei Kilometer entfernt. Wenn uns bis dahin niemand gefolgt ist, irre ich mich vielleicht.«

Sie musterte sein viertüriges Auto.

»Ich komme nur mit, wenn ich mich auf die Rückbank setzen darf.«

»Meinetwegen. Hauptsache, Sie beeilen sich.«

»Sollten Sie die Türen von innen verriegeln oder sonst etwas machen, was mir nicht gefällt, alarmiere ich den Notruf.«

»Einverstanden. Holen Sie ruhig schon jetzt Ihr Handy heraus.«

Er stieg auf der Fahrerseite ein. Christine folgte ihm.

»Ich habe die 110 eingetippt. Mein Finger schwebt über dem grünen Hörer.«

Sommer startete den Motor. Vorsichtig parkte er aus. »Ich muss mich auf den Verkehr konzentrieren«, murmelte er.

Die nächsten Minuten nahm er verschiedene Abbiegungen und behielt aufmerksam die Rückspiegel im Auge. Schließlich brummte er unzufrieden.

»Was ist los?«, fragte sie.

»Ich hätte wetten können, uns folgt jemand.«

»Also war das bloß ein Fehlalarm?«

»Keine Ahnung. Wir sind gleich in dem Café, das mir vorschwebt. Dann reden wir in Ruhe.«

»Glauben Sie wirklich, Bastian könnte noch leben?«

»Ja«, antwortete Sommer. »Sie erfahren alles, was mir durch den Kopf geht. Versprochen. Da drüben ist es schon.« Er setzte den Blinker und fuhr auf den zum Café gehörenden Parkplatz.

Als sie ausstiegen, schaute er sich noch einmal aufmerksam um. Nichts weckte seinen Argwohn. Christine steckte ihr Handy zurück in die Jackentasche. Sie gingen auf den Eingang zu. Nur wenige Sitzplätze waren um diese Uhrzeit besetzt. Sommer führte sie zum hintersten Tisch. Dort würden sie sich unterhalten können, ohne belauscht zu werden.

19

Vergangenheit.

Bastian Schubert betrat fünf Minuten vor Beginn des Meetings den Sitzungssaal, den sein Teamleiter organisiert hatte.

»Hallo, Herr Schubert«, grüßte Schaaf ihn.

»Moin.«

»Schön, Sie zu sehen. Haben Sie gut hergefunden?« Die Männer schüttelten sich die Hände.

»Die Autobahn hätte voller sein können.«

»Wunderbar!« Schaaf deutete zu den Stühlen. »Sie haben freie Wahl. Suchen Sie sich einen Platz aus.«

Schaaf hatte die Stühle zu einem Kreis angeordnet. Das war so klischeehaft. Bestimmt würde er zu Beginn der Veranstaltung einen Ball herumwerfen lassen. Jeder, der ihn auffing, müsste sich vorstellen und ein paar kluge Sätze von sich geben.

Bastian wählte einen Stuhl, der möglichst weit weg von dem aufgestellten Flipchart war.

»Hallo, Frau Gloning«, begrüßte der Teamleiter die nächste Kollegin.

»Guten Morgen, Herr Schaaf«, erwiderte die junge Auszubildende.

Bastian setzte sich und lächelte ihr zu. Sie trug eine weiße Bluse, einen schwarzen, knielangen Rock und knöchelhohe Boots. Ihre Beine waren nackt.

Unsicher kam sie zu ihm. »Ist neben dir noch frei?«

»Klar. Setz dich zu mir.«

Seine Gedanken rasten. Nicht zum ersten Mal hatte er den Eindruck, dass sich die neunzehnjährige Auszubildende zu ihm hingezogen fühlte – was seinem Ego schmeichelte.

Nach und nach füllte sich der Raum. Schaaf versuchte sich in der Rolle des zuvorkommenden Kollegen und fragte alle nach ihrem Getränkewunsch. Er ließ es sich nicht nehmen, ihnen Kaffee, Wasser oder Orangensaft einzuschütten.

Schon in der zweiten Stunde fiel es Bastian schwer, ein Gähnen zu unterdrücken. Schaaf hatte ihnen langatmig seinen beruflichen Karriereweg dargelegt, außerdem über seine Hobbys berichtet und alle gebeten, etwas über sich zu sagen. Er fasste die Unternehmensziele der nächsten zwölf Monate zusammen und erklärte, wie seine Abteilung dazu beitragen könnte.

Bastians Blick fiel nach links. Daphnes Rock war ein Stück hochgerutscht. Heimlich musterte er ihre Beine. Da sie keine Strumpfhose trug, konnte er ihre makellose Haut bewundern.

Daphne hatte bei der Begrüßungsrunde ein paar Sätze über ihre Hobbys verloren und sich als begeisterte Squash-Spielerin bezeichnet, die außerdem zweimal in der Woche Gewichte stemmte. Schon oft war Bastian ihre gute Figur aufgefallen. Nun, als er ganz nah bei ihr saß, verselbstständigten sich seine Gedanken. Er stellte sich Daphne nackt auf einem Bett vor. Ihre Hände über dem Kopf an einer passenden Vorrichtung fixiert. Er würde sich zu ihr setzen und langsam über ihre makellose Haut streichen. Sie würde ihn flehentlich ansehen und ...

»Herr Schubert«, riss Schaafs Stimme ihn aus seinem Tagtraum. »Was schätzen Sie? Wie wirkt es sich auf die Zufriedenheit der Kunden aus, wenn man ihre Anfragen binnen vierundzwanzig Stunden beantwortet?«

Am liebsten wäre Bastian aufgestanden und hätte Schaaf die Faust ins Gesicht gerammt. Wieso hatte er ihn aus seinen angenehmen Gedanken gerissen? Stattdessen lächelte er.

»Mit Sicherheit sehr positiv.« Er blickte zu der Skala von 1-10. Die Kunden hatten ihre Abteilung bei der letzten Zufriedenheitsbefragung im Schnitt mit 7,2 bewertet. »Wir würden bei 8 bis 9 landen.«

Schaaf nickte. »9,2. Also ein Sprung um glatte zwei Punkte nach oben. Haben Sie Vorschläge, wie wir die vierundzwanzig Stunden erreichen könnten? Die Frage richtet sich an alle. Werfen Sie Ihre Ideen einfach in den Raum. Halten Sie sich nicht zurück.«

Bastian blickte wieder zu Daphne, die ihre Beine genau in diesem Moment übereinanderschlug.

* * *

Der Teamleiter hatte Sommer und Jung zwei kleinere Besprechungsräume organisiert, in denen sie unabhängig voneinander die Mitarbeiter befragten, die an dem Teamevent teilgenommen hatten.

»Hallo«, sagte ein Mann, der verschüchtert an der Türschwelle stand.

»Kommen Sie rein«, forderte Sommer ihn auf. »Sie sind Jens Köllner, richtig? Schließen Sie bitte die Tür.«

Der Mann trat ein und setzte sich ihm gegenüber. »Ja. Der bin ich.«

Sommer hakte einen Namen auf der Liste ab. »Wie Sie ja wissen, untersuchen meine Kollegin und ich das Verschwinden von Herrn Schubert. Ihr Teamleiter hat uns gesagt, Sie haben auch an der Veranstaltung in Mannheim teilgenommen. Außerdem sitzen Sie nur zwei Schreibtische von Herrn Schubert entfernt.«

»Das stimmt alles.«

»Erzählen Sie mir ein bisschen von ihm. Was für ein Mensch ist Bastian Schubert? Wie lange kennen Sie sich?«

»Seit drei Jahren«, antwortete Köllner. In den nächsten Minuten gab er einige Eindrücke preis, die Sommer nicht sonderlich weiterhalfen. Stolzer Familienvater, guter Kollege, immer hilfsbereit.

»Haben Sie in den letzten Wochen Veränderungen an ihm wahrgenommen? War er vielleicht ungeduldig oder abweisend? Hat er sich negativ über seine Ehefrau oder seinen Sohn geäußert?«

»Nichts dergleichen. Deswegen hat es mich auch so gewundert, als ich seine Blicke bemerkt habe.«

»Welche Blicke?«, fragte Sommer.

»Die er Daphne in Mannheim zugeworfen hat. Unserer Auszubildenden.«

Sommer prüfte seine Liste. Daphne Gloning würde er als Übernächste befragen.

»Wie darf ich mir das vorstellen? Frau Gloning ist wahrscheinlich noch jung.«

»Neunzehn«, bestätigte Köllner. »Eine hübsche, junge Frau. Zur Teamsitzung in Mannheim trug sie einen Rock und Boots. Sie saß im Stuhlkreis zufällig neben Bastian. Ich saß ihnen gegenüber und konnte das deswegen so gut beobachten. Bastian hat ständig auf ihre Beine gestarrt. Da war er ziemlich penetrant. Mir kam das unangemessen vor, schließlich ist sie so viel jünger, obendrein ist er verheiratet.«

»Hat er sie nur angesehen, oder sie auch ab und zu angefasst?«, fragte Sommer.

»Ich kann mich bloß an die Blicke erinnern. Die haben ...« Köllner seufzte. »Das kommt mir falsch vor.«

»Was kommt Ihnen falsch vor?«

»Schlecht über Bastian zu reden, ohne zu wissen, ob ihm etwas passiert ist.«

»Sie sprechen nicht *schlecht* über ihn, sondern berichten nur, was Ihnen aufgefallen ist. Das ist ein großer Unterschied.«

»Seine Blicke ... er hat ...« Köllner lief rot an. »Ich bin Single, wie zwei, drei andere Kollegen hier auch. Manchmal, wenn uns niemand zuhört, quatschen wir ein bisschen über Daphne oder Victoria. Das sind die beiden attraktivsten Kolleginnen. Männergespräche. Sie kennen das, oder?«

»Klar.«

»Bastians Blicke sprachen Bände. Als wollte er mit ihr all die Dinge anstellen, über die wir manchmal unsere Späße machen.« Peinlich berührt senkte er den Kopf. »Im Kopierraum und so. Es tut mir leid. Das klingt so albern.«

Sommer lächelte ihm beruhigend zu. »Sie glauben also, er war sexuell interessiert oder vielleicht sogar erregt von der Nähe zu Daphne?«

»Ja. Das trifft es genau.«

* * *

Die Auszubildende betrat selbstbewusst den Raum. Sie trug eine schwarze Stoffhose, Westernboots und einen rosafarbenen Pullover.

»Setzen Sie sich, Frau Gloning«, bat Sommer. »Wie Sie ja schon von Herrn Schaaf wissen, geht es um das Verschwinden Ihres Kollegen Schubert.«

»Schlimme Sache«, sagte die junge Frau.

Sommer beschloss, mit der Tür ins Haus zu fallen. »War Herr Schubert an Ihnen interessiert?«

Die Auszubildende lachte unsicher. »Oh Gott. Hat das jemand von den Kollegen behauptet?«

Ohne Köllner namentlich zu erwähnen, berichtete er von dessen Beobachtung am ersten Tag im Mannheimer Hotel.

»Ja, ich war total überrascht. Bis zu dem Zeitpunkt hat sich Bastian mir gegenüber immer korrekt verhalten. Aber an dem Tag hat er meine Nähe gesucht. Ich fand's scheiße von ihm. Kaum hat er zwei Nächte Ruhe vor seiner Familie, führt er sich wie ein Junggeselle auf.«

»Hat er sie irgendwie angefasst, ihnen eine Hand auf den Arm gelegt oder solche Sachen?«

Sie nickte.

»Anzügliche Sprüche?«

»Nein. Das nicht. Trotzdem habe ich entschieden, abends beim Bowlen und am nächsten Tag keinen Rock mehr zu tragen, sondern Jeans.«

»Wie war er beim Bowlen? Ist er in die Offensive gegangen?«

»Anfangs ja. Als wir in die Bowlingschuhe schlüpften, bot er mir an, mich zu stützen, weil es nicht genügend Sitzmöglichkeiten gab. Ich weiß nicht mehr genau, was ich geantwortet habe, aber danach hatte ich Ruhe vor ihm. Ich glaube, er hat meine Abfuhr so aufgefasst, wie sie gemeint war.«

* * *

Am späten Nachmittag des Folgetages trafen sich Sommer und Jung mit Karsten Bergmann, einem Freund Schuberts, in dessen Wohnung. Christine Schubert hatte angegeben, dass er sich manchmal mit ihrem Ehemann zu Männerabenden traf. Bergmann bestätigte das und erzählte von ihrer Lieblingskneipe und den vielen Darts-Partien, die sie dort gespielt hatten.

Anfangs druckste er herum und schien ein Geheimnis für sich behalten zu wollen. Nach und nach knackte Sommer ihn.

»Für mich sieht es so aus, als habe er mit seiner Vaterrolle gehadert, vor allem, weil er sich kein zweites Kind wünschte. Stimmen Sie mir zu?«, fragte Sommer.

Bergmann fuhr sich durchs Haar und presste die Lippen zusammen.

»Herr Bergmann? Ich sehe Ihnen an ...«

»Herrje«, seufzte der Freund. »Basti hat mich gebeten, das niemandem zu sagen.«

»Was denn?«, hakte Lisa Jung nach.

»Er hat mir kürzlich seine Sinnkrise gebeichtet. Basti war leer. Erschöpft. Morgens aufzustehen und zur Arbeit zu fahren, ist ihm Tag für Tag schwerergefallen. Und zwischen ihm und Christine ... Er hat gesagt, ihm würde das Prickeln fehlen.«

»Wenn Sie also erfahren würden, dass er einfach abgehauen ist, um irgendwo anders neu anzufangen, wären Sie nicht überrascht?«, spekulierte Jung.

Bergmann zögerte. »Nein«, sagte er schließlich leise. »*Überrascht* wäre ich nicht. Trotzdem glaube ich das nicht. Er liebt David. Und er weiß genau, dass er es viel schlechter hätte treffen können als mit Christine. Ich kann's mir nicht vorstellen. Ihm muss etwas passiert sein.«

* * *

Koch hatte sie in sein Büro gerufen, um sich auf den neuesten Stand bringen zu lassen. Nachdenklich hörte er sich an, was Sommer und Jung berichteten.

»Also suchen wir einen Mann, der in seiner Midlife-Crisis Hals über Kopf abgehauen ist und wahrscheinlich in ein paar Wochen mit eingezogenem Schwanz zu seiner Frau zurückkehrt?«

Jung nickte. »Davon bin ich überzeugt.«

»Was denkst du, Lukas?«

»Ich bin mir nicht sicher. Mein Gefühl sagt mir, die Tätowierte hat eine Bedeutung für den Fall.«

»Ja«, stimmte Jung zu. »Sie ist zusammen mit ihm abgehauen. Wahrscheinlich wühlen sie sich in ihrer Wohnung ein paar Wochen durch die Laken, bevor er sich an seine Familie erinnert.«

»Würdest du den Fall zu den Akten legen, Lisa?«

»Ich sehe keine Anhaltspunkte für ein Verbrechen.«

»Lukas?«, wandte sich Koch an ihn.

Der zuckte mit den Achseln.

Koch knetete sich die Unterlippe. »Okay. Ich übertrage euch einen neuen Fall. Offiziell schließen wir die Akte nicht. Wenn Frau Schubert sich meldet, geben wir ihr geduldig Auskunft. Aber ich sehe das wie Lisa. In den nächsten Wochen wird Herr Schubert irgendwann zurückkehren. Das ist dann kein Fall mehr für uns, sondern für eine Ehetherapie.«

20

Gegenwart.

»Das war der Grund, aus dem die Ermittlungen nicht mehr fortgeschritten sind«, gab Sommer zu.

»Wie konnten Sie das bloß zulassen?«, fragte Christine Schubert. »Es wäre Ihre Pflicht gewesen, diese tätowierte Frau zu suchen. Wieso haben Sie Ihrem Bauchgefühl nicht geglaubt? Aus Bequemlichkeit?«

»Es tut mir leid«, sagte Sommer. »Ich war damals mit so vielen Dingen beschäftigt.«

»Ja, klar. Andere Fälle hatten Vorrang. Weil Basti angeblich eine Midlife-Crisis hatte. Verdammt!« Sie schlug mit der flachen Hand auf den Tisch.

Sommer widersprach der wütenden Frau nicht. Doch waren es keine dienstlichen Belange gewesen, die ihn damals abgelenkt hatten.

»Und was glauben Sie jetzt?«, fragte Christine. »Halten Sie es für möglich, dass Basti lebt? Oder haben Sie das nur so gesagt?«

»Meine Vermutung wird Ihnen noch viel weniger gefallen.«

»Mir egal. Hauptsache, Sie sind ehrlich.«

»Wir haben die tätowierte Frau wegen Mordes festgenommen. Das ist nicht ihr erstes Verbrechen gewesen. Nicht zuletzt hält sie momentan einen jungen Mann gefangen, der fast noch ein Teenager ist. Er schwebt in Lebensgefahr, falls wir ihn nicht rechtzeitig finden. Die Verhaftete braucht jemanden, der ihr dabei hilft, das alles zu koordinieren.«

»Basti?«

»Es wäre eine Erklärung. Er ist damals Hals über Kopf mit ihr durchgebrannt. Bonnie und Clyde. Auf manche wirkt diese Lebensweise anziehend.«

»Basti ist kein Verbrecher!«

»Sicher?«

»So sicher ich mir als Ehefrau sein kann, nachdem wir jahrelang zusammengelebt haben.«

»Zumindest würde er noch leben. Und David hätte einen Vater.«

»Zu welchem Preis? Darauf kann ich verzichten. Auch in Davids Interesse.«

Sommer verstand sie. Es war leichter, um jemanden zu trauern, als sich mit dessen dunklen Charakterzügen abzufinden. »Ich bitte Sie darum, in den nächsten Tagen extrem vorsichtig zu sein. Sobald ich Neuigkeiten habe, melde ich mich.«

Christine nickte wenig überzeugt und schaute dabei auf ihre Uhr. »So spät schon. Können Sie mich nach Hause fahren?«

Sie nahm seine Warnung nicht ernst. Das sah er ihr deutlich an.

* * *

Vor dem Haus parkte ein Einsatzwagen der Feuerwehr.

»Bleiben Sie bitte noch kurz im Auto sitzen«, sagte er zu ihr. Er stieg aus, ging auf den Feuerwehrwagen zu und zeigte einem der Einsatzkräfte seinen Ausweis. »Was ist hier passiert?«

»Vermutlich Brandstiftung«, antwortete der Mann. »In der obersten Etage wohnt eine vierköpfige Familie. Jemand hat den Kinderwagen angezündet, der vor der Tür stand. Zum Glück hat der Rauchmelder im Flur funktioniert. Wohnen Sie in dem Haus? Wir warten nämlich noch auf Ihre Kollegen. Bislang hat niemand Beweise gesichert.«

»Nein. Sorry. Ich hatte hier nur dienstlich in einer anderen Ermittlung zu tun. Danke.«

Er kehrte zum Auto zurück und berichtete Christine, was er erfahren hatte.

»Das waren bestimmt die Nachbarn, die in der Wohnung darunter wohnen«, spekulierte sie. »Die beiden Familien haben ständig Streit. Vor allem wegen der lauten Kinder. Die Eltern sind auf der Straße sogar schon aufeinander losgegangen.«

Sommer schaute zu dem Gebäude. Irrte er sich, oder hatte jemand das Gespräch zwischen ihm und Christine Schubert zumindest erschweren wollen und deswegen Feuer gelegt?

»Ich muss jetzt wirklich in die Wohnung«, sagte sie drängelnd. »In fünf Minuten habe ich einen Kundentermin. Gibt's sonst noch etwas, Herr Sommer?«

»Nein. Vorläufig nicht.« Auch Sommer schaute auf seine Uhr. Bis zum angekündigten Eintreffen der E-Mail würden noch Stunden vergehen. Lohnte es sich, hier zu warten, um Christine einen gewissen Schutz zu bieten? Oder konnte er mit der Zeit Besseres anfangen?

21

Um zwanzig vor sechs betraten Sommer, Mühlenberg und Rieble Knolls Studio.

»Bislang ist noch keine E-Mail eingetroffen«, sagte der Tätowierer. »Wenn's Ihnen recht ist, kann ich die auch von unterwegs abrufen, und wir fahren jetzt zu Ballas.«

»Nein«, erwiderte Sommer. »Wir bleiben bis zum vereinbarten Zeitpunkt hier. Nicht, dass sie einen Boten mit einer ausgedruckten Mail vorbeischickt, der Punkt achtzehn Uhr vor Ihrem Studio auftaucht.«

»Meinetwegen. Haben Sie sich für eine Körperstelle entschieden?«, fragte Knoll.

»Der rechte Oberarm.«

»Kommen Sie mal mit auf meine Liege.«

Knoll und Sommer gingen in den Hinterraum, in dem der Tätowierer seine Kunst ausübte.

»Machen Sie Ihren Oberkörper frei.«

Sommer zog seine Jacke und das Hemd aus. Knoll lachte.

»Was ist das denn? Wer hat Ihnen das gestochen?«

»Ein Gang-Tattoo. Ist einige Jahre her.«

»Was ist das? Ein geflügelter Dämon? Sie waren mal in einer Gang? Ich denke, Sie sind Polizist.«

»Lange Geschichte. Können Sie das überstechen?«

»Kein Problem. Vorausgesetzt, das Motiv, das ich Ihnen stechen soll, lässt das zu.«

Sommers Handy klingelte. Er zog es aus der Jackentasche. Robert Drosten rief an. Sommer nahm das Gespräch entgegen.

»Hey«, begrüßte er seinen Partner. »Wie sieht's aus?«

»Verena und ich haben gerade in Knolls Wohnung mit einer gewissen Jana Richter gesprochen«, erklärte Drosten.

»Jana Richter«, wiederholte Sommer laut.

Knoll sah sofort auf. »Das ist meine Freundin. Was ist mit ihr?«

»Er bestätigt, dass sie seine Freundin ist. Was hat sie gesagt?«

»Sie hat uns die beiden Reisepässe gezeigt. Die Ein- und Ausreisestempel passen zu den Flugtickets, die sie uns präsentiert hat.«

»Das wollte ich hören. Danke, Robert. Dann warte ich jetzt hier auf die E-Mail.«

Er beendete das Gespräch.

»Sie haben mein Alibi überprüft«, schlussfolgerte Knoll.

»Standardvorgehen«, erwiderte Sommer.

»Hab mich schon gewundert, dass Sie nicht vorher bei Jana aufgetaucht sind.« Er erkundigte sich gar nicht danach, ob die Polizisten mit den Antworten seiner Freundin zufrieden waren.

Wenige Minuten vor sechs Uhr drehte Knoll das Schild an der Eingangstür auf *Geschlossen*. Dann versammelten sie sich vor dem PC.

»Synchronisieren Sie das Postfach«, schlug Rieble vor.

»Nicht nötig. Das erledigt der Computer von allein«, entgegnete Knoll.

»Machen Sie's trotzdem!«

Knoll seufzte und führte den Befehl aus. Nichts passierte.

Die Minuten verstrichen. Pünktlich um achtzehn Uhr kam eine E-Mail im Postfach an. Der Name des Absenders bestand aus willkürlich aneinandergereihten Buchstaben. Verschickt worden war das Ganze über einen Anbieter von anonymen E-Mail-Adressen.

»Nutzen Sie einen Virenscanner?«, fragte Mühlenberg.

»Die Mail wäre nicht zugestellt worden, wenn sie Schadsoftware enthielte.« Der Tätowierer öffnete die Nachricht. Sie enthielt eine Zeichnung, aber keinen Text.

»Drucken Sie das aus!«, bat Sommer.

Sekunden später surrte der Tintenstrahldrucker und warf ein Blatt Papier aus, das Knoll auf den Kassentresen legte.

»Das ist ein Gebäude«, sagte Sommer. »Mehrgeschossig, wenn die Angaben stimmen.«

Die Zeichnung zeigte ein dunkles, aufragendes Mauerwerk, in dem intakte Fenster zu sehen waren. Hinter einem davon brannte Licht. Deutete das darauf hin, dass es sich um ein bewohntes Gebäude handelte?

»Würde Sinn ergeben«, murmelte Rieble. »Sie will uns einen Hinweis darauf geben, wo sie Alexander Hercher gefangen hält. Das muss ja irgendwo in einem Gebäude sein.«

»Können wir nach vier Zeichnungen wirklich erkennen, wo das ist?«, fragte Mühlenberg zweifelnd.

»Hoffen wir's.« Sommer wandte sich an Knoll. »Trauen Sie sich das zu?«

Dem Tätowierer entfuhr ein verächtlicher Laut. »Kein

schwieriges Motiv. Und Ihren geflügelten Dämonen zu überstechen ist damit kein Problem.«

»Dann los! Fahren wir zu Ballas.«

* * *

Am nächsten Vormittag wartete Tilda ungeduldig im Vernehmungszimmer. Als Sommer den Raum betrat, grinste sie breit.

»Ich bin so neugierig«, sagte sie. »Ist Damian noch immer so gut wie früher? Ein cooler Typ, oder? Mir haben unsere Gespräche damals gefallen. Zeigen Sie her! Ich kann's kaum erwarten.«

Sommer hob den rechten Ärmel des T-Shirts und drehte sich seitlich.

»Schade, dass die Schutzfolie drauf ist. Aber das, was ich sehe, gefällt mir. Das wird ein tolles Motiv.«

»Der Livestream zu Ihrem Gefangenen ist abgebrochen«, stellte Sommer fest.

»Ups. Das tut mir leid.«

»Woher sollen wir jetzt wissen, ob er noch lebt?«

»Da müssen Sie mir wohl vertrauen. Wie war die Sitzung? Waren die Stiche unangenehm?«

»Das wissen Sie am allerbesten.«

»Ich will's aus Ihrem Mund hören.«

»Es ist ein angenehmes Prickeln. Manchmal ein bisschen schmerzhaft, irgendwie zwickend, eher ein guter Schmerz.«

»Ja. So empfinde ich das auch immer. Mal gucken, wie es sich für Sie anfühlt, wenn es morgen früh weitergeht. Hoffentlich entzündet sich Ihre Haut nicht. Das wäre nicht so ... prickelnd.« Sie grinste.

»Glauben Sie mir, ich hab in meinem Leben Schlimmeres überstanden.«

»Ohne Zweifel. Dann würde ich vorschlagen, wir sehen uns morgen Mittag wieder. Die zweite Mail erhält Damian pünktlich um acht Uhr.«

* * *

Die nächsten achtundvierzig Stunden brachten kaum Fortschritte. Die Rückmeldung von Europol bezüglich der Gefangenen hatte nichts ergeben. Auch im Ausland waren ihre Fingerabdrücke nie registriert worden. Für die Polizei war sie nach wie vor eine Unbekannte. Vermutlich hatte sie gefälschte Ausweise benutzt und nie staatliche Unterstützung in Anspruch genommen.

Die zweite und dritte Mail waren pünktlich eingetroffen und hatten weitere Details des Gebäudes offenbart. Für Sommer waren die Sitzungen nicht so schlimm wie erwartet. Seine Haut reagierte zwar auf die schnell aufeinanderfolgenden Behandlungen gereizt, aber der Schmerz hielt sich in Grenzen. Nur ein oder zwei Minuten waren ihm heftig vorgekommen. Nichts im Vergleich zu der Bauchwunde und den Operationsfolgen Jahre zuvor.

Gleichwohl glaubte Sommer nicht mehr daran, dass Tilda ihr Versprechen halten würde.

Als er nach der dritten Sitzung den Vernehmungsraum betrat, klatschte sie mit den gefesselten Händen.

»Sie haben es fast geschafft. Zeigen Sie her! Ich bin gespannt.«

»Nein«, sagte Sommer.

Sie runzelte die Stirn. »Was heißt das?«

»Ich glaube Ihnen nicht mehr. Die letzten beiden Mails enthielten bloß Verfeinerungen an dem Gebäude. Wenn sich das in der vierten Nachricht nicht ändert, haben wir trotzdem keinen Anhaltspunkt, wo sich Hercher aufhält. Wir können unmöglich in dem kurzen Zeitfenster durch ganz Frankfurt fahren und jedes Gebäude sichten. Falls wir hier überhaupt fündig würden.«

Tilda verdrehte die Augen. »Warten Sie's einfach ab. Ich werde mein Wort halten. Zeigen Sie her. Ich möchte mir die Fortschritte ansehen.«

»Nein!«, wiederholte Sommer.

Tilda funkelte ihn zornig an. »Das war eine meiner Bedingungen! Ich verhandle nicht neu.«

»Und ich lasse mich nicht verarschen.«

»Sie sollten ein bisschen mehr Vertrauen haben. Na gut! Meinetwegen! Dann spoilere ich halt. Bringen Sie mir Papier und Bleistift.«

»Wieso?«

»Damit ich andeuten kann, welches Motiv Sie morgen früh erwartet.«

Sommer schaute ihr in die Augen. Sie erwiderte den Blick ungerührt. Schließlich stand er auf, verließ den Raum und kehrte kurz darauf mit den gewünschten Utensilien zurück. Sie hielt ihm die Handschellen entgegen.

»Ich kann mit gefesselten Händen nicht zeichnen.«

Er löste die Handschellen. Sie griff zum Bleistift und malte ein dünnes Rohr.

»Was ist das?«, fragte Sommer.

»Warten Sie's ab.«

Am oberen Ende des Rohrs zweigte im Neunzig-Grad-Winkel ein schmales Schild ab. Dann legte sie den Stift beiseite.

»Ist das ein Straßenschild?«, erkundigte sich Sommer.

»Bingo! Auf der letzten Zeichnung gibt es zwei neue Elemente. Das Straßenschild, natürlich mit dem Namen der Straße, und ein weiteres Element, mit dem Sie das Haus eindeutig identifizieren können.«

»Die Hausnummer?«

»Warten Sie's ab. Zeigen Sie mir Ihren Arm.«

Zuerst nahm Sommer ihr den Bleistift wieder weg und fesselte ihre Hände. Dann präsentierte er ihr das Tattoo.

»Hui«, sagte sie. »Ihre Haut ist ziemlich gerötet. Darf ich mal drauf drücken?«

»Wagen Sie's!«

Tilda lachte. »Sie sind so ein Sensibelchen. Wir sehen uns morgen früh. Dann nenne ich Ihnen auch den Namen des Anwalts, der mich vertreten soll.«

Sommer gelang es nicht, seine Überraschung zu verbergen.

»Damit haben Sie offenbar nicht gerechnet«, stellte Tilda fest.

»Nein.«

»Wenn wir uns morgen Mittag gegenübersitzen, wird sich einiges ändern. Alexander lebt dann hoffentlich noch, und ich fange an, mit meinem Anwalt eine Strategie zu entwickeln, mit der ich den Gerichtsprozess gewinne.«

»Das können Sie nicht wirklich glauben.«

»Warten Sie's ab!« Plötzlich beugte sich Tilda vor und versuchte, ihm auf die tätowierte Stelle zu schlagen. Doch Sommer reagierte schneller. Er lehnte sich zurück und drehte sich von ihr weg. Der Hieb ging ins Leere.

Tilda seufzte enttäuscht. »Verdammt! Sie sind gut! Ich hatte gedacht, Sie überrumpeln zu können.«

»Dazu müssen Sie früher aufstehen.«

Sie zwinkerte ihm zu. »Wir sehen uns morgen. Aber denken Sie dran. Wer zuletzt lacht, lacht am besten.«

22

Morgens um Viertel nach fünf weckte das Handyklingeln Tobias Mühlenberg. Er tastete nach dem Gerät auf dem Nachttisch. Das Display zeigte ihm den Namen seines Partners an.

»Scheiße«, murmelte er leise. Ein so früher Anruf verhieß nichts Gutes.

»Was ist los?«, fragte Mühlenbergs Frau.

»Das ist Henry.« Ohne weitere Erklärung nahm er das Telefonat entgegen. »Hallo, Henry!« Er setzte sich auf den Bettrand.

»Morgen! Murphys Gesetz, es konnte nicht anders kommen, oder?«

»Was ist los?«

»Bei Lucy haben die Wehen eingesetzt.« Er sprach leise. »Sie ist gerade auf dem Klo. Wir fahren jetzt gleich ins Krankenhaus. Ausgerechnet heute. Ich kann's einfach nicht glauben.«

»Lucy und dein Kind sind wichtiger«, tröstete Mühlenberg seinen jungen Partner.

»Natürlich sind sie das. Trotzdem wäre ich gern dabei

gewesen. Falls uns die Ärzte wieder nach Hause schicken, stoße ich noch rechtzeitig zu euch. Ich melde mich bei dir.«

»Wir hören voneinander.«

Mühlenberg beendete das Gespräch und drehte sich zu seiner Frau. »Bei Lucy haben die Wehen eingesetzt.«

Sie lächelte versonnen. »Ich kaufe heute Nachmittag ein schönes Geschenk für das Neugeborene. Kannst du ihm dann morgen ins Büro mitnehmen.«

»Ich mach mich fertig und fahr ins Präsidium. Schlaf noch ein bisschen.« Er gab seiner Frau einen Kuss, stand auf und verließ das Schlafzimmer.

* * *

Schon um halb acht morgens trafen sich Sommer und Mühlenberg vor dem noch geschlossenen Studio des Tätowierers. Auch Drosten und Kraft kamen zeitig vor Ort an.

»Henry lässt sich entschuldigen. Die Geburt seines Kindes steht unmittelbar bevor. Er hat gegen fünf bei mir angerufen und Bescheid gesagt.«

Als hätte Rieble gelauscht, traf in diesem Moment eine Nachricht von ihm ein.

»Es tut mir leid«, las Mühlenberg vor. »Die Ärzte leiten gleich die Geburt ein. Ich bleibe an Lucys Seite und wünsche euch viel Erfolg. Hoffentlich findet ihr ihn rechtzeitig.«

Rasch tippte Mühlenberg seine Antwort ein.

Alles Gute für Mutter und Kind. Lass von dir hören. Und kipp nicht um. Das wäre peinlich.

Er sandte die Nachricht ab, die Rieble fast sofort las. Danach änderte sich Riebles Status von ›online‹ auf ›offline‹.

Eine Viertelstunde später kam Knoll an. Er wirkte verschlafen und gähnte.

»Acht Uhr ist einfach nicht meine Zeit. Bin froh, wenn das ein Ende hat.« Er schloss das Studio auf und startete den Computer. »Ich muss Sie heute nicht tätowieren?«, vergewisserte er sich.

»Nicht, wenn die Gefangene Wort hält«, brummte Sommer.

Die Minuten verstrichen quälend langsam. Um acht Uhr tauchte keine Mail im Postfach auf.

»Scheiße!«, fluchte Sommer. Er schaute auf sein Handy. »Eine Minute nach acht. Was soll das? Synchronisieren Sie manuell!«

Knoll führte den Befehl aus, doch nichts änderte sich.

»Ich hab's geahnt. Verdammt!« Wütend schlug Sommer auf den Tresen.

»Was machen wir jetzt?«, fragte Mühlenberg. »Ab neun sitzt sie im Vernehmungszimmer. Sollen wir sie früher holen? Oder in der U-Haft aufsuchen?«

»Da ist die Mail!«, rief Knoll. Er öffnete sie.

Erstmals enthielt sie auch Text.

Ich hoffe, Sie halten mich nicht für dumm. Ich weiß, dass Sie sich heute nicht unter die Nadel legen. Eigentlich schade, denn die letzten Motive sind richtig wichtig. Grüßen Sie Alexander von mir.

Darunter baute sich die Zeichnung auf. Wie von der Gefangenen angekündigt, handelte es sich um ein Straßenschild mit dem Namen der Straße. Das zweite neue Motiv zeigte jedoch nicht die Hausnummer, sondern ein an die Wand geschmiertes Graffiti.

»Okay«, sagte Mühlenberg. »Verlieren wir keine weitere Zeit. Ich rufe von unterwegs die Wasserwerke an. Sie sollen in dem Straßenzug die Wasserversorgung einstellen. Wenn ich mich nicht irre, ist das bloß eine kurze Straße. Keine zwanzig Häuser. Das kriegen sie wohl hin. Und ich beordere Verstärkung dorthin. Auf geht's!«

* * *

Sie brauchten im morgendlichen Berufsverkehr trotz Blaulicht fast zwanzig Minuten, bis sie die Straße erreichten. Zwei Streifenwagen warteten am Bürgersteig, außerdem ein Einsatzfahrzeug der Feuerwehr und ein Notarztteam. Mühlenberg und Sommer saßen im selben Wagen.

»Du schaust links, ich rechts«, sagte Sommer.

»Ich seh das Graffiti«, rief Mühlenberg. Er gab noch einmal Gas und hielt mit quietschenden Reifen vor dem Haus.

»Sie hat uns verarscht. Hier wohnt keiner mehr«, stellte Sommer nach einem Blick auf die unbeleuchteten Fenster fest. Einige Scheiben waren zersprungen. Das entsprach nicht dem Motiv auf seiner Haut.

Er öffnete die Fahrzeugtür und stieg aus. Mühlenberg folgte ihm. Sommer rüttelte an der verschlossenen Haustür. Sie war zu stabil, als dass man sie hätte eintreten können.

»Wir brauchen eine Ramme!«, rief er. »Beeilung.«

»Ramme!«, brüllte Mühlenberg.

Zwei uniformierte Polizisten näherten sich im Laufschritt. Sommer ging ihnen entgegen und nahm ihnen die Ramme ab.

»Robert! Verena! Helft mir!« Gemeinsam mit seinen Partnern stellte er sich vor die Haustür. »Auf drei! Eins, zwei, drei!«

Die Ramme prallte gegen die Tür, die erbebte, aber noch fest in den Angeln hing.

»Noch mal!«

Insgesamt benötigten sie drei Versuche, ehe die Haustür aufflog.

Mit einem Scheinwerfer leuchtete ein Uniformierter ihnen den Weg in den Keller. Als sie das unterste Stockwerk erreichten, standen sie erneut vor einer geschlossenen Tür. Diesmal war nur ein einziger Schlag nötig, um sich Zutritt zu verschaffen. Der Zugang flog auf. Das Licht des Strahlers fiel auf den teils gläsernen Käfig, in dem Alexander Hercher um sein Leben kämpfte. Er schwamm ganz oben, sein Kopf stieß beinahe an die Decke.

»Herr Hercher!«, schrie Sommer. Er rannte zum Gefängnis.

Der junge Mann bemerkte ihn und rief etwas, das Sommer nicht verstand.

»Wiederholen Sie das!«

»Sicherungskasten!«, ertönte die Antwort.

Hercher nahm seine letzte Kraft zusammen und tauchte unter. Er sah Sommer in die Augen und zeigte auf eine Stelle hinter ihm.

»Ich glaube, er meint diesen Kasten«, vermutete Mühlenberg.

Hercher nickte. Er stieg zur Oberfläche auf, und atmete hektisch Luft ein.

Mühlenberg öffnete den Kasten und legte einen roten Knopf frei.

»Drücken!«, erklang es aus dem Glaskasten.

»Stopp!«, schrie Sommer.

Mühlenbergs Hand schwebte über dem Knopf.

»Das ist eine Falle!«, sagte Sommer.

»Sicher?«, fragte Drosten.

»Es würde zu ihr passen.«

»Wir müssen etwas unternehmen«, drängelte Kraft. »Der Junge ist am Ende.«

»Wartet!« Sommer klopfte an das Glas. »Schießen wir es kaputt.«

»Das Wasser wird alle Spuren hier im Raum vernichten«, warnte Mühlenberg.

»Die Täterin sitzt in Haft, und Hercher kann hoffentlich

den Komplizen beschreiben.« Sommer zog seine Waffe und richtete sie aufs Glas. »Geht ein paar Schritte zurück.« Er wartete, bis sich seine Kollegen ein Stück entfernt hatten. Dann ging er selbst hinter dem Stützpfeiler mit dem Sicherungskasten in Deckung und schoss. Der erste Treffer erzeugte Risse im Glas, durch die jedoch noch kein Wasser austrat. Erneut legte Sommer an und nahm die Stelle mit den meisten Rissen ins Visier. Er feuerte zum zweiten Mal. Laut tosend zerbarst das Glas in unzählige Einzelteile. Nun trat das Wasser schwallartig aus. Durch den Druck platzte auch das Glas rings um das Einschussloch ab. Rasch hatten die Polizisten nasse Füße. Sommer beobachtete, wie Alexander Hercher mit letzter Kraft zum höchstgelegenen Regal schwamm, sich daran festhielt und hektisch nach Luft schnappte. Er war gerettet.

23

Henry Rieble betrat das Präsidium. Er lächelte. »Ist die Gefangene hergebracht worden?«, fragte er am Empfang.

Der Beamte nickte und schaute auf seine Uhr. »Ist vor ungefähr zehn Minuten von den Justizbeamten in unsere Verantwortung übergeben worden.«

»Aber die sind schon wieder weg, oder?«

»Wie immer konnten sie es kaum abwarten. Wieso fragst du?«

»Kannst du für mich einen Transport veranlassen? Mühlenberg hat mich beauftragt, die Mörderin zu dem Gebäude zu bringen, in dem sie ihren Gefangenen festgehalten hat. Allerdings fahre ich nicht allein mit der Irren dorthin. Ich brauche einen Streifenwagen mit zwei Beamten Besatzung. Wie lange dauert es, das zu organisieren?«

»Gib mir zehn Minuten.«

»Okay. Ich warte vor dem Vernehmungsraum auf die Kollegen. Das muss alles safe sein. Sie soll nicht glauben, eine Chance zur Flucht zu haben.«

»Keine Sorge. Du kannst auch mehr als einen Wagen haben.«

»Nein! Einer reicht.« Rieble tippte sich an die Stirn. Rasch ging er im Präsidium zu dem Raum, hinter dessen verschlossener Tür Tilda wartete. Er zog das Handy aus der Hosentasche, schaltete es online und tippte eine Nachricht ein.

Hey, Tobias. Oh Gott! Ich kann's kaum glauben. Ich bin gerade Vater eines gesunden Jungen geworden. Joel ist 52 Zentimeter groß und wiegt 3750 Gramm. Er hat sogar schon Haare. Melde mich später bei dir. Hoffentlich ist bei euch alles in Ordnung. Aber du hattest recht. Es gibt so viel wichtigere Dinge im Leben als den Dienst. Bis bald!

Er schickte die Nachricht ab und schaltete das Gerät wieder offline. Dann schob er es in die Jackentasche und wartete. In wenigen Minuten würde er gemeinsam mit Tilda das Präsidium verlassen. Der nächste Schritt in ein neues Leben stand unmittelbar bevor.

* * *

Die Feuerwehr hatte das Wasser im Raum abgepumpt und freigegeben. Der Notarzt hatte unterdessen den völlig entkräfteten Alexander Hercher ins Krankenhaus gefahren. Der junge Mann hatte ihnen bislang kaum Auskünfte geben können. Er hatte sich viele Stunden lang schwimmend am Leben halten müssen. Mühlenberg und Sommer hatten ihn gefragt, ob seine Peinigerin mit einem Komplizen arbeitete, was Hercher bestätigt hatte. Es handele sich um einen Mann, den er in seinem Leben nie zuvor gesehen habe, vermutlich in den Dreißigern. Er hatte ihn mehr schlecht als recht zu beschreiben versucht. Dann hatten die Polizisten ihn erlöst und versprochen, ihn im Krankenhaus zu befragen, sobald er zu Kräften gekommen wäre.

»›Ein Mann in den Dreißigern‹ klingt nicht unbedingt nach Bastian Schubert«, stellte Sommer fest.

Mühlenberg zuckte mit den Achseln. »Auf eine Altersschätzung von Männern in Herchers Alter gebe ich nicht viel.«

Sie standen gemeinsam mit Drosten und Kraft an der Eingangstür des Kellerraums. Die zahlreichen Glassplitter hatte die Feuerwehr nicht entsorgt. Das war eine Aufgabe für die Spurensicherung. Trotzdem wollte Sommer eine Sache erledigen, bevor sie sich zurückzogen und den Spezialisten den Vortritt ließen. Er deutete zu der Säule. Hercher hatte ihnen vorhin ebenfalls noch mitgeteilt, was sein Wärter gesagt hatte. Angeblich sollte sich der Toilettenabfluss durch das Betätigen des Knopfs wieder öffnen und das Wasser langsam abfließen lassen. Sommer hegte daran jedoch erhebliche Zweifel.

Von dem Kasten führte ein schwarzer Kabelschlauch nach oben in die Decke.

»Ich glaube, die Platte kann man abnehmen«, murmelte Sommer. »Robert! Hilfst du mir mal?«

Drosten kam zu ihm und verschränkte die Hände ineinander, um eine Räuberleiter zu bilden.

»Wartet!« Mühlenberg stellte sich ebenfalls neben die beiden und unterstützte sie. Sommer setzte den einen Fuß auf Drostens Hände, den anderen auf Mühlenbergs.

»Und hoch!«, rief er.

Ächzend hoben sie ihn an. Auch Kraft half mit. Sommer erreichte die Deckenplatte, die sich tatsächlich lösen ließ. Er schob sie beiseite.

»Dieses Miststück!«, brummte er.

»Was siehst du?«, fragte Sommer.

»Ein blinkendes, rotes Licht. Die Kabel enden in einer Apparatur. Garantiert eine Sprengvorrichtung. Lasst mich wieder runter! Wir brauchen Sprengstoffexperten. Bis die da sind, müssen wir hier sofort raus.«

. . .

Eine Viertelstunde später hatte Mühlenberg über den Frankfurter Polizeipräsidenten Kontakt zum hessischen LKA-Einsatzteam hergestellt, das über die nötige Expertise verfügte. Die Straße war weiträumig abgesperrt, Polizisten klingelten bei Nachbarn, um sie über die bevorstehende Räumung des Straßenzugs zu informieren.

»Das wird sich bis zum Mittag ziehen«, befürchtete Mühlenberg.

»Lasst uns das nutzen, um ins Präsidium zurückzufahren«, schlug Sommer vor. »Hoffentlich überrascht es Tilda, mich lebendig zu sehen. Ich bin sehr gespannt, ob sie wirklich einen Anwalt einschalten will.«

* * *

Tilda blieb kurz an der Türschwelle zum Präsidium stehen und atmete tief ein. »Herrlich«, brummte sie.

Rieble versetzte ihr einen Stoß in den Rücken. »Nicht trödeln!«, befahl er im kalten Ton.

Sie setzte sich wieder in Bewegung. Ihre Füße waren ebenso gefesselt wie ihre Hände.

»Sie haben Ihre letzte Karte aufgedeckt und verloren«, sagte Rieble laut.

»Ob mein Anwalt das anders sieht?«, erwiderte sie.

Der Streifenwagen wartete vor dem Eingang. Rieble half Tilda beim Einsteigen, indem er ihren Kopf hinunterdrückte. Dann schnallte er sie an und warf die Tür zu, ehe er sich hinter den Fahrer setzte und ihm eine Adresse nannte. Der uniformierte Beamte startete den Motor und fuhr langsam vom Parkplatz.

Rieble zog sein Handy aus der Jackentasche und schaltete es wieder online.

»Das ist nicht die Adresse, wo der junge Mann festgehalten worden ist, richtig?«, fragte der Beifahrer.

»Nein«, bestätigte Rieble. »Aber der arme Kerl hat uns einen wichtigen Hinweis geben können. Mühlenberg und die Wiesbadener warten dort auf uns.«

* * *

Mühlenberg bemerkte sofort den verwirrten Blick des Beamten am Empfang.

»Tobias, was machst du denn hier?« Der Tonfall des Mannes klang alarmiert.

»Wir wollen zu der Gefangenen. Sitzt sie im Vernehmungszimmer?«

»Das verstehe ich nicht. Rieble hat sie vorhin wegbringen lassen. Ist keine zehn Minuten her. Er ist auf dem Weg zu dir. War das nicht mit dir abgesprochen?«

»Henry war hier?«

»Wundert dich das?«

»Meines Wissens ist er im Krankenhaus bei seiner Frau. Die haben ihr erstes Kind bekommen.«

»Was?«, erwiderte der Beamte. »Quatsch. Rieble hat auf deinen Befehl eure Gefangene zum Transport mit einem Streifenwagen vorbereiten lassen. Ihr habt euch knapp verpasst.« Er schaute auf seine Uhr.

»Ruf ihn an«, flüsterte Sommer. »Da stimmt was nicht. Dein Partner ist ein Mann in den Dreißigern.«

»Versuch, die Kollegen zu kontaktieren«, sagte Mühlenberg zu dem Beamten. »Sie könnten in Gefahr schweben.«

»Ist das dein Ernst?«

»Los!«, fauchte Mühlenberg. Er wählte auf dem Handy Riebles Nummer.

* * *

Riebles Telefon klingelte. Gleichzeitig knisterte das Funkgerät.

»Wagen siebzehn bitte kommen.«

Rieble drückte das Telefonat weg.

»Alles in Ordnung?«, fragte der Fahrer. Er warf einen Blick in den Rückspiegel. Gleichzeitig griff sein Partner zum Funkgerät.

Rieble zog seine Pistole aus dem Holster. Er schoss dem Beifahrer in den Hinterkopf. Blut spritzte an die Fensterscheiben. Der ohrenbetäubende Knall bescherte Rieble ein Piepen in den Ohren. Der Fahrer bremste abrupt. Alle Insassen schleuderten vor, doch sofort rasteten die Sicherheitsgurte ein.

»Fahr weiter!«, schrie Rieble. »Sonst bist du auch tot. Die Hände behältst du am Lenkrad.«

Tilda lachte. Sie schien das alles zu genießen.

»Was hast du getan?«, fragte der Uniformierte.

»Willst du sterben?« Das Piepen wurde leiser.

»Nein«, jammerte der Beamte. »Ich hab zwei Kinder. Bitte, Henry!«

»Zentrale hier. Ich wiederhole. Wagen siebzehn bitte kommen.«

»An der Kreuzung biegst du nach rechts ab«, befahl Rieble. »Ich verspreche dir, ich lass dich laufen, wenn du keinen Fehler machst. Wir sperren dich in den Kofferraum. Mehr passiert dir nicht.«

»Okay.«

Der Wagen setzte sich wieder in Bewegung. Die Ampel der nächsten Kreuzung stand auf Grün. Der Beamte bog ab. Plötzlich beschleunigte er und steuerte auf die parkenden Autos auf der Gegenseite zu.

»Fuck!«

Rieble schoss, doch der Mann duckte sich und nahm die Hände vom Steuer. Die Kugel hatte ihn verfehlt und die

Windschutzscheibe durchschlagen. Der Uniformierte nestelte an seinem Halfter herum.

Mit dem nächsten Schuss traf Rieble den Beamten in den Kopf. Blut spritzte, der Körper sackte zur Seite. Der Streifenwagen kollidierte mit einem parkenden Fahrzeug.

Rieble und Tilda wurden hin- und hergeschleudert. Endlich kam der Wagen zum Stehen.

»Geht's dir gut?«, rief Rieble, dessen Ohren erneut piepten.

»Das war wohl nicht so geplant.« Sie lachte hysterisch.

Er löste zuerst seinen Sicherheitsgurt, danach ihren. Dann zog er die Schlüssel für ihre Fesseln aus der Hosentasche.

»Wir müssen uns beeilen«, brüllte er.

»Schrei nicht so.«

Er befreite sie von den Handschellen. Erst jetzt bemerkte er die Passanten, die unsicher stehen geblieben waren und das Schauspiel verfolgten. Keiner von ihnen kam näher. Einige filmten die Szene mit ihren Handys, mindestens zwei telefonierten.

Rieble kletterte aus dem Streifenwagen. Er feuerte in die Luft. Die Zeugen duckten sich, schrien oder liefen weg. Rieble umrundete das Fahrzeug und half Tilda beim Aussteigen.

»Wo steht das Auto?«, fragte sie.

Er schaute sich um und orientierte sich anhand eines Straßenschilds. »Ungefähr vierhundert Meter von hier. Kannst du rennen? Wir sollten uns beeilen. Viel Zeit haben wir nicht, bevor die Straßen abgesperrt werden.«

Er nahm sie bei der Hand und rannte los. Sie folgte ihm stolpernd. Mit jedem Schritt gewann sie an Selbstsicherheit.

»Da vorn steht es«, rief Rieble, nachdem er zweimal abgebogen war. Der Schlüssel für das Fluchtfahrzeug steckte ebenfalls in seiner Hosentasche. Er zog ihn heraus und entriegelte es. »Setz dich schon mal nach vorn. Ich muss kurz an den Kofferraum.«

Tilda folgte seiner Anweisung. Rieble öffnete die Heckklappe und griff zu einem Bleibehälter im Kofferraum. Er schraubte den Deckel ab, schaltete das Telefon aus und legte es hinein. Kaum war das erledigt, warf er den Kofferraum zu und setzte sich hinters Steuer.

»Was hast du da hinten gemacht?«, wollte Tilda wissen.

»Mein Handy in einen Bleibehälter gelegt. Das schirmt die Strahlung ab. So können sie unsere Route nicht verfolgen.« Er startete den Motor und fuhr los.

»Warum hast du es nicht einfach zertreten und weggeworfen?«

»Zu riskant. Ihnen soll nicht mein Telefon in die Hände fallen.«

»Ärgerlich, dass sie nicht den Knopf gedrückt haben«, sagte Tilda bedauernd.

Rieble nickte. »Aber wir wussten immer, dass das passieren könnte.«

»Stimmt. Trotzdem schade. Es würde mich beruhigen, diesen Sommer tot unter Schutt begraben zu wissen.«

»So clever ist er auch wieder nicht. Das hier hat er nicht kommen sehen. Vor dem hab ich keine Angst.«

Tilda beugte sich zu ihm und gab ihm einen Kuss auf die Wange. »*Du* musst vor niemandem Angst haben.« Sie seufzte.

»Was ist los?«

»In der Zelle haben sich meine körperlichen Bedürfnisse angestaut. Wie lange dauert es, bis ich dich endlich wieder spüren kann? Ich kann's kaum noch aushalten.«

Rieble beschleunigte.

24

Fassungslos starrte Tobias Mühlenberg in den Wagen. Er konnte nicht glauben, dass sein Partner dafür verantwortlich war. Doch es bestand kein Zweifel. Einige Zeugen hatten die letzten Sekunden bis zum Aufprall gefilmt und vor allem Riebles Flucht mit der Gefangenen festgehalten. Mühlenberg hatte sich einen der Clips zeigen lassen.

»Wieso hab ich das nicht kommen sehen?«, fragte er leise.

»Ich doch auch nicht«, erwiderte Sommer. »Niemand von uns.«

»Aber ich bin sein Partner. Ich hätte ...«

»Das bringt uns nicht weiter«, unterbrach Sommer ihn. »Wir müssen in Bewegung bleiben. Druck ausüben. Ihn aufspüren. Er hat also behauptet, seine Freundin hätte heute das Kind bekommen. Kennst du diese Lucy?«

»Gibt es sie überhaupt?«, fügte Drosten hinzu.

»Natürlich«, antwortete Mühlenberg. »Ich hab sie das letzte Mal vor ... ungefähr einem halben Jahr gesehen. Irgendwann im Spätsommer. Habe ihr zur Schwangerschaft gratuliert. Sie hat reagiert, wie eine schwangere Frau reagieren würde. Das kann nicht gelogen gewesen sein.«

»Es sei denn, sie steckt mit den beiden unter einer Decke«, gab Kraft zu bedenken.

Mühlenberg zuckte mit den Achseln. »Ich weiß nicht mehr, was ich noch glauben soll. Trotzdem kann ich's mir nicht vorstellen. Lucy? Welchen Grund hätte sie?«

»Gehen wir davon aus, dass alles möglich ist«, schlug Drosten vor. »Wahrscheinlich versetzen wir ihr den Schock ihres Lebens, aber vielleicht ...«

Mühlenberg nickte. »Und wir müssen dringend mit Hercher reden. Zeigen wir ihm ein Foto von Rieble.«

»Hast du eins auf deinem Telefon?«, fragte Sommer.

»Müsste.« Mühlenberg scrollte sich durch seine Bildgalerie. »Da!«, sagte er schließlich.

»Leiten Sie es an mich weiter«, bat Drosten. »Dann könnten wir uns aufteilen. Sie und Lukas suchen Riebles Partnerin auf, wir fahren ins Krankenhaus zu Hercher.«

* * *

Auf dem Weg zu Riebles Wohnung unterhielten sich Sommer und Mühlenberg über die möglichen Szenarien.

»Ich kann mir nicht vorstellen, dass Lucy mit den beiden unter einer Decke steckt. Sie liegt wahrscheinlich gerade in einem Krankenhaus und hat frisch entbunden.«

»Hat er je erwähnt, wo sein Kind zur Welt kommen soll?«, wollte Sommer wissen.

»Kann mich nicht dran erinnern. Falls uns niemand öffnet, klingeln wir bei Nachbarn. Vielleicht weiß von denen jemand Bescheid. Ansonsten müssen wir alle Krankenhäuser der Stadt abtelefonieren. Wir sind gleich da.«

Mühlenberg fand einen Parkplatz unweit der Haustür.

»Rieble hat zwei Kollegen hingerichtet«, sagte er leise,

als sie auf die Haustür zugingen. »Was, wenn er auch Lucy heute Morgen ...«

»Zerbrechen wir uns noch nicht den Kopf darüber.«

Mühlenberg schnaubte und drückte den Klingelknopf. Auf dem Schild standen zwei Nachnamen.

Schon nach wenigen Sekunden erwachte die Gegensprechanlage zum Leben.

»Hallo?«, fragte eine Frau.

Mühlenberg zog überrascht die Augenbrauen hoch. »Lucy, bist du das? Hier ist Tobias Mühlenberg. Kannst du uns öffnen?«

»Tobias?« Die Frau klang erschrocken. Prompt ertönte der Türöffner.

Sie betraten den Hausflur. Rieble und seine Freundin wohnten in der ersten Etage. An der offenen Tür wartete Lucy auf sie. Bei Sommers Anblick riss sie den Mund auf. »Oh Gott«, stieß sie aus. »Ist Henry etwas passiert?«

Mühlenberg war nicht minder überrascht. Lucy war zweifelsohne schwanger. Die Wölbung unter dem Pullover ließ sich nicht verbergen. Doch stand sie bei Weitem nicht so kurz vor dem Entbindungstermin, wie Rieble immer behauptet hatte.

»Sag schon! Was ist mit Henry?« Sie wandte sich an Sommer. »Wer sind Sie?«

»Das ist alles kompliziert, wir sollten das im Wohnzimmer besprechen.«

»Ist er verletzt oder tot?«

»Nein«, antwortete Sommer. »Wann ist es bei Ihnen so weit?«

Sie streichelte sich über den Bauch. »In vier Wochen. Wieso? Was hat das mit Henry zu tun?«

»Glaub mir, Lucy. Wir sollten besser ins Wohnzimmer gehen und uns setzen«, sagte Mühlenberg.

»Ich kapier kein Wort.«

»Wir auch nicht«, gab Mühlenberg zu. »Henry hat mich heute Nacht um fünf angerufen und behauptet, ihr wärt auf dem Weg ins Krankenhaus, weil deine Wehen eingesetzt hätten.«

»Was? Wieso?«

Mühlenberg übernahm die Initiative. Er zwängte sich an Lucy vorbei und steuerte ein Zimmer an. Überrumpelt folgte sie ihm. Sommer betrat ebenfalls die Wohnung und schloss die Tür.

Mühlenberg nahm auf einer Zweiercouch Platz. »Setz dich bitte. Das, was sich heute zugetragen hat, wird dir Angst machen.«

»Was ist los? Wo ist Henry?«

»Das wissen wir nicht.« Sommer setzte sich neben Mühlenberg.

»Redet bitte Klartext. Henry war in letzter Zeit nicht er selbst. Hat das damit zu tun? Was ist passiert?«

»Kannst du das konkretisieren? Henry ist nämlich verschwunden. Wir wissen nicht, wo er steckt. Er hat behauptet, er wäre mit dir im Krankenhaus und dann ... sind Dinge geschehen, die nicht dazu passen.«

»Ich rufe ihn an«, sagte Lucy. Ihr Handy lag auf der Armlehne des Sessels. Sie wählte seine Nummer. »Mailbox«, flüsterte sie. »Henry, Schatz«, sprach sie in normaler Lautstärke weiter. »Kannst du mich bitte zurückrufen? Ich muss etwas mit dir klären.« Sie trennte die Verbindung und legte das Telefon beiseite. »Er verschwindet einfach so im Dienst? Seit wann?«

»Ich habe ihn gestern das letzte Mal gesehen«, erklärte Mühlenberg.

»Was? Das kann nicht sein. Er ist heute Morgen normal zur Arbeit aufgebrochen.«

»Ist er Ihnen verändert vorgekommen? Hat er zum

Abschied etwas gesagt, das Sie nicht verstanden haben?«, wollte Sommer wissen.

Lucy dachte nach. »Nein. Im Gegenteil. Er hat mich an der Tür geküsst. Das kam in letzter Zeit nicht so häufig vor.«

»Ihr habt Schwierigkeiten?«, folgerte Mühlenberg.

»Seit Monaten«, gab sie leise zu. »Eigentlich, seit ich schwanger bin. Aber die letzten Tage? Da war es mal wieder schön. Wir hatten sogar ...« Sie senkte den Blick. »Sex«, sagte sie kaum verständlich.

»Streitet ihr euch in letzter Zeit mehr als sonst?«

»Er freut sich einfach nicht so sehr wie ich.« Erneut streichelte sie ihren Bauch. »Ich befürchte, er ist noch nicht bereit für diese Verantwortung.«

»Wirklich? Im Präsidium klang das anders. Als würde er dem Moment entgegenfiebern.«

»Ist das so? Und warum zeigt er mir das nicht? Ständig streiten wir uns wegen Kleinigkeiten. Vor ein paar Monaten kam er immer viel zu spät nach Hause. Solche Dinge. Zwischendurch war das so schlimm, dass ich allein in den Urlaub gefahren bin. Zwei Wochen haben wir uns nicht gesehen und ...«

»Augenblick!«, unterbrach Mühlenberg sie. »Du sprichst nicht vom November, oder? Er war mit an der Ostsee.«

»Hat er das behauptet?«

»Ja.«

»Mistkerl. Er hat mich zwei Wochen alleingelassen. Als ich zurückkam, habe ich damit gerechnet, dass es mit uns vorbei wäre. Aber dann wurde es ein bisschen besser zwischen uns. Dachte ich zumindest. Und jetzt tauchst du hier auf und ...«

»Hatten Sie in den zwei Wochen Kontakt zueinander?«

»Wenig.«

»Also hätte er in der Zeit tun und lassen können, was er wollte«, vergewisserte sich Sommer.

»Wieso fragen Sie das?«

Sommer und Mühlenberg warfen sich alarmierte Blicke zu.

»Was verschweigt ihr mir?«, erkundigte sich Lucy.

»Lucy, reg dich bitte nicht auf, aber Henry hat heute einer mutmaßlichen Mörderin zur Flucht verholfen. Dabei sind zwei Kollegen erschossen worden. Wir vermuten von ihm.«

»Nein!«, stieß sie entsetzt aus. »Das kann nicht sein. Ihr müsst euch irren. Henry soll jemanden erschossen haben? Polizisten? Ausgeschlossen!« Sie griff zum Telefon und wählte erneut die Nummer ihres Lebensgefährten. Zum zweiten Mal landete sie bloß auf der Mailbox. »Henry! Meld dich bei mir!« Nachdem sie aufgelegt hatte, versuchte sie, sich mit einer Atemübung zu beruhigen.

Mühlenberg und Sommer gaben ihr die Zeit.

»Erzählt mir von dieser Mörderin. Haben die beiden etwas miteinander?«

»Das wissen wir noch nicht«, antwortete Mühlenberg. »Es wäre eine Erklärung.«

Behutsam berichteten sie von der aktuellen Ermittlung, ohne zu sehr ins Detail zu gehen.

»Die Schwangerschaft war nicht geplant?«, vergewisserte sich Sommer. Er wollte mehr über die Beziehung der werdenden Eltern erfahren.

»Nein. Die Pille hat versagt. Vielleicht wegen eines Antibiotikums. Das wäre eine Erklärung. Ich war nicht vorsichtig genug, weil ich dachte, wir wären bereit für diesen Schritt. Aber seit ich den Schwangerschaftstest gemacht habe, ist nichts mehr wie vorher. Ich hatte gehofft, es würde nach der Geburt besser. Wenn er erst einmal sein Kind in den Armen hält …« Sie schluchzte.

Umständlich erhob sie sich aus dem Sessel und verließ das Zimmer.

»Wir brauchen Zugriff auf sein Konto«, flüsterte Sommer.

Mühlenberg nickte.

»Außerdem wäre es besser, wenn sie nicht alleine hierbleiben würde«, fuhr Sommer fort.

Mühlenberg wischte sich mit der flachen Hand durchs Gesicht und senkte den Kopf.

Nach einer Weile kehrte Lucy zu ihnen zurück. Sommer und Mühlenberg setzten die Befragung fort und erfuhren von vielen Streitigkeiten der beiden, die darin gemündet hatten, dass Lucy allein an die Ostsee gefahren war.

»In den Wochen vorher hat er oft bis Mitternacht gearbeitet«, erinnerte sie sich. »Angeblich wegen einer komplexen Ermittlung. Stimmt das?«

Mühlenberg schüttelte den Kopf. »Nicht im Herbst. Nein.«

»Also hat er Zeit mit dieser ...« Sie stöhnte auf. »Ich bin so dumm.«

»Bist du nicht. Wie hättest du das ahnen können?«

»Du hast nichts gemerkt, Tobias?«

Eine berechtigte Frage. »Nein, überhaupt nichts. Sag mal, benutzt ihr Onlinebanking?«, fragte Mühlenberg.

»Wir haben getrennte Konten. Das zählt auch zu den Dingen, die mich immer gestört haben.«

»Kennst du seine Zugangsdaten?«

»Nein. Ich Schaf hab ihn nie darum gebeten.«

»Hat er Zugriff auf Ihr Konto?«, fragte Sommer.

»Nicht ausgeschlossen. Ich habe meine Passwörter in einem kleinen Buch notiert, das in der Küche liegt.«

»Könnten Sie Ihren Kontostand prüfen?«

»Das geht sogar auf dem Handy. Moment!« Sie öffnete eine App und legitimierte sich mit ihrem Fingerabdruck. »Oh nein!«, entfuhr es ihr. »Nein! Er hat es heute Morgen leer geräumt. Siebentausend Euro abgebucht. Per Echtzeitüberweisung. Dieses Arschloch! Wie kann er mir das antun?«

»Lucy, hast du einen persönlichen Ansprechpartner bei der Bank? Vielleicht kann man das rückgängig machen.«

»Ich erledige alles online. Soll ich da anrufen?«

»Ja. Aber nicht sofort. Wir müssen noch etwas mit dir besprechen. Könntest du vorerst bei jemandem übernachten? Deinen Eltern zum Beispiel?«

»Auf gar keinen Fall.« Ihre Stimme verriet, dass sie keinen Widerspruch duldete.

»Kämen andere Verwandte in Frage? Oder eine besonders enge Freundin?«, fragte Sommer.

»Wieso?«

»In Ihrem aufgewühlten Zustand können wir Sie nicht allein lassen«, erklärte er. »Außerdem ist es nicht ausgeschlossen, dass er zurückkehrt.«

»Ich werde eure Wohnung observieren lassen«, sagte Mühlenberg. »Trotzdem wäre es mir lieber, wenn du nicht in den eigenen vier Wänden bleibst.«

»Ich könnte meine beste Freundin Stefanie fragen. Sie und ihr Mann haben ein großes Haus. Mit Gästezimmer. Ich habe da früher öfter geschlafen, wenn wir abends ausgegangen sind.«

»Das klingt gut«, sagte Sommer. »Kümmern Sie sich bitte darum. Wir bleiben so lange bei Ihnen.«

25

Zunächst unterhielten sich Drosten und Kraft im Krankenhaus mit dem Arzt, der Alexander Hercher behandelte. Der junge Mann war entkräftet und unterkühlt. Beides hervorgerufen durch das stundenlange Schwimmen im Wasser. Alles in allem nichts Lebensbedrohliches. Sobald er wieder zu Kräften gekommen wäre, würde er physisch gestärkt aus dem Albtraum hervorgehen. Der Arzt verglich die vielen Stunden im Wasser mit dem Bewältigen eines Triathlons. Letztlich würde der Körper muskulär und kardiologisch davon profitieren. Psychisch schien er die Gefangenschaft gut verkraftet zu haben. Dennoch wollte der Arzt eventuelle Spätfolgen nicht ausschließen.

»Ein Trauma kann auch erst Wochen oder Monate später zum Vorschein kommen«, warnte er. »Ich würde ihm eine psychologische Beratung empfehlen.«

Sie betraten das von einem Polizisten bewachte Einzelzimmer, in dem Alexander lag. Er hatte die Augen geschlossen. Als sie nähertraten, öffnete er sie, blinzelte und setzte sich aufrecht hin.

»Polizei?«, vergewisserte er sich.

Drosten zeigte ihm den Dienstausweis. »Hallo, Herr Hercher.«

»Nennen Sie mich bitte Alexander«, erwiderte er. »Bestimmt wollen Sie Auskunft über Tilda und mich haben.«

»Je mehr Informationen Sie uns geben können, desto besser.«

Drosten und Kraft zogen sich Stühle heran.

»Ich bin so ein Idiot gewesen«, murmelte Alexander. »Wie konnte ich mir nur einbilden, sie wäre an mir interessiert?«

»Liebe macht bekanntlich blind«, stellte Kraft fest. »Trösten Sie sich damit, weder der Erste noch der Letzte zu sein, dem so etwas passiert.«

Alexander lächelte ihr dankbar zu.

»Zunächst einmal: Wir haben Tilda verhaftet«, erklärte Drosten. Er teilte dem jungen Mann absichtlich einen veralteten Stand mit. Für die Wahrheit wäre später Zeit genug.

Alexander nahm die Information ohne jede Regung auf. »Meine Eltern haben mir das schon gesagt. Das ist gut.«

»Hat sie Ihnen je verraten, wie ihr Nachname lautet?«, fragte Kraft.

»Schmitt. Der passt gar nicht zu ihr, oder?«

Drosten ließ sich nichts anmerken. Zum zweiten Mal fiel dieser Name in Verbindung mit Tilda, doch bezweifelte er seine Echtheit. »Fangen wir von vorn an. Wie haben Sie sich kennengelernt?«

Nun lächelte Alexander. »In einer Cocktailbar in Stuttgart. Das Paul & George. Ich habe damals ein paar Wochen bei Internetfreunden gewohnt. Coole Typen. Aber irgendwann merkte ich, dass sie mich loswerden wollten. So geht's meistens. Man versteht sich ein paar Tage oder Wochen, und dann ... Na ja. Ich war auf jeden Fall ...«

»Wann genau war das?«, unterbrach Drosten ihn.

»Kurz nach Nikolaus. Ich saß in der Bar und dachte darüber nach, ob ich zu Weihnachten nach Hause zurückkehren sollte. Meiner Mutter eine Freude bereiten. Irgendwann sah ich diese absolut umwerfende Frau, die zu mir schaute. Als ich den Blick erwiderte, lächelte sie mir zu. Ich hab schnell wieder weggesehen. Die Frau war nicht meine Liga. Sie war ja schon ein paar Jahre älter und außerdem viel zu hübsch für mich. Doch dann stand sie auf und kam an meinen Tisch. Sie sagte, sie würde mich kennen. Ich musste echt lachen, weil das ein so dummer Spruch ist. Aber sie holte ihr Handy hervor und zeigte mir meinen Tiktok-Kanal, den sie abonniert hatte. Ich konnte es nicht glauben. So kamen wir ins Gespräch.«

Also hatte sie Alexander eine Zeit lang beobachtet, dachte Drosten. Ihre Planung schien sehr gründlich zu sein.

»Ich hab mich sofort in sie verliebt. Als sie mich fragte, wo ich wohnen würde, erklärte ich ihr meine Situation. Sie schlug vor, ich könnte meine Sachen bei den Bekannten wegholen und eine Weile bei ihr wohnen. Sie schlief angeblich in Stuttgart bei einer Freundin und passte auf deren Bude auf. Das war wie ein Sechser im Lotto. Wir fuhren zu meinen Bekannten, packten meine Sachen, und sie nahm mich mit zu sich. Die Freundin wohnte in einer gemütlichen Zweizimmerwohnung. Wohn- und Schlafzimmer. Oh Gott.« Alexander errötete. »Ich bin echt nicht unerfahren, aber Tilda ... Sie hat Dinge mit mir gemacht ...« Seine Stimme brach.

»Was passierte dann? Blieben Sie in Stuttgart?«

»Wir haben wochenlang kaum das Bett verlassen, selbst Weihnachten nicht. Silvester waren wir in einem Club tanzen. Das waren sehr schöne Wochen. Im Januar war noch alles gut, auch wenn sie manchmal für einen oder zwei Tage verschwand und mir nicht sagen wollte, wohin sie ging.«

»Haben Sie noch die Adresse, wo Sie untergekommen sind?«, wollte Drosten wissen.

Alexander nannte sie ihm, ebenso den Namen, der auf dem Klingelschild gestanden hatte.

»Wann änderte sich die Situation?«

»Im Februar. Ich glaube, um den Zehnten herum. Nach einer zweitägigen Abwesenheit kam sie zurück und war sichtlich erregt. Meinte, wir müssten sofort aufbrechen und die Wohnung verlassen. Als ich wissen wollte, was das zu bedeuten hätte, schaute sie mich kalt an und fragte, ob ich allein zurückbleiben wollte. Ich packte sofort meine Sachen. Die Tage darauf schliefen wir auf Campingplätzen und manchmal einfach nur im Auto am Straßenrand. Von Stuttgart ging's erst mal nach Bayern und dann zurück nach Hessen. Irgendwann fragte sie mich, ob wir nicht eine Zeit lang in der Einliegerwohnung in meinem Elternhaus bleiben könnten, von der ich erzählt hatte. Mir war der Gedanke unangenehm, andererseits wurde die Stimmung zwischen uns immer gereizter. Also sagte ich zu. Ihre Laune schlug sofort um. Sie wurde richtig euphorisch, weil sie sich darauf freute, meine Eltern kennenzulernen. Um nicht total verdreckt bei ihnen anzukommen, gönnten wir uns für eine Nacht ein billiges Hotel am Rande der Stadt. Dann tauchten wir bei mir zu Hause auf. Blieben ein paar Wochen. Ich erkannte natürlich, was meine Alten dachten. Tilda war ihnen ein Dorn im Auge. Trotzdem sagten sie nichts. Wir verbrachten wieder viel Zeit miteinander, fast so wie in den Anfangstagen. Nur einmal hat sie mich überredet, ein paar Stunden allein bei meinen Eltern zu bleiben. Damit ich ihr nicht vorzeitig folgte, verließ sie früh das Haus, ohne mir zu sagen, wohin sie ging. Einen Tag später schlug sie vor, dass wir feiern gehen sollten. Wir fuhren in einen Club und da ...« Er verzog den Mund. »Mir wurde schon nach dem ersten

Getränk so schwindelig. An viel mehr kann ich mich nicht erinnern. Irgendwann habe ich das Bewusstsein verloren und wachte in dem Käfig auf. Ohne zu wissen, wo ich bin oder was sie mit mir anstellen will.« Er schluchzte und brauchte anschließend ein paar Minuten, um sich zu sammeln.

»Hat Frau Schmitt Sie jemals in dem Keller aufgesucht?«, erkundigte sich Drosten.

»Nein. Da war immer nur dieser Mann.«

»Hat er Ihnen sein Gesicht gezeigt?«, fragte Kraft.

»Ja. Aber ich kannte ihn nicht. Hatte ihn nie zuvor gesehen.«

»Darf ich Ihnen ein Foto zeigen?«, erkundigte sich Drosten.

Alexander nickte und setzte sich etwas aufrechter hin. Drosten öffnete auf dem Smartphone ein Bild, das Bastian Schubert zeigte.

»Ist er das?«, wollte er wissen.

»Nein«, sagte Alexander. »Wer ist das?«

»Nicht so wichtig. Ich möchte Ihnen noch ein zweites Bild zeigen. Kommt Ihnen dieser Mann bekannt vor?« Er öffnete ein Foto von Henry Rieble.

»Ja!«, sagte Alexander. »Der war's. Der hat mich mit Essen versorgt. Haben Sie ihn festgenommen?«

»Das ist Kriminalkommissar Henry Rieble«, erklärte Drosten.

»Ein Bu... Polizist? Sind Sie sicher?«

»Sagt Ihnen der Name etwas?«

»Nein. Nie gehört.«

»Leider ist es so, dass Rieble heute Morgen, während wir Sie gerettet haben, Frau Schmitt zur Flucht verholfen hat. Die beiden sind untergetaucht.«

»Was? Oh Gott! Weiß sie, wo ich bin?«

»Wir lassen Sie beschützen. Vor dem Zimmer sitzt rund

um die Uhr ein Polizist«, beruhigte Kraft ihn. »Sie wird es nicht wagen, Sie hier im Krankenhaus anzugreifen.«

»Hoffentlich.«

»Bei Ihrer Befreiung zeigten Sie auf einen Kasten, in dem sich ein Knopf verbarg. Die Kollegen sollten ihn drücken. Woher wussten Sie davon?«, fragte Drosten.

»Der Mann hat es mir erklärt.«

»Rieble?«, vergewisserte sich Drosten.

»Ja. Angeblich öffnet das wieder den Toilettenabfluss.«

»Hätte jemand den Knopf gedrückt, hätte er eine Sprengladung ausgelöst, die die gesamte Decke zum Einsturz gebracht hätte.«

»Nein«, hauchte Alexander entsetzt. »Dieses Schwein. Er hat ...« Seine Stimme brach.

Für Drosten bestand kein Zweifel, Alexander hatte nichts von der Sprengladung gewusst. Langsam wurde es Zeit, die Befragung zu beenden. Aber eine Frage lag ihm noch auf der Zunge.

»Die ganzen Tattoos auf Tildas Körper. Hat sie jemals darüber gesprochen?«

»Wenig«, sagte Alexander. Er wirkte fast wehmütig. »Ich wollte wissen, wie sie auf die Ideen für die Motive gekommen sei. Sie hat mir ein paar Thriller genannt, die sie inspiriert hätten. Das sah schon ziemlich cool aus.« Er seufzte.

Vor dem Krankenzimmer wartete Susanne Hercher darauf, ihren Sohn besuchen zu dürfen. Drosten und Kraft nahmen sie beiseite und informierten sie über das geführte Gespräch. Dann kamen sie auf den unangenehmen Teil zu sprechen.

»Ihr Sohn weiß schon, dass Schmitt mit Hilfe eines Polizisten die Flucht aus der Untersuchungshaft gelungen ist.«

Susanne Hercher wurde kreidebleich. »Schwebt Alexander jetzt in Gefahr?«, fragte sie.

»Hier im Krankenhaus nicht«, beruhigte Kraft sie. »Ihr Sohn wird rund um die Uhr bewacht, bis die Frau wieder verhaftet ist. Auch für Ihr Haus veranlassen die Frankfurter Kollegen eine Observierung. Ein Streifenwagen wird gut sichtbar vor dem Haus postiert. Die weiteren Maßnahmen werden nicht so deutlich zu erkennen sein.«

»Halten Sie uns für gefährdet?«

»Die Wahrscheinlichkeit ist nicht groß«, meinte Kraft. »Trotzdem gehen die Kollegen lieber auf Nummer sicher.«

»Danke schön.« Besorgt schaute sie zu dem Krankenzimmer. »Kommt er darüber hinweg? Ich meine psychisch?«

»Auf uns macht er einen guten Eindruck«, erklärte Kraft. Sie legte der Frau eine Hand auf den Oberarm. »Das wird.«

Dankbar lächelte Susanne Hercher. »Hoffentlich hat er daraus etwas gelernt. Das wäre wenigstens etwas.«

* * *

Auf dem Weg ins Frankfurter Präsidium telefonierten Drosten und Kraft mit Sommer und ließen sich berichten, was bei der Befragung der schwangeren Freundin herausgekommen war.

»Also gibt es derzeit keine Anhaltspunkte, wo sich Rieble mit ihr verkrochen haben könnte«, fasste Drosten schließlich zusammen.

»Nein«, stimmte Sommer zu. »Mühlenberg will Riebles Leben auf den Kopf stellen. Wir haben Zugang zu Bankkonto, Kreditkarten und Telefonaccount beantragt. Vielleicht bringt uns das weiter. Seine schwangere Freundin wird rund um die Uhr observiert. Sie kommt bei ihrer besten Freundin unter. Vier Einsatzkräfte in zwei Streifenwagen vor der Tür schützen sie. Das hat der Polizeipräsident für mindestens eine Woche genehmigt. Der Fall schlägt hohe Wellen. Rieble ist es viel zu leicht gelungen, mit der Gefangenen aus dem Präsidium zu spazieren. Alle sind sich einig, dass das nicht hätte passieren dürfen. Und die beiden toten Streifenbeamten ...« Sommer seufzte. »Wie konnte er das tun? Kaltblütig auf die Kollegen zu schießen.«

»Diese Frau scheint den Männern Gift ins Gehirn zu spritzen«, sagte Drosten. »Du hättest Hercher hören sollen. Er hat offen Rede und Antwort gestanden, aber du sahst in seinem Gesicht widersprüchliche Regungen. Obwohl er ihretwegen beinahe gestorben wäre, war er noch immer angetan von ihr. Als würde er am liebsten die Zeit zurückdrehen.«

»Sie hat auch unsere Leben aufs Spiel gesetzt«, sagte Sommer. »Dafür wird sie bezahlen.«

»Das wird sie«, versprach Drosten.

26

Tilda kniete vor ihm auf dem Boden. Rieble streichelte ihren Kopf und schloss die Augen, während sie ihn verwöhnte.

»Komm hoch aufs Bett«, befahl er ihr.

Sie ließ kurz von ihm ab. »Später«, sagte sie. »Zuerst bekommt mein Held seine Belohnung.«

Er legte sich auf den Rücken und schwebte in den höchsten Sphären, als sie zu Ende brachte, was sie angefangen hatte.

Eine Weile später lagen sie gemeinsam auf der weichen Matratze und rauchten eine Zigarette.

»Das war schön«, murmelte sie. »Und heiß.« Sie schmiegte sich an ihn und streichelte seine behaarte Brust. »Boah, warst du cool. Wie du mich rausgeholt und diese beiden Lämmer erledigt hast. Ich war im ganzen Leben noch nie so erregt. Du bist so unglaublich.«

Rieble lächelte. Die Flucht mit dem Polizeiwagen war so aufregend gewesen, dass er sich kaum an Einzelheiten erinnerte. Er hatte getan, was getan werden musste. Nur so hätten Tilda und er eine Zukunft.

»Ärgerlich, dass der Plan mit der Sprengladung nicht funktioniert hat«, fuhr sie fort. »Sonst wäre das Chaos noch größer geworden. Wer hat uns einen Strich durch die Rechnung gemacht? Dein Partner oder dieser Sommer?«

»Tobias bestimmt nicht«, antwortete Rieble. »Der reagiert in Stresssituationen nie mit kühlem Kopf.«

»Also Sommer«, folgerte sie. »Beim nächsten Mal machen wir ihn fertig. Ein zweites Begräbnis überlebt er nicht.«

»Niemand sollte ein Begräbnis überleben. Wir rächen den Sensenmann. Hoffentlich bin ich derjenige, der ihn ins Jenseits befördert. Arrogantes Arschloch. Der glaubt, etwas Besonderes zu sein. Ich hab seine Nähe kaum ertragen. Am liebsten hätte ich ihn im Präsidium kaltgemacht.«

»Deine Chance wird kommen«, versprach sie. »Aber vorerst müssen wir uns ruhig verhalten.«

»Ich weiß.«

»Wir dürfen ein paar Tage die Wohnung nicht verlassen, bis sich der Staub gelegt hat. Und dann fahren wir zur Ostsee. Rache genießt man kalt.«

»Ja«, erwiderte Rieble. »Keine Sorge. Ich bin froh, dass wir endlich Zeit zusammen verbringen.« Er küsste sie.

»Weißt du, wovor ich ein bisschen Angst habe?«, fragte sie eine Weile später. Ihre Stimme klang nicht mehr selbstbewusst, sondern eher verschüchtert.

»Ich kann mir nicht vorstellen, dass du vor *irgendwas* Angst hast. Was soll das sein?«

»Wann ist der errechnete Geburtstermin?«

Er zögerte. Wieso erwähnte sie ausgerechnet jetzt Lucys

Schwangerschaft? Das passte nicht zu ihr. »In vier Wochen.«

»Wirst du dir dann wünschen, dich anders entschieden zu haben?«, fragte sie.

»Niemals!«

»Bist du dir sicher?«

»Sicherer kann ich mir gar nicht sein.«

»Hoffentlich.«

»Baby! Du musst dir keine Sorgen machen. Ich wollte nie Vater werden. Ich hasse Kinder! Das ist kein Spruch. Ich meine das todernst. Lucy hat mich verarscht. Angeblich hat ein Antibiotikum die Wirksamkeit der Pille reduziert. Ich glaube, sie hat es drauf ankommen lassen oder sie vielleicht sogar abgesetzt. Du hast mich gerettet. An Lucys Seite wäre mein Leben vorbestimmt abgelaufen. Wenig Schlaf, viel Ärger, kaum noch Geld. Weil uns ein Blag die Haare vom Kopf frisst. Und irgendwann wäre das passiert, was so vielen jungen Eltern passiert. Man trennt sich. Was die finanzielle Situation verschlimmert. Davor hast du mich gerettet. Nach heute wird nicht Lucy auf die Idee kommen, mich auf Unterhalt zu verklagen.« Er schmunzelte.

Tilda sagte nichts mehr. Ob sie über ihn und Lucy nachdachte?

»Darf ich dich etwas fragen?«, durchbrach er die Stille.

»Alles, was du willst, Geliebter.«

»Wir haben uns nie über diesen Schubert unterhalten. Was ist aus ihm geworden? Wart ihr ein Paar?«

»Ja«, sagte sie. »Das waren wir. Aber nur kurz.«

»Hat er auch gemordet? So wie ich?«

»Bei euch herrscht momentan Gleichstand. Ich bin sicher, du wirst gewinnen.«

»Er hat zweimal getötet?«

»Ja. Beim ersten Mal hat ihn das total erregt. Das war die Erfüllung einer lange schlummernden Fantasie. Aber schon beim zweiten Mal haben ihn Gewissensbisse geplagt. Ich hatte mich in ihm getäuscht. Er war gar nicht so tough. Nicht so cool wie du.«

»Was ist nach dem zweiten Mord passiert?«

»Ich hab ihm seinen inneren Kampf angemerkt.«

»Wollte er sich stellen?«

»Das hat er in Erwägung gezogen.«

»Verrückt! Als würde das irgendwas ändern.«

»Das habe ich ihm auch gesagt. Geschehen ist geschehen. Man kann nicht auf Absolution hoffen, wenn man getötet hat. Hätte er sich gestellt, wäre ich nicht länger sicher gewesen.«

»Was hast du getan?«

Tilda schwieg, und Rieble hakte nicht nach. Er wollte ihr die Chance geben, die Reise in die Vergangenheit in ihrem Tempo anzutreten. Die Minuten verstrichen. Der Motorlärm der Autos auf der Straße war selbst in ihrem Zimmer in der zweiten Etage noch zu hören.

Schließlich kratzte sich Tilda am Kopf. »Von Holland sind Bastian und ich weiter ans Mittelmeer gefahren. Italien. Dort hat er nahe Palermo seinen zweiten Mord begangen. Um nicht zu lange an einem Ort zu bleiben, sind wir nach Kroatien aufgebrochen. Er sprach immer öfter davon, zur Polizei zu gehen. Ich flehte ihn an, mir das nicht anzutun. Aber sein Entschluss stand fest.«

»Also hast du ihn getötet? Wie?«

»Nein! Das hätte ich nicht gekonnt. Vor dir war Bastian der einzige Mann, den ich wirklich geliebt habe. Unmöglich, ihn zu töten. Er hätte mich in den Abgrund reißen können, denn ich hätte es nicht fertiggebracht, ihn zu stoppen.«

»Was ist dann passiert? Hat er es sich anders überlegt?«

»Er hat sich für einen anderen Weg entschieden. In Dubrovnik überraschte er mich damit, ein Boot gemietet zu haben. Wir fuhren aufs Meer. Hatten sogar Sex. Entschuldige, dass ich das erwähne. Ich will dich nicht anlügen. Bastian war mir wichtig. Fast so wichtig, wie du es jetzt bist. Er hatte einen Picknickkoffer gepackt. Nach dem Sex holte er eine Flasche Champagner heraus und köpfte sie. Er stieß mit mir an. Nach Wochen der Unsicherheit hatte ich wieder Hoffnung auf ein gemeinsames Leben. Er schenkte uns ein, wir tranken ein bisschen. Dann wendete er mir den Rücken zu, griff in den Picknickkorb. Seine verstohlenen Bewegungen machten mich misstrauisch. Plötzlich war mir klar, dass er ein mieses Ding abzog. Ich bekam mit, wie er sich etwas in sein Glas füllte. Entsetzt fragte ich ihn, was das soll. Ehe ich es verhindern konnte, trank er rasch aus und verzog den Mund.«

»Hat er sich vergiftet?«

»So ähnlich. Er hatte K.-o.-Tropfen geschluckt. Ich wollte ihn überwältigen und irgendwo festbinden, bis die Wirkung verflogen wäre. Aber er war stärker und schlug mich nieder. Dann robbte er zum Rand des Boots. Ich flehte ihn an, das nicht zu tun. Er sagte mir, wie sehr er seine Entscheidung bereut. Wie sehr er David vermissen würde. Und Christine. Das war für mich wie ein Dolchstoß mitten ins Herz. Deswegen habe ich solche Angst, dass du in ein paar Wochen nur noch an deinen Sohn denken wirst.«

»Baby, das passiert nicht«, versprach er.

»Hoffentlich.«

»Was hat er gemacht? Ist er aus dem Boot gesprungen?«

»Ja. Ich konnte ihn nicht davon abhalten. Er schwamm eine Weile an der Oberfläche. Ich warf ihm einen Rettungsring zu, den er beiseiteschob. Ich hielt ihm eine Stange hin, an der er sich hätte festklammern können. In seinem Blick sah ich, wie die Wirkung der Tropfen einsetzte. Ich bat ihn, mir das nicht anzutun. Aber er murmelte bloß immer wieder den Namen seines Sohns und wie sehr er es bereuen würde. Dann ging er unter. Mein Tattoo mit den Händen, die aus dem Wasser ragen, erinnert mich an diesen Moment. Das war nämlich das Letzte, was ich von ihm gesehen habe. Seine Hände.«

Eine Träne fiel auf Riebles Brust.

27

Vergangenheit.

Tilda öffnete die Champagnerflasche. Bastian lag erschöpft einige Schritte von ihr entfernt. Er hatte sich anfangs ihren Annäherungsversuchen mitten auf dem Meer erwehrt, doch zumindest konnte sie sich auf ihre sexuellen Reize verlassen.

Sie füllte die beiden Plastiksektflöten, die sie im Picknickkorb mitgebracht hatte. Zum Glück ahnte er nicht, wieso sie ein Motorboot gemietet und aufs offene Meer hinausgefahren war. Aus einem Fach mit Reißverschluss nahm sie das kleine Fläschchen mit den K.-o.-Tropfen.

»Baby, es tut mir leid, die letzten Minuten ändern nichts«, sagte er. »Du weißt, ich liebe dich, trotzdem ...«

Sie schaute über die Schulter zu ihm. »Pst, gib mir ein paar Sekunden.« Tilda träufelte etwas von dem Betäubungsmittel in die linke Sektflöte. Dann ließ sie die kleine Flasche wieder im Picknickkorb verschwinden.

»Und ich liebe dich«, sagte sie. »Deswegen müssen wir reden. Ich ertrage es nicht länger, wie du dich quälst.«

Sie drehte sich um und hielt ihm den Champagner hin. Er nahm ihr das präparierte Getränk ab.

»Wenn du nachts schreiend aus deinen Albträumen aufwachst, bin ich selbst todunglücklich. Wir müssen uns überlegen, was wir dagegen unternehmen.«

»Was heißt das?« Bastian trank den ersten Schluck.

»Ich kann nicht ins Gefängnis. Tut mir leid. Ich würde vorschlagen, du reist nach Deutschland zurück und stellst dich dort. Vielleicht kannst du vorher David noch einmal sehen. Ich werde in einem anderen Land untertauchen. Allerdings kann ich dir nicht verraten, wohin es mich verschlägt.«

Er dachte nach. »Sich in Deutschland zu stellen, ist eine gute Idee«, murmelte er.

»Ja, deutsche Polizisten behandeln dich bestimmt besser als kroatische. Vielleicht weisen sie dich nach Holland aus, aber ...« Sie zuckte mit den Achseln und trank einen Schluck.

Er folgte ihrem Beispiel. »Kannst du mich wirklich verstehen?«, fragte er besorgt.

Sie lächelte. »Dir habe ich die schönsten Monate meines Lebens zu verdanken. Das vergesse ich niemals.«

Die beiden stießen miteinander an und tranken den Sekt in einem Zug leer.

»Gib her!«, sagte sie.

»Fahren wir zurück?«

Sie stellte die Sektflöten in den Picknickkorb. »Ich möchte eine halbe Stunde die Sonne genießen. Reibst du mir den Rücken ein?« Sie zeigte ihm die mitgebrachte Flasche Sonnenmilch.

»Muss das sein? Schieben wir das Unvermeidliche nicht bloß auf?« Plötzlich runzelte er die Stirn. »Tilda?«

»Was ist denn, Liebster?«

Er griff sich an den Hals. Dann schaute er zum Picknickkorb. »Was hast du getan?«

»Glaubst du wirklich, ich lasse das zu?«, fragte sie kalt. »Bist du so dumm? Ich hatte dir mehr Grips zugetraut.«

»Mir wird schwindelig.«

»Und gleich verlierst du das Bewusstsein. Dann werfe ich dich über Bord. Du wirst nichts spüren, falls es dir ein Trost ist.«

Ohne Vorwarnung sprang er aus dem Motorboot und schwamm ein paar Züge davon. Überrascht beugte sie sich an die Reling.

»Was soll das denn?«, fragte sie amüsiert. »Du weißt schon, dass wir kilometerweit von der Küste entfernt sind? Schwimmend schaffst du es niemals zurück.«

»Wieso ich?«, schrie er. »Wieso hast du mich verhext?«

Sie lachte. »Glaubst du das wirklich? Ich hab dir nur ermöglicht, was du ohnehin tun wolltest. Sei gefälligst dankbar!«

»Das stimmt nicht. Ohne dich wäre ich nie so weit gegangen.«

»Red's dir ruhig ein.«

Er öffnete den Mund und schloss ihn wieder. Sekundenlang starrten sie sich in die Augen.

»Ich hasse dich!«, rief er.

Dann ging er unter.

»Berühmte letzte Worte«, flüsterte sie amüsiert. Sie dachte an ihre nächsten Schritte. Vorausschauend hatte sie das Boot allein angemietet und Bastian an einer anderen Stelle des Hafens aufgelesen. Der Bootsverleiher würde nicht misstrauisch werden, wenn sie ohne Begleitung zum Steg zurückkehrte. Die Kroaten waren in dieser Hinsicht ohnehin eher ...

Plötzlich schwankte das Boot stark. Sie musste sich an der Reling festhalten, um nicht über Bord zu gehen.

Hektisch schaute sie sich um. Bastian hatte sie ausgetrickst. Offenbar war er unter dem Boot durchgetaucht und auf der anderen Seite wieder hochgekommen.

»Lass das!«, schrie sie.

Er versuchte mit seinem Körpergewicht das Boot zu kentern. Wieso hatte er trotz der K.-o.-Tropfen noch so viel Kraft?

Sie schaute sich um. Am Rand lag eine hölzerne Stake. Sie griff danach und beugte sich zu Bastian vor.

»Hör auf damit!«

Er stöhnte und ächzte. Sie holte mit der Stake aus und schlug zu. Ihr gelang ein perfekter Treffer im Gesicht. Blut schoss aus seiner Nase, und er ließ das Boot los. Um sicherzugehen, knallte sie erneut die Stange auf den Kopf. Er ging unter. Das Letzte, was sie von ihm sah, waren seine Hände.

28

Gegenwart

Aufgrund ihrer bundesweiten Befugnisse fuhren Kraft, Drosten und Sommer gemeinsam nach Stuttgart zu der von Alexander Hercher genannten Adresse. Im Gegensatz zu den Frankfurter Kollegen konnten sie auch ohne Stuttgarter Amtshilfe ermitteln. Sie erreichten das Mehrfamilienhaus, das zu den Beschreibungen Alexanders passte. Nur der Name, den er genannt hatte, stand nicht auf dem Klingelschild. Vielmehr war es völlig unbeschriftet.

Sommer trat ein paar Schritte vom Eingang zurück und blickte hoch. »In der zweiten Etage hängt im Fenster das Schild eines Maklers. Die Wohnung ist zu vermieten. Sollen wir uns bei dem Makler melden?«

Eine Frau verließ das Nachbarhaus mit ihren Zwillingen, die sie bei den Händen hielt. Die Frau lächelte ihnen zu und wünschte einen guten Morgen.

»Entschuldigung«, sagte Kraft. »Wohnen Sie hier schon länger?«

Die Frau blieb stehen. Ungeniert musterten die Zwillinge die Fremden. »Seit vielen Jahren. Wollen Sie da oben einziehen?«

»Nein.« Kraft zeigte ihren Dienstausweis vor. »Es geht um eine Frau und ihren jungen Partner. Die haben hier angeblich mehrere Wochen in der Wohnung einer Freundin verbracht. Es könnte diese freie Wohnung gewesen sein.« Kraft deutete auf das Fenster.

»Das Schild hängt da schon lange«, erwiderte die Frau zweifelnd. »Wann genau war das?«

»Um den Jahreswechsel. Mitte Dezember bis irgendwann im Februar«, antwortete Sommer.

»Ja, das passt. Mir ist im Dezember aufgefallen ...«

»Mama«, sagte eines der Mädchen. »Wir kommen zu spät.«

»Kleinen Moment, Lilly.« Sie wandte sich wieder den Polizisten zu. »In der Weihnachtszeit war das Schild weg. Und dann habe ich vor ein paar Wochen einen Umzugswagen gesehen, der hier vor der Tür geparkt hat. Kurz darauf ist mir das Schild wieder aufgefallen.«

»Mama«, quengelte nun auch das andere Mädchen.

»Ja-ah«, sagte sie leicht genervt. »Entschuldigung. Haben Sie sonst noch Fragen?«

»Können Sie sich zufällig an den Namen des Umzugsunternehmens erinnern?«

Die beiden Mädchen zogen die Mutter nach vorn.

»Nein. Tut mir leid. Klingeln Sie mal bei Frau Schiller. Die ist eigentlich immer zu Hause und guckt oft aus dem Fenster. Sie wohnt im Erdgeschoss. Viel Erfolg!«

Sommer trat noch einmal vor die Haustür und entdeckte in der untersten Etage den besagten Namen. Er klingelte. Sekunden später erklang der Türsummer.

Im Erdgeschoss wartete eine grauhaarige Frau auf sie. »Ich habe ihr Gespräch mit Frau May zufällig aus der

Küche mitbekommen. Schrecklich, wie die sich von ihren Kindern das Tempo vorgeben lässt. In meiner Generation war das noch ganz anders. Da hatten Kinder still zu sein, wenn sich Erwachsene unterhielten.«

Sommer nickte zustimmend, um Sympathiepunkte zu sammeln. »Wem sagen Sie das? Können Sie uns weiterhelfen?«

»ABC«, antwortete die Frau.

»Was?«, erwiderte Sommer verständnislos.

Die Frau lachte. »Sie müssten Ihr Gesicht sehen. Der Name der Umzugsfirma. Die Mieter sind im Dezember eingezogen und haben die Wohnung im Februar schon wieder leer geräumt. ABC-Umzüge. Wie kann man seine Firma bloß so nennen? Als wäre das ein Qualitätsnachweis, ganz vorn im Telefonbuch zu stehen.«

»Sind Sie sicher?«, fragte Drosten.

»Es geht um das Paar, oder? Eine Frau ungefähr Mitte dreißig, der Mann deutlich jünger. Höchstens Anfang zwanzig. Habe sie beide einige Male gesehen, aber nie mit ihnen gesprochen. Zum Glück haben die zwei Etagen über mir gelebt. Frau Wicke über mir beklagte sich immer. Die müssen es wie die Karnickel ...« Die Frau hielt inne. »Sie wissen schon.«

»Können Sie sich an den Namen auf dem Klingelschild erinnern?«, wollte Drosten wissen.

Sie dachte kurz darüber nach, ehe sie den Kopf schüttelte. »Etwas Ausländisches, genauer weiß ich es nicht mehr. Das waren ja nur ein paar Wochen.«

»Das heißt, die Wohnung stand vorher leer«, folgerte Drosten.

»Monatelang. Jetzt schon wieder. Daran ist der Vermieter selbst schuld, das Haus ist so schlecht gedämmt. Vor der nächsten Nebenkostenabrechnung graut es mir.«

»Wurde die Wohnung letztes Jahr von dem Makler verwaltet, der sie aktuell anbietet?«, fragte Sommer.

»Ja«, antwortete die Nachbarin.

* * *

»Von wegen die Wohnung einer Freundin«, brachte es Drosten auf den Punkt, als sie auf dem Weg zur Umzugsfirma waren. »Die hat das alles mindestens wochenlang vorher geplant. Sie kannte Alexanders Tiktok-Kanal und hat ihn bewusst ausgewählt. Dann hat sie eine Wohnung organisiert, auf die sie angeblich aufpassen soll. Hals über Kopf müssen sie die Unterkunft verlassen, und sie bringt Alexander auf die Idee, zu seinen Eltern zurückzukehren.«

»Ihr wisst, was das heißt?«, fragte Sommer. »Wir müssen verdammt aufpassen. Sie hat einen Plan, dem sie schrittweise folgt. Gefangennahme nach dem Hotelmord und Flucht vor unseren Augen standen auch auf der Liste, davon bin ich überzeugt.«

»Wieso?«, wollte Kraft wissen. »Was bringt es ihr? Bist du ihr Ziel? Sie bestand im Präsidium ausdrücklich auf deine Beteiligung.«

Der Gedanke beunruhigte Sommer ebenfalls. »Nicht ausgeschlossen.«

»Weiß Jennifer Bescheid?«

»Ich habe sie gebeten, aufzupassen. Mit Jeremias habe ich auch gesprochen.«

»Willst du Mühlenberg fragen, ob er Schutz für sie organisieren kann?«

Sommer klopfte mit dem Daumen aufs Lenkrad. »Nein«, sagte er, als er vor einer roten Ampel anhielt. »Jenny weiß, was zu tun ist. Und Jeremias hängt momentan viel bei seiner Freundin rum. Ich glaube, die schweben nicht in akuter Gefahr.«

* * *

Das Büro von *ABC-Umzüge* lag in einem Stuttgarter Industriegebiet. Sie parkten direkt vor dem Firmengebäude neben zwei Lkw, auf denen groß der Firmenname prangte.

Die Eingangstür stand offen, hinter dem einzigen besetzten Schreibtisch saß ein etwa fünfzigjähriger Mann. Er erhob sich lächelnd, als sie den Raum betraten. »Wie kann ich Ihnen helfen?«

Drosten wies sich mit seinem Dienstausweis aus. Sofort fiel das Lächeln des Mannes in sich zusammen.

»Also keine neue Kundschaft«, brummte er. »Wäre ja zu schön gewesen. Was führt Sie zu mir?«

Drosten nannte ihm den Grund des Besuchs. Zu seiner Überraschung nickte der Geschäftsführer der Umzugsfirma sofort.

»An den Auftrag kann ich mich erinnern. Nicht nur, weil er ungewöhnlich war, sondern wegen dieser Frau. Ui.« Er grinste. »An dem Tag war meine Ehefrau zum Glück nicht im Büro, wenn Sie verstehen. Ihr hätte nicht gefallen, wie die Kundin mit mir geflirtet hat.«

Drosten zeigte ihr ein Foto von Tilda.

»Das ist sie. Wieso interessiert sich die Polizei für sie? Hat sie etwas ausgefressen?«

»Wir suchen sie wegen mehrfachen Mordes«, sagte Sommer.

»Nein!«, stieß der Mann aus. »Wirklich? An dieser Frau ist anscheinend alles ungewöhnlich.«

»Wie meinen Sie das?«, fragte Kraft.

»Ihr Auftrag fiel schon sehr aus dem Rahmen. Frau Schmitt kam hier im Herbst an, kurzer Rock, halterlose Strümpfe, High Heels. Knappes T-Shirt, Lederjacke. Atemberaubend. Wie gesagt, zum Glück war meine Frau nicht hier. Ich dachte nur, wow, was wird das denn? Sie stellte sich vor und meinte, sie hätte eventuell einen sehr interessanten Auftrag für mich. Sie arbeitet als Ausstatterin für eine Filmproduktionsfirma, die einen Film in einer Wohnung drehen will. Zu diesem Zweck müsse eine leer stehende Immobilie vollständig eingerichtet werden. Dann wollte sie wissen, ob wir Möbel und Deko von einer Requisitenverleihfirma in Frankfurt abholen und später dorthin zurückbringen könnten. Wir unterhielten uns über Einzelheiten, und ich rechnete den Preis aus. Darauf erkundigte sie sich, ob wir Bargeld nehmen – was ich bejahte. So kamen wir ins Geschäft. Bei der Firma in Frankfurt war am vereinbarten Tag alles vorbereitet. Das war perfekt organisiert. Wir haben keine Stunde einladen müssen, weil alles bereitstand. Dann sind wir zurück nach Stuttgart und haben alles ausgeladen.«

»War Frau Schmitt anwesend?«, fragte Sommer.

Der Mann nickte. »Meine Mitarbeiter haben sich sehr gefreut, denn sie war wohl wieder sexy gekleidet und äußerst zuvorkommend. Jedem von ihnen hat sie einhundert Euro Trinkgeld gegeben. Das ist nicht selbstverständlich.«

»Wann haben Sie die Möbel zurückgebracht?«, hakte Drosten nach.

»Im Februar. Da war allerdings bloß ein Mann vor Ort, der auf meine Mitarbeiter gewartet hat.«

Drosten öffnete auf seinem Handy das Foto von Henry Rieble. »Dieser Mann?«

»Das weiß ich nicht. Ich war selbst nicht dabei. War ein Wochenende. Da nehme ich mir für die Familie frei. Ist die Antwort wichtig? Dann leiten Sie mir das Bild weiter, und ich schicke es meinen Jungs. Die sind gerade in Stammheim mit einem Umzug beschäftigt.«

. . .

Eine Viertelstunde später hatte Drosten Gewissheit. Rieble hatte sich um die Abholung der Möbel gekümmert. Außerdem hatte der Geschäftsführer ihnen auch die Adresse der Requisitenverleihfirma mitgeteilt, die sie ebenfalls aufsuchen würden. Aber zuerst stand der Makler auf ihrer Liste.

29

Bei dem zuständigen Makler arbeiteten insgesamt fünf Mitarbeiter plus eine Art Empfangsdame, die sie unmittelbar hinter der Tür mit strahlendem Lächeln begrüßte. Drosten und seine Kollegen zeigten ihre Ausweise vor und erkundigten sich nach der Stuttgarter Adresse. Die Mitarbeiterin tippte die Information in ein Tablet ein.

»Dafür ist Herr Nartey zuständig. Sie haben Glück. Er ist gerade hier.« Sie drehte sich zur Seite. »Herr Nartey?«, rief sie.

Sofort blickte ein Mittdreißiger auf, der einen grauen Anzug trug, und erhob sich. Er kam zu ihnen an den Empfangstresen. »Wie kann ich helfen?«

Die Empfangsdame erklärte ihr Anliegen. Kaum hatte sie die Adresse genannt, huschte ein Lächeln über sein Gesicht.

»Oh ja, an den Kontakt erinnere ich mich gern. Sophia, ist der Besprechungsraum frei?«

Die Empfangsdame nickte. »Den hat Frau Ruhland in einer Stunde reserviert.«

»So lange brauchen wir nicht, oder?«, vergewisserte sich Nartey.

»Wahrscheinlich nicht«, bestätigte Drosten.

Der Makler führte sie in einen Raum mit ovalem Besprechungstisch und sechs Stühlen. Auf dem Tisch standen kleine Wasserflaschen und Gläser. »Greifen Sie zu, falls Sie durstig sind. Es geht also um Frau Tilda Schmitt?«

»Sie scheinen sich gut an Sie zu erinnern«, stellte Drosten fest.

Er lachte kurz. »Kennen Sie die Dame?«

»Wir suchen sie wegen Mordes«, erwiderte Sommer.

Der Mund des Mannes klappte auf. Es dauerte einen Moment, bis er sich wieder unter Kontrolle hatte. Er wischte sich mit dem Handrücken über den Mundwinkel.

»Wie schade«, brummte er. »Andererseits ...«

»Sie hat Eindruck hinterlassen«, mutmaßte Kraft.

»Das unterschreibe ich sofort. Irgendwann letzten November bekam ich einen Anruf wegen der Wohnung. Die stand zu dem Zeitpunkt schon fast ein halbes Jahr leer und gehörte zu meinen Immobilien. Der Vermieter hat unrealistische Vorstellungen, was die Kaltmiete anbelangt, scheint es sich aber leisten zu können, davon nicht abzurücken. Eine Interessentin erkundigte sich danach und bat um einen persönlichen Besichtigungstermin. Wir trafen uns zwei Tage später. Als ich dort ankam, wartete eine Frau auf mich, die ...« Er räusperte sich. »Sie war sehr sexy gekleidet. Ihre Absätze waren bestimmt zehn Zentimeter hoch. Der Rock war sehr knapp, sodass ich einen Blick auf die halterlosen Strümpfe werfen konnte. Die Bluse stand offen, der weiße Spitzen-BH war nicht zu übersehen. Außerdem hatte sie ein sehr angenehmes Parfum aufgetragen. Sie schaute sich die Wohnung ausgiebig an und schien interessiert.«

»Hat sie Annäherungsversuche unternommen?«, wollte Drosten wissen.

»Zu meinem Bedauern nicht.« Nartey lachte gutmütig. »Ich wäre als Single nicht abgeneigt gewesen, das steht fest. Wie auch immer. Sie stellte sich als stellvertretende Geschäftsführerin einer kleinen Filmproduktionsfirma vor und berichtete von den Plänen, in der Wohnung einen Film zu drehen. Die Kundin erzählte von zugesagter Filmförderung und einem geplanten Kinostart in ungefähr einem Jahr. Sie wollte wissen, ob es eine Chance geben würde, die Immobilie nur für drei Monate anzumieten. Sie wollte sowohl Miete als auch Kaution im Voraus bar bezahlen. Ich hielt Rücksprache mit dem Vermieter. Der war zwar nicht wirklich glücklich über die Laufzeit, weswegen er mich bei der Provision herunterhandelte, aber zumindest sagte er zu. Drei Tage später trafen die Frau und ich uns erneut am Objekt zur Schlüsselübergabe und Bezahlung. Ich hatte mich schick gemacht, das kann ich Ihnen sagen.« Er schmunzelte. »Allerdings trug sie beim zweiten Termin einen blauen Wollmantel und eher weite Kleidung. Trotzdem wahnsinnig attraktiv, aber nicht das, worauf ich gehofft hatte. Sie überreichte mir das Geld, ich quittierte alles, und wir einigten uns darauf, dass sie die Kaution nach Ende des Mietverhältnisses hier abholen könnte. Das ist bis heute nicht geschehen.«

»Haben Sie die Schlüssel der Wohnung wiederbekommen?«

»Die lagen Mitte Februar in einem Briefumschlag in unserem Briefkasten. Ich bin zur Wohnung gefahren, die sie im ordnungsgemäßen Zustand verlassen hat. Die Kaution steht ihr also durchaus noch zu.«

»Von wie viel Geld reden wir?«, fragte Drosten.

»Achthundert Euro.«

»Haben Sie versucht, Frau Schmitt anzurufen?«, erkundigte sich Kraft.

»Erfolglos. Die Handynummer, die ich von ihr habe, ist

angeblich nicht mehr vergeben. Da kommt immer nur so eine Bandansage.«

»Auf welchen Namen lief der Mietvertrag?«, wollte Sommer wissen.

»Tilda Schmitt. Was mich gewundert hat, da sie es ja für eine Firma angemietet hat. Aber sie meinte, so würde das immer gehandhabt.«

»Und die Adresse?«

»Da kann ich mich dran erinnern, ohne nachzusehen. Das Sony Center in Berlin. Ich fand das sehr beeindruckend, weil ich das Bürogebäude von einem früheren Berlin-Besuch kenne. Sie meinte, ihre Firma hätte dort ganz frisch ein Büro bezogen.«

»Haben Sie die Angaben je überprüft?«, wollte Kraft wissen. »Nach der Firma gegoogelt? Ich meine, bei so einer attraktiven Frau wäre das für einen männlichen Single naheliegend, oder?«

Er verschränkte die Arme vor der Brust und wirkte nicht mehr offen. »Nein«, sagte er leise. »Ich bin kein Filmfan, und ...«

»Stopp!«, unterbrach Sommer ihn. »Warum lügen Sie jetzt? Sie haben nach ihr im Internet gesucht. Das sehe ich Ihnen an.«

Nartey lief rot an. Er griff zu einer Wasserflasche, öffnete sie und schüttete den Inhalt in ein Glas.

»Herr Nartey?«, fragte Drosten. »Was verbergen Sie vor uns?«

Der Makler schaute über die Schulter und überzeugte sich, dass die Tür geschlossen war. »Ja, ich hab nach ihr und der Firma gegoogelt. Beides habe ich nicht gefunden«, gab er leise zu. »Aber ich stehe hier unter gewaltigem Druck. Gerade letztes Jahr hatte ich keine gute Vermittlungsquote. Meine Chefin hat mir die gelbe Karte gezeigt. Da nimmt man, was man kriegt. Sie hat bezahlt und die Wohnung in einwandfreiem Zustand verlassen. Nur das zählt. Ich war froh darüber. Zusammen mit zwei weiteren Abschlüssen, die mir im Dezember gelungen sind, hat mich das vorläufig von der Abschussliste gebracht. Frau Ruhland hat Ende Januar einen anderen Kollegen entlassen. Könnten wir das mit der nicht verifizierten Adresse unter uns behalten?« Flehentlich sah er sie an.

* * *

Von Stuttgart fuhren sie noch am selben Nachmittag zurück nach Frankfurt, um jemanden vom Filmrequisitenverleih anzutreffen. Als sie um Viertel vor sechs ankamen, brannten in dem Büro zwar noch wenige Lichter, trotzdem war die gläserne Bürotür verschlossen. Drosten klopfte an. Es dauerte ein paar Sekunden, bis ein junger Mann die Jalousie beiseiteschob und sie musterte. Drosten zeigte ihm durch die Tür den Dienstausweis. Der Mann starrte darauf, dann entschied er sich, ihnen zu öffnen.

»Polizei?«, vergewisserte er sich.

»Genau. KEG Wiesbaden. Haben Sie einen kurzen Moment Zeit für uns?«

»Sie haben Glück. In einer Viertelstunde wäre ich nicht mehr hier gewesen. Kommen Sie rein. Was führt Sie zu uns?« Er stellte sich hinter einen Verkaufstresen und musterte sie neugierig. »Geht es um eine Filmproduktion, für die Sie beratend tätig sind?«

»Nein«, antwortete Drosten. »Wir ermitteln in einer Mordserie.«

»Oh. Sind Ihre Ausweise echt? KEG Wiesbaden. Davon habe ich noch nie gehört. Ich dachte …« Er lachte unsicher. »… Sie wären Neukunden. Schade.«

»Verraten Sie uns Ihren Namen?«, fragte Drosten.

»Oh, Entschuldigung. Maik Heisig.«

»Herr Heisig, Ihre Firma hat im November eine vollständige Wohnungsausstattung an eine gewisse Tilda Schmitt verliehen. Abgeholt wurde das Inventar von ABC-Umzüge aus Stuttgart.«

»Moment! Müssten Sie mir jetzt nicht einen Wisch zeigen, damit ich Ihnen Auskunft geben darf? So kenne ich das aus Filmen.«

»Wir hatten gehofft, Sie würden uns auch so weiterhelfen«, erwiderte Drosten.

»Verstößt das das nicht gegen den Datenschutz? Ich will nichts falsch machen. Meine Eltern betreiben dieses Geschäft in zweiter Generation und lernen mich gerade an. Und ...« Er zuckte mit den Achseln.

»Darf ich Ihnen ein Foto zeigen?«, erkundigte sich Sommer. »Vielleicht hatten Sie ja nie Kontakt zu der Person, wegen der wir hier sind.«

»Okay.«

Sommer öffnete die Bilddatei von Tilda.

»Mit der habe ich gesprochen«, bestätigte Heisig.

»Wir suchen sie wegen mehrfachen Mordes«, erklärte Kraft.

»Nein! Wie schrecklich. Unfassbar. Okay. Hoffentlich ... Na ja, was soll's. Mord? Herrje.« Er rieb sich die Stirn. »Ich habe letztes Jahr mit ihr verhandelt. Sie wollte für eine Filmproduktion in Süddeutschland eine vollständige Wohnungsausstattung. Ich ging mit ihr unser Angebot durch, und sie kreuzte an, für was sie sich interessierte.« Er griff unter den Tresen und holte einen dicken Katalog hervor. »Am Ende kam wirklich eine ganze Wohnungseinrichtung dabei herum. Sie wollte das für drei Monate mieten. Hat sich finanziell gelohnt. Meine Eltern waren mit dem Abschluss zufrieden.«

»Hat die Frau mit Ihnen geflirtet?«, fragte Drosten unvermittelt.

»Was?« Heisig runzelte die Stirn. »Nein, keine Ahnung, ich ...« Der Mann drehte den goldenen Ring, den er am rechten Ringfinger trug. »Ich habe letzten Sommer geheiratet. Ich bin erst wenige Wochen zuvor aus den Flitterwochen zurückgekehrt, bevor sie hier auftauchte. Mich interessieren keine anderen Frauen. Ich kann mich an keinen Flirt erinnern, aber vielleicht ...«, wieder zuckte er mit den Achseln, »... hab ich es einfach nicht wahrgenommen.«

»Hat sie den Auftrag bar bezahlt?«, wollte Sommer wissen.

»So etwas machen wir nicht«, antwortete Heisig. »Wir arbeiten wegen des Finanzamts nur auf Rechnung und per Überweisung.«

»Also haben Sie eine Rechnung ausgestellt, die sie überwiesen hat?«, hakte Sommer nach.

»So wird das gewesen sein. Wir liefern bloß mit Vorkasse. Ohne Bezahlung keine Auslieferung.«

»Könnten Sie uns diese Rechnung heraussuchen?«, bat Drosten.

»Oh, oh«, sagte Heisig. »Haben Sie nicht irgendetwas, das mir versichert, dass ich das darf?«

»Nein«, erwiderte Drosten. »Wir könnten das beantragen, wenn Sie darauf bestehen. Dann kommen wir wieder und ...«

Heisig seufzte. »Warten Sie! Ich *will* Ihnen ja helfen. Mord. Schrecklich! Ich ... Moment.«

Er verschwand in einem Hinterraum und kam mit einem dicken Aktenordner zurück, den er durchsuchte, bis er das richtige Dokument gefunden hatte.

»Ist die Rechnung auf Tilda Schmitt ausgestellt?«, fragte Drosten.

»Nein«, antwortete Heisig. »Sie ist an einen Mann adressiert.«

»Henry Rieble?«, spekulierte Sommer.

Heisig nickte, dann seufzte er. »Wenn ich die Rechnung hier liegen lasse und eben auf Toilette gehe, muss davon niemand erfahren, oder?«

»Wir können schweigen«, erklärte Drosten. »Sollten wir das Dokument später offiziell benötigen, würden wir mit richterlicher Genehmigung zurückkommen.«

»Das klingt nach einem Plan. Ich bin in zwei Minuten wieder bei Ihnen.«

* * *

Heisig verschloss die Tür zur Toilettenkabine und setzte sich auf den Deckel. Mit feuchten Händen zog er sein Smartphone aus der Hosentasche. Im Chatprogramm suchte er nach Tildas Nummer.

Es ist passiert, was du vorhergesagt hast. Ich bin so aufgeregt!

Er schickte die Nachricht ab. Zunächst hoffte er, dass Tilda sie schnell lesen und ihm antworten würde. Doch die Sekunden verstrichen ereignislos. Schließlich drückte er die Spülung und schaltete das Handy auf lautlos. Er schob es zurück in die Hosentasche, ehe er zu den Polizisten zurückkehrte. Die Rechnung lag am alten Platz.

»Habe ich Ihnen geholfen?«, fragte Heisig.

»Sehr«, bestätigte Drosten. »Haben Sie vielen Dank.«

Heisig lächelte.

30

Im Frankfurter Präsidium informierten Drosten und seine Kollegen Mühlenberg über die Fortschritte, die sie in Stuttgart und Frankfurt erzielt hatten. Auf der Rechnung des Requisitenverleihers hatte eine Adresse gestanden, die ihnen bisher unbekannt gewesen war.

»Das liegt an der Stadtgrenze«, sagte Mühlenberg. »Fast schon außerhalb der Stadt. Ob sich Rieble da mit ihr versteckt hält?«

»Mir läuft das alles zu glatt«, merkte Sommer an. Er hatte seinen Partnern bereits auf dem Weg ins Präsidium erklärt, warum er Zweifel hegte.

Mühlenberg zog die Augenbrauen hoch. »Wie meinst du das?«

»Das war fast wie bei einer Schnitzeljagd. Man kommt an einem Ort an, findet dort den nächsten Hinweis, fährt weiter, stößt auf neue Erkenntnisse, bis wir bei der Adresse gelandet sind.«

»So funktioniert Polizeiarbeit manchmal«, sagte Mühlenberg. »Ab und zu braucht man gute Zeugen und das richtige Kombinationsvermögen.«

Sommer schüttelte den Kopf. »Es fängt damit an, dass uns Alexander Hercher eine Adresse in Stuttgart nennen kann«, rekapitulierte er.

»Was er übrigens nicht gekonnt hätte, wenn wir die Sprengladung ausgelöst hätten oder er entkräftet ertrunken wäre«, stellte Mühlenberg fest. »Wie hätten sie das vorab planen können? Dann kommt ihr bei dieser Adresse an und habt sogar zweimal Glück. Die Wohnung ist noch nicht neu vermietet und jemand konnte sich an den Namen der Umzugsfirma erinnern. Auch das war nicht kalkulierbar.«

»Ich glaube, wir verhalten uns gerade ganz nach Schmitts Plan. Wir ermitteln die Adresse und schlagen dort auf. Befragen Nachbarn, was eine polizeiliche Routinemaßnahme darstellt. Wieso engagiert sie eine Umzugsfirma mit dem einprägsamen Namen ABC? Hätte sie eine Firma beauftragt, die den Familiennamen des Gründers trägt, hätte die Nachbarin uns vielleicht nicht so konkret helfen können. Aber ABC vergisst man nicht so leicht. So erfahren wir von der Filmrequisitenfirma und stoßen schließlich auf eine Rechnungsadresse, die uns bislang unbekannt war.«

»Du glaubst, da erwartet uns die nächste Falle?«, schlussfolgerte Mühlenberg.

»Ich denke, wir sollten verdammt vorsichtig sein und mit dem Schlimmsten rechnen.«

»Wie sehen Sie das?«, wandte sich Mühlenberg an Drosten und Kraft.

»Lukas' Bedenken haben mich nachdenklich gemacht«, gab Drosten zu. »Mit einem Punkt hat er recht. Es lief schon auffällig glatt. Manchmal hat man Glück, und es funktioniert auf diese Weise. Aber wenn man bedenkt, was die Mörderin mit geschickter Planung geschafft hat, sollten wir von einer Falle ausgehen.«

Kraft nickte zustimmend.

»Sie haben ein Talent dafür, einem gute Nachrichten madig zu machen. Was schlagen Sie vor?«

»Wir wollen zunächst einmal herausfinden, was es mit der Adresse auf sich hat«, sagte Sommer. »Streetview zeigt mir ein Mehrfamilienhaus an. Mindestens vier Stockwerke. Wir sollten die Gegend unauffällig ausspähen.«

»Was haltet ihr davon, wenn wir einen fingierten Lieferdienst zu der Adresse schicken?«, fragte Mühlenberg.

»Kannst du das auf die Schnelle organisieren?«

»Mein Neffe finanziert sich sein Studium als Essenskurier. Er hat eine komplette Ausrüstung. Orange Jacke, große Lieferbox für die Essensbestellungen. Keine Ahnung, ob ich ihn sofort erreiche, aber ...«

»Das wäre fantastisch, wenn das klappt«, unterbrach Sommer ihn.

* * *

Hinter der Gardine verborgen, schaute Henry Rieble aus dem Fenster. Tilda beobachtete ihn amüsiert. Es war nicht das erste Mal, dass er die Straße kontrollierte.

»Wie lange sie wohl brauchen, um unseren Brotkrumen zu folgen?«, fragte er.

»Das kannst du besser einschätzen als ich«, antwortete Tilda. »Sie müssen in Stuttgart die richtigen Schritte einleiten und dann mit Maik sprechen. Ich habe ihn angewiesen, sich die nächsten Tage unter keinen Umständen freizunehmen.«

»Was hat dich das gekostet?«

»250 Euro. Er ist billig zu haben.« Tilda lachte.

»Aber noch hat er sich nicht bei dir gemeldet?«

»Das wüsstest du dann schon.«

Rieble zog sich vom Fenster zurück und schaute auf die

Uhr. »Ich geh duschen. Die nächsten Tage könnten hektisch werden. Wer weiß, wann wir wieder dazu kommen.«

»Mach das, mein Liebling. Bald sind wir an der Ostsee und lassen es uns gut gehen. Das wird herrlich.«

Er trat zu ihr an den Sessel, auf dem sie es sich bequem gemacht hatte. Sie schaute zu ihm auf, lächelte und spreizte fast unmerklich die Beine. Dann zog sie an ihrem knielangen Rock, der ein Stück die Oberschenkel hochrutschte.

»Ich mache mich frisch für dich«, sagte Rieble.

»Gute Idee. Ich warte hier.«

Sie küssten sich. Rieble streichelte Tildas Gesicht. Als sie voneinander abließen, zwinkerte sie ihm zu.

»Beeil dich!«

Rieble verließ das Wohnzimmer und schloss kurz darauf die Badezimmertür. Sie wartete ein paar Sekunden, dann griff sie zu ihrem Handy. Endlich hatte sie Zeit, Heisig zu antworten.

Lächelnd las sie seine Nachricht. Alles lief wie geplant.

Also hast du ihnen die Adresse genannt?, schrieb sie.

Es dauerte nicht lange, bis er antwortete.

Ich war genial. Hab so getan, als hätte ich aus Datenschutzgründen Gewissensbisse. Dann habe ich die Rechnung einfach auf dem Tresen liegen lassen und bin kurz raus. Wahrscheinlich haben die Bullen den Wisch fotografiert.

Tilda amüsierte sich über sein Eigenlob. Männer waren manchmal so einfältig. Sie brauchten es wie die Luft zum Atmen, angehimmelt zu werden.

Wow! Was für eine geniale Idee. Dafür hast du dir eine Belohnung verdient.

Er antwortete mit einem Emoji, das Herzchen als Augen hatte.

Wann sehen wir uns endlich wieder?, wollte er wissen. *Ich kann's kaum erwarten. Deine Idee, dass ich einen Ring trage und behaupte, frisch verheiratet zu sein, war super. Die haben mir abgenommen, dass ich kein Interesse an dir hatte.*

Das habe ich mir gedacht, erwiderte sie. *Du musst noch diese eine Sache für mich erledigen, und dann sage ich dir, wann und wo wir uns treffen. Aber vergiss nicht, dass wir für unsere gemeinsame Zukunft Geld brauchen. Warst du schon am Bankautomaten?*

Diesmal dauerte die Antwort etwas länger.

Ich habe 3500 bar abgeholt und noch 6 vom Geschäftskonto überwiesen. Das sollte reichen, oder?

Je mehr, desto besser, schrieb sie. *Ich melde mich bei dir. Dann machst du diesen einen Anruf und holst mich ab.* Tilda fügte ein Herzchensymbol hinzu.

* * *

Rieble schaltete das Wasser an. Falls Tilda kontrollierte, ob er duschte, würde das Rauschen sie hoffentlich überzeugen. Er trat ans Waschbecken, wo sein Handy lag. Mit dem Finger entsperrte er das Display und öffnete ein Programm, von dem Tilda nichts ahnte. Er hatte eine Spionagesoftware auf ihrem Handy installiert, sodass er alles verfolgen konnte, was auf ihrem Gerät passierte.

Er beobachtete, wie sie mit dem Mistkerl der Requisitenverleihfirma chattete. Fassungslos las er ihren kurzen Austausch, der sein Misstrauen bestätigte. Er war ihr letzten Spätsommer fast augenblicklich verfallen, hatte sich aber immer einen Rest Zweifel bewahrt. Warum suchte eine Frau wie Tilda ausgerechnet ihn aus? Je mehr er von ihrer Vergangenheit und ihren Plänen erfuhr, desto angebrachter erschien sein Misstrauen. Rieble hatte stets zwei Möglichkeiten für seine nahe Zukunft bedacht. Entweder hatte er mit Tilda eine Frau getroffen, die ihm alles ermöglichte, von dem er heimlich geträumt hatte. Oder sie nutzte ihn bloß aus, wie so viele andere Männer vor ihm. Er hatte sich aus verschiedenen Gründen für eine Karriere als Polizist entschieden. Zum einen war er cleverer als die meisten Leute in seinem Umfeld. Zum anderen konnte er sich fantastisch in Verbrecher hineinversetzen, weil er selbst eine bodenlose Dunkelheit in sich spürte. Jahrelang hatte er gehofft, durch seinen Beruf einer Zukunft im Gefängnis zu entgehen. Bis Tilda auf ihn aufmerksam geworden war. Sie hatte ihm eine Alternative aufgezeigt. Nur um ihn zu verraten.

Aber im Gegensatz zu den Männern vor ihm war er zu klug für sie. Sie hatte keine Ahnung, dass er sie durchschaute. Er wäre derjenige, der ihrem Treiben ein Ende setzen würde.

Rieble dachte an den Ausbruch. Wie er mit Tilda einfach so aus dem Präsidium marschiert war und die beiden Uniformierten erschossen hatte. Er hatte deswegen keine Schuldgefühle. Ganz im Gegenteil. Dieser Drang, Menschen zu töten, steckte schon so lange in ihm. Leider hatte er im Dienst nie die Gelegenheit gehabt, einen Verdächtigen auf der Flucht zu erschießen. Umso machtvoller hatte er sich in dem Streifenwagen gefühlt. Er bereute nichts. Schade bloß, dass er nun seine vermeintliche Gefährtin töten müsste, bevor er untertauchen würde.

Im Badezimmer stand ein weißer Holzstuhl. Rieble zog sich aus und legte die Kleidung auf den Stuhl. Lautlos drehte er den Schlüssel im Schloss herum und klemmte die Stuhlkante unter den Türgriff. Ab sofort musste er Tilda als tödliche Gefahr ansehen. Er durfte ihr keine Gelegenheit geben, ihn zu überraschen, sondern müsste sie rasch ausschalten. Erst dann wäre er in Sicherheit. Damit sie nicht misstrauisch wurde, müsste er erst duschen, zumindest kurz.

Rieble stellte sich unter das heiße Wasser. Seine

Gedanken rasten. Wann wäre der richtige Zeitpunkt, um sie zu erledigen?

* * *

Tilda hockte in der Diele vor der Badezimmertür. Sie beobachtete das Schlüsselloch. Glaubte er wirklich, dass sie nichts von der Spionagesoftware ahnte? Sie zu unterschätzen, war tödlicher Leichtsinn. Wie konnte ihm das bloß passieren, nach allem, was er von ihr wusste?

Der Schlüssel drehte sich im Schloss. Sie lächelte. Nun würde es richtig spannend werden. Schon bald wäre Lukas Sommer auf dem Weg hierher, gleichzeitig müsste sie sich Henry vom Leib halten.

Herrlich! Für solche Situationen lebte sie. Nichts weckte ihre Lebensgeister mehr als tödliche Gefahren, aus denen sie sich herauswand.

31

Der Anruf seines Onkels Tobias hatte Marc Oliver erst überrascht und dann begeistert. Seine Eltern hatten sich besorgt gezeigt, doch für Marc stand gleich fest, dass er seinem Onkel den Gefallen tun würde. Was sollte schon bei einer vorgetäuschten Essenslieferung schiefgehen? Doch je näher er der genannten Adresse kam, desto unwohler war ihm zumute. Onkel Tobias hatte keinen Hehl daraus gemacht, dass er zwei mehrfache Mörder jagte. Marc verdrängte den Gedanken, so gut es ging. Das Navigationssystem wies ihn an, bei nächster Gelegenheit rechts abzubiegen.

Nach fünfhundert Metern erreichte er sein Ziel. Vor der Hausnummer 24 war sogar ein Parkplatz frei. Marc Oliver manövrierte den Wagen hinein und stellte den Motor ab.

»Verhalte dich wie bei einer normalen Lieferung. Dann kann nichts passieren«, flüsterte er und griff nach der voluminösen, leeren Lieferbox. Er stieg aus und ging auf das Haus zu. Als müsste er nach dem Namen des Kunden suchen, leuchtete er mit dem Smartphone die Klingelschilder an. Er stellte die Box vor die Haustür, fotografierte die Klingelschilder und überzeugte sich, alle Namen wackelfrei eingefangen zu haben. Kaum war das erledigt, schob er das Handy in die Hosentasche, nahm die Box und ging zum Auto zurück. Er setzte sich hinein und schickte seinem Onkel das Foto. Danach fuhr er los. Tobias hatte ihm einhundert Euro Taschengeld versprochen. Das war leicht verdientes Geld.

* * *

»Sie wohnen da tatsächlich unter dem Namen Schmitt«, stellte Mühlenberg fest. »Oder könnte das jemand anders sein, der zufällig so heißt?«

»Kannst du das klären?«, fragte Sommer. »Nicht, dass wir die Wohnung einer alten Dame stürmen, die da schon seit vielen Jahren lebt.«

»Das finde ich raus.« Mühlenberg griff zu seinem Handy.

Zehn Minuten später hatten sie die Bestätigung. In dem Haus war niemand offiziell mit dem Nachnamen Schmitt gemeldet.

»Das ist eine Falle.« Je länger Sommer darüber nachdachte, desto überzeugter war er.

»Also willst du die Wohnung nicht stürmen lassen«, vermutete Drosten.

»Nein. Wer weiß, ob sie nicht wieder Sprengfallen angebracht hat. Wenn wir stürmen, gefährden wir nicht nur uns, sondern auch das Leben der anderen Menschen im Haus.«

»Wir können die anderen Wohnungen nicht räumen. Das würde die beiden bloß warnen, falls sie sich dort verschanzt haben«, stellte Mühlenberg klar.

»Lasst uns das Haus beobachten«, schlug Sommer vor. »Vielleicht sehen wir eine Bewegung hinter den Fenstern. Oder einer der beiden betritt sogar die Straße. Wir brauchen dafür einen unauffälligen Lieferwagen. Kannst du das organisieren, Tobias? Sonst greifen wir auf Equipment des BKA zurück.«

»Das müsste ich hinbekommen. Könnte allerdings bis morgen früh dauern. Reicht das?«

»Schneller kriegen wir es auch nicht hin, oder?« Sommer wandte sich an Drosten. Der schüttelte bloß den Kopf.

»Und bis dahin?«, fragte Kraft.

»Wir sind zu viert. Wenn jeder von uns eine Zwei-Stunden-Schicht übernimmt, könnten wir im privaten Pkw den Hauseingang beobachten, unauffällig aus sicherer Entfernung«, schlug Drosten vor.

»Morgen früh parken wir dann einen vermeintlichen Lieferwagen in der Nähe des Eingangs«, ergänzte Mühlenberg. »Klingt nach einem guten Plan. Am späten Nachmittag müssen wir die Lage neu bewerten.«

* * *

Tilda trat vom Fenster weg. Im dunklen Wohnzimmer hatte sie zehn Minuten ausgeharrt und die Straße kontrolliert. Ihr war nichts Ungewöhnliches aufgefallen. Trotzdem ging sie davon aus, dass die Polizisten ihr Netz bereits ausgeworfen hatten.

Würde an diesem Abend oder in der Nacht etwas passieren? Tilda wäre jederzeit bereit.

»Nichts zu sehen?«, erkundigte sich Rieble.

»Nein«, antwortete sie. »Wahrscheinlich sind sie noch nicht mal beim Requisitenverleih gewesen. Sonst wüssten wir das.« Sie lächelte ihn an. »Eine Nacht Schonfrist. Die sollten wir genießen. Fragt sich bloß, ob wir unsere Gastgeberin in das Vergnügen einbeziehen oder nicht.«

»Was wäre dir lieber?«, wollte Rieble wissen.

»Ich bin unschlüssig. Bringen wir sie erst mal zum Klo, ehe das Schlafzimmer nach Urin stinkt. Dann sehen wir weiter.« Sie durchquerte das Wohnzimmer und die Diele. An der Schwelle zum Schlafraum blieb sie stehen und seufzte. »Was für ein Häufchen Elend. Nicht gerade sexy.«

Rieble trat hinter sie. Tilda spürte seine Nähe und lächelte. Es erregte sie, nicht zu wissen, was er als Nächstes tun würde.

»Kümmerst du dich um sie?«, fragte er.

»Klar. Das ist ein Mädchending.« Sie lachte. »Hey, Theresa. Es wird Zeit für einen Toilettengang. Danach gibt's Essen und Trinken, falls du brav bist.«

Die eigentliche Mieterin der Wohnung schaute verängstigt zu ihnen auf. Sie hockte nackt am Boden, die Hände hinter dem Rücken fixiert, ein Fuß am Bett festgebunden. In ihrem Mund steckte ein Knebel.

Tilda ging vor ihr in die Hocke. »Bislang machst du das alles sehr gut. Verhalt dich weiter so, dann überlebst du unser Kennenlernen. Wenn du schreist, ist es um dich geschehen. Hast du das verstanden?«

Theresa nickte.

»Dann löse ich jetzt deinen Fuß und helf dir hoch. Willst du zuerst essen oder zum Klo?«

Theresa artikulierte etwas, das wie ›Klo‹ klang. Tilda löste die Fußfessel und griff der Geisel unter den Arm. Bei den ersten Schritten hatte sie Schwierigkeiten, doch rasch stabilisierte sich ihr Gang. Sie führte Theresa ins Bad, klappte den Toilettendeckel hoch und dirigierte sie darauf. Sekunden später prasselte Urin in die Kloschüssel.

»Sei ein braves Mädchen«, flüsterte Tilda. »Dann bist du schon morgen Abend frei. Versprochen. Du schläfst heute wie ein kleines Wachhündchen zu unseren Füßen, und falls du etwas Ungewöhnliches hörst, alarmierst du mich. Kapierst du das?«

Die Frau nickte langsam. Allerdings wirkte sie verunsichert. Sie begriff nicht, worauf Tilda hinauswollte.

Vom Bad ging es in die Küche, wo Rieble Wasser in einen Plastikbecher gefüllt und Apfelmus in eine Schüssel gegeben hatte.

»Setz dich«, sagte er zu ihr. »Wir nehmen dir den Knebel aus dem Mund. Schreien wird dir nicht helfen.«

Tilda drückte sie auf den Stuhl und nahm ihr das Tuch aus dem Mund.

Gierig atmete Theresa ein. »Bitte«, flehte sie. »Lassen Sie den Knebel weg. Ich hab das Gefühl, zu ersticken. Ich schreie nicht. Das verspreche ich. Jetzt nicht und auch heute Nacht nicht. Ich will nicht sterben.«

Tilda suchte Blickkontakt zu Rieble. »Ein ganz braves Mädchen. Wie süß. Was ist es dir wert, Theresa?«

»Alles.«

»Oh«, erwiderte Tilda. »Panische Menschen haben die Angewohnheit, unüberlegt zu antworten. Alles? Also würdest du meinem Süßen einen blasen oder mich lecken, nur damit du nicht den Knebel ertragen musst?«

Tränen traten Theresa in die Augen. »Tun Sie mir das nicht an.«

»Du musst lernen, keine unüberlegten Antworten zu geben. Iss das Mus. Mein Liebster und ich denken darüber nach.«

Rieble zuckte die Achseln. »Die Versuchung, um Hilfe zu schreien, ist wahrscheinlich groß, wenn wir schlafen.«

»Nein«, widersprach Theresa. »Was soll das bringen? Meine Nachbarn sind alt und schwerhörig. Ich verspreche es Ihnen.«

»Iss!«, wiederholte Rieble. »Vielleicht hast du Glück, und wir sind gnädig.«

Langsam löffelte sie das Mus und trank zwischendurch kleine Schlucke.

»Ich könnte ein Messer an meine Seite legen und ihr die Kehle durchschneiden, sobald sie laut wird«, schlug Tilda vor. Sie lächelte.

»Das dauert zu lange«, meinte Rieble. »Ich halte die Pistole bereit. Wenn sie schreit, drücke ich ihr ein Kissen aufs Gesicht und erschieße sie. Binden wir sie auf meiner Seite fest.«

Offenbar gefiel ihm der Gedanke nicht, Tilda nachts mit einem Messer an seiner Seite zu wissen.

»Würdest du die Verantwortung übernehmen? Ich könnte in Ruhe schlafen, wenn ich weiß, dass du mit einem Auge wach bleibst.«

»Das mach ich gern.«

Tilda beugte sich zu ihm und küsste ihn. »Du bist einfach der Beste. Was wäre ich bloß ohne dich?«

»Noch immer die atemberaubendste Frau dieser Welt«, antwortete er.

Es klang fast ehrlich.

»Hoffentlich wird unsere Gastgeberin nicht neidisch, wenn sie sieht, wie sehr wir uns lieben. Oder es nachher hört«, sagte Tilda mit verführerischer Stimme. »Süße, wie ist es um dein Liebesleben bestellt? Gibt es jemanden, an dem du interessiert bist?«

»Nein. Mein Ex ist vor vier Monaten ausgezogen. Seitdem lecke ich meine Wunden«, gab sie zu.

Tilda kicherte. »Na so was. Da hätten wir also fast zwei Geiseln gehabt. Eigentlich schade. Aber ich bin sicher, irgendwann wirst du wieder glücklich sein. Vorausgesetzt ...« Sie ließ den Rest unausgesprochen.

* * *

Während Rieble mit ihr schlief, spürte Tilda die Veränderung an ihm. Im Gegensatz zu sonst ließ er sich nicht fallen. Sie dachte an Bastian zurück. Auch mit ihm war der Sex auf dem Boot enttäuschend gewesen. Wie schade, dass Männer, die sich in Lebensgefahr wähnten, keine Höchstleistungen erbrachten. Männliche Gottesanbeter machten sich darüber beim Paarungsakt bestimmt keine Sorgen.

Damit er nicht misstrauisch wurde, stöhnte sie in sein Ohr und feuerte ihn an. Schließlich ergoss er sich zuckend in ihr. Recht schnell zog er sich zurück und legte sich neben sie.

Sie schenkte ihm ein warmherziges Lächeln. »Davon kriege ich einfach nicht genug«, seufzte sie. »Wow! Hast du das gehört, Theresa? Tut mir leid, dass ich ihn heute Nacht nicht mit dir teilen will.«

Tilda beugte sich vor. Die Mieterin lag auf Riebles Seite am Boden und starrte zur Decke. Sie wirkte fast wie ein Kind, das seine Eltern beim Sex erwischt hatte. Tilda lachte.

»Unsere Kleine ist so schüchtern. Total süß.« Sie wandte sich wieder Rieble zu. »Ich bin kurz auf Toilette. Bis gleich, mein Hengst.«

Sie verließ das Schlafzimmer. Im Bad fragte sie sich, ob Rieble sie heute Nacht angreifen würde. Diese Ungewissheit verschaffte ihr einen Adrenalinkick. Ihm würde es niemals gelingen, sie zu überraschen. Aber gegen einen guten Kampf hätte sie nichts einzuwenden.

»Lass uns versuchen, ein paar Stunden zu schlafen«, sagte sie, als sie zurückkehrte. »Morgen werden die Bullen ihr blaues Wunder erleben.« Ob er kapierte, dass sie damit auch ihn meinte?

»Gute Nacht, mein Liebling«, flüsterte er.

32

Am nächsten Morgen schaute Tilda aus dem Fenster. Die Nacht war ohne besondere Vorkommnisse verlaufen. Rieble hatte nichts unternommen, was er schnell bedauert hätte. Auch Theresa hatte sich artig verhalten. Doch jetzt, um kurz nach acht, tauchte ein weißer Lieferwagen auf und hielt zwei Häuser entfernt an. Angeblich der Wagen eines Heizungsinstallateurs.

»Was ist los?«, fragte Rieble.

»Ein Transporter. Mal gucken, ob jemand aussteigt.«

Die Minuten verstrichen. Nichts passierte.

»Sie hätten ja wenigstens einen als Handwerker getarnten Bullen in ein Nachbarhaus gehen lassen können. Amateure!«

»Und jetzt?«, wollte Rieble wissen.

»Wir warten. Ich kann mir nicht vorstellen, dass sie einfach die Wohnung stürmen. Und selbst wenn, erleben sie bloß eine Überraschung.«

Eine Viertelstunde hielt es Tilda am Fenster aus. »Baby, kannst du übernehmen? Ich muss eben zur Toilette.«

Es dauerte nicht lange, bis Rieble zu ihr kam.

»Wenn du etwas siehst, ruf mich«, bat sie ihn.

»Lass dir Zeit.«

Tilda ging ins Badezimmer und schloss leise ab. Sie zog ihr Handy aus der Jeans. Der Moment der Wahrheit war gekommen.

Hallo, Maik. Es geht los. Du musst um Punkt zehn Uhr erledigen, worum ich dich gebeten habe. Dann steht uns nichts mehr im Wege. Ich verschwinde in dem Chaos und schick dir abends einen Hinweis, wo du mich aufgabeln kannst.

Sie fügte ein Kussemoji hinzu und schickte die Nachricht ab. Rasch las er sie und antwortete.

Ich kann's kaum erwarten. Punkt zehn Uhr. Verlass dich auf mich.

Tilda drückte die Spülung der Toilette. Sie ahnte, was sie nun erwarten würde. Ihr Herz schlug schneller. Hoffentlich hatte sie sich in Rieble nicht getäuscht. Er war ein Mann, der Schusswaffen bevorzugte. Kein Messerstecher. Niemand, der sich seine Hände besudelte.

Sie drehte den Schlüssel herum, ohne sich die Mühe zu geben, lautlos zu sein.

»Henry!«, sagte sie in gespielter Überraschung, als sie die Tür öffnete und ihm gegenüberstand. Wie erwartet, hatte er in der Diele auf sie gelauert.

»Du mieses Aas hintergehst mich?«, schrie er. Er zielte mit seiner Pistole auf sie.

»Baby, lass mich das erklären. Du verstehst das falsch.« Sie wich keinen Millimeter zurück. Ganz im Gegenteil, sie machte sogar einen Schritt nach vorn. Die Pistolenmündung berührte ihre Stirn.

»Ich bin nicht so dumm wie die anderen.« Er drückte den Abzug. Ein leises Klicken erklang.

In einer fließenden Bewegung griff Tilda in ihre Hosentasche, zog das Messer heraus und rammte ihm die Klinge in den Bauch. Raus und wieder rein. Raus und rein. Er stöhnte vor Schmerz auf. Erneut schoss er.

»Ich liebe Messer. Sie zwingen einen dazu, aus nächster Nähe zu töten. Ganz im Gegensatz zu einer Pistole.«

Die Waffe fiel ihm aus der Hand. Er ging in die Knie und hielt sich am Türrahmen fest.

»Ich hab dein Magazin geleert. Glaubst du wirklich, ich hätte den Virus auf meinem Handy nicht bemerkt? Hältst du mich für so dumm?«

Plötzlich schrie Rieble los. Sie beugte sich zu ihm und hielt ihm den Mund zu.

»Theresa!«, brüllte sie. »Wehe, du gibst einen Ton von dir.«

Um Riebles Leiden zu beenden, jagte sie ihm die Klinge in den Hals. Blut spritzte.

»Dich hatte ich fast so lieb wie Bastian«, flüsterte sie ihm zu. »Allerdings war er besser im Bett.«

Rieble kippte auf den Boden. Er zuckte kurz, dann erstarrte er. Tilda stieg über ihn hinweg. Blutbesudelt trat sie ins Schlafzimmer. Theresa schaute sie mit aufgerissenen Augen an.

»Ich will keinen Mucks hören, sonst bist du die Nächste. Kapiert?«

Die Geisel nickte. Sie sahen sich einige Sekunden lang an, bis Theresa den Blick senkte.

»Du kannst das noch immer überleben«, versprach Tilda. »Für dich hat sich nichts geändert.«

In aller Ruhe ging sie zurück zum Bad. Unter Rieble hatte sich eine Blutlache gebildet. Erneut stieg sie über ihn hinweg und drehte den Wasserhahn auf. Sorgfältig seifte sie sich die Hände ein und spülte das Blut ab. Irgendwann müsste sie sich ein Tattoo-Motiv einfallen lassen, das den letzten Minuten gerecht werden würde. Aber Rieble war nur eine Marionette in ihrem Spiel gewesen. In Wahrheit ging es ihr um einen anderen Mann. Hauptkommissar Lukas Sommer. Einen vermeintlich Toten ins Reich der

Toten zu befördern, würde ihr ein Gefühl unendlicher Macht bescheren. Dann würde sie sich vorkommen wie der Sensenmann, der sich von niemandem betrügen ließ.

»Bald ist es so weit.«

Tilda schaute auf ihre Armbanduhr. Bis Heisig sich für sie zum Narren machte, blieb ihr noch etwas Zeit.

33

Sommer saß zusammen mit Drosten, Kraft und Mühlenberg im Ladebereich des Transporters. Der Wagen war so präpariert, dass eine Kamera auf das Haus gerichtet war und das Bild auf einen Monitor übertrug. Zwischen Fahrer und Beifahrersitz war eine Vertiefung eingelassen, dort hockte ein weiterer Beamter und überblickte die Straße. Durch die tiefere Position würde man ihn von außen nicht bemerken.

Seit sie Stellung bezogen hatten, waren vier Personen aus dem Haus gekommen, eine davon hatte es kurz darauf wieder betreten. Keine von ihnen hatte Ähnlichkeit mit den beiden Gesuchten.

»Oh nein!«, entfuhr es dem Beamten.

»Was ist los?«, fragte Sommer. Auf dem Monitor war nichts zu erkennen.

»Ein Streifenwagen nähert sich. Ist das Zufall?«

Sommer kam nach vorn. Der Polizeiwagen hielt genau vor dem Haus.

»Garantiert nicht«, brummte er.

* * *

Tilda musterte sich im Spiegel. Sie hatte ihr langes Haar zu einem Dutt zusammengebunden und unter einer Basecap verstaut. Außerdem trug sie Leggins, Joggingschuhe und ein T-Shirt. Um ihren Bauch hatte sie eine Tasche gebunden, und sie hatte weiße kabellose Kopfhörer in den Ohren. Die sportliche Sonnenbrille rundete ihr Outfit ab. Im Keller stand ein Rennrad, auf das sie sich gleich schwingen würde. Falls sie nah genug an Sommer herankäme, würde sie die Waffe aus der Tasche ziehen, auf ihn feuern und dann hoffentlich im entstehenden Chaos verschwinden. Die nähere Umgebung war ideal, um sich als Radfahrer gegenüber Autos einen Vorteil zu verschaffen.

Sie trat ans Fenster. Noch war die Straße ruhig. Der weiße Transporter hatte sich in der letzten Stunde nicht bewegt.

Das wird eine bombige Überraschung, dachte sie. *Lukas, du hättest dem Tod kein Schnippchen schlagen dürfen. Das war einfach nicht fair.*

Endlich sah sie den Streifenwagen. Offenbar hatte Heisig Wort gehalten. Abends würde sie ihm unvergessliche Momente bescheren, aber sobald sie ihn finanziell ausgeblutet hatte, wäre er nur noch Ballast, den sie beseitigen müsste.

»Theresa, Schätzchen, es ist Zeit, Abschied zu nehmen«, sagte sie laut.

* * *

Die beiden Schutzpolizisten stiegen aus und gingen auf den Hauseingang zu.

»Wir müssen sie aufhalten«, rief Sommer. »Sonst laufen sie in eine Falle.«

Er öffnete die Schiebetür und sprang heraus. Die Beamten waren keine fünf Meter mehr vom Eingang entfernt.

»Stopp!«, brüllte Sommer. »Nicht weitergehen! Kehren Sie um!« Er zog seinen Dienstausweis aus der Jacke und hielt ihn hoch. »Hauptkommissar Lukas Sommer.« Er rannte auf sie zu.

Die Beamten blieben stehen und drehten sich um. Einer von ihnen legte seine Hand auf das Holster.

»Was machen Sie hier?«, wollte Sommer wissen.

»Wer sind Sie?«, erwiderte einer der Polizisten.

Mühlenberg und Kraft kamen ebenfalls aus dem Lieferwagen.

»Wir observieren das Haus«, erklärte Sommer. »Wahrscheinlich ist es gefährlich, es zu betreten. Was führt Sie her?«

Einer der Beamten erkannte Mühlenberg und grüßte ihn beim Vornamen.

»In der Zentrale ist ein Anruf eingegangen. Ein junger Mann namens Schmitt hat sich gemeldet. Seine Freundin würde ihn gegen seinen Willen festhalten und habe ihn misshandelt. Die Tür ist von innen verbarrikadiert, und er kann nicht raus«, erklärte der andere Polizist. »Ein zweiter Wagen ist auf dem Weg hierher. Wissen Sie etwas darüber?«

* * *

Robert Drosten hatte auf dem Fahrersitz Platz genommen. Ihre Tarnung war ohnehin aufgeflogen, er musste sich nicht unauffällig verhalten. Vom Sitz aus konnte er die Straße besser überblicken. Was ging da vor sich?

* * *

Das Haus verfügte über einen separaten Kellereingang mit kleiner Rampe, über die sich ein Fahrrad gut auf den Bürgersteig schieben ließ. Tilda öffnete die Kellertür. Es wurde Zeit, Chaos zu stiften.

Sie zog den Reißverschluss der Bauchtasche auf. Darin steckte nicht nur die Pistole, sondern auch ein Funkauslöser für den Sprengsatz.

»Bäng«, sagte sie leise und drückte ihn.

Sekunden später ertönte ein ohrenbetäubender Knall.

* * *

Glas zersplitterte. Eine Fensterfront im zweiten Stock explodierte und ließ Scherben auf den Boden regnen. Die Polizisten duckten sich instinktiv und legten schützend die Arme über die Köpfe.

»Was war das?«, schrie Mühlenberg.

In Sommers Ohren piepte es. Er schaute hoch und zog seine Waffe.

»In Deckung«, brüllte er, fest davon überzeugt, dass die beiden Gesuchten das Feuer auf sie eröffnen würden. Geduckt rannten sie zum Streifenwagen.

* * *

Drosten zuckte bei der Explosion zusammen. Große Glasscherben fielen zu Boden. Seine Kollegen suchten Deckung.

Er erwartete ein Feuergefecht, doch nichts passierte. Plötzlich bemerkte er eine Bewegung auf der anderen Straßenseite. Eine Radfahrerin schwang sich auf ihren Sattel. Sie war keine hundert Meter von den Polizisten entfernt.

* * *

Tilda fuhr los. Der Reißverschluss der Bauchtasche war geöffnet, aber noch hielt sie die Pistole versteckt. Vermutlich könnte sie nur einen gezielten Schuss anbringen. Der musste tödlich sein.

* * *

Drosten stieß die Tür auf und sprang raus.

»Lukas! Hinter euch!«, brüllte er.

Sommer blickte über die Schulter. Gleichzeitig zog Drosten seine Waffe.

* * *

»Lukas! Hinter euch!«, erklang es warnend.

Tilda war keine siebzig Meter entfernt, noch zu weit weg für einen treffsicheren Schuss.

Sommer blickte über die Schulter.

Er erkannte die Gefahr und fuhr herum.

Tilda zog die Pistole. Sie hatte die Distanz um zwanzig Meter verkürzt.

* * *

Sommer sah die bewaffnete Radfahrerin, die immer näher kam und aus ihrer Bauchtasche eine Waffe zog.

Tilda!

Er legte auf sie an.

* * *

Im Schussfeld standen keine unbeteiligten Menschen. Drosten nahm die Radfahrerin ins Visier und schoss.

* * *

Die Kugel verfehlte sie um Haaresbreite. Instinktiv verriss Tilda das Lenkrad. Sekundenbruchteile zuvor hatte sie Sommer genau vor sich gehabt. Nun jedoch ...

Trotz allem drückte sie ab.

* * *

Der Schuss verfehlte ihn. Instinktiv rannte Sommer auf das Fahrrad zu. Er sprang. Wo war Rieble? Würde er im nächsten Augenblick aus dem Hinterhalt auf sie feuern? Aber wieso schickte er Tilda vor?

Sommer prallte teils gegen das Fahrrad, teils gegen die Fahrerin. Beim Aufprall verlor sie die Waffe, und sie gingen gemeinsam zu Boden. Tilda schrie vor Schmerz, als er auf ihr landete.

Auch Sommer spürte einen starken Schmerz in der Schulter und dem tätowierten Arm.

»Passt auf!«, brüllte er. »Irgendwo muss Rieble sein.«

»Warum sterben Sie nicht?«, jammerte Tilda. »Sie müssten seit Jahren tot sein. Das ist nicht fair.«

* * *

Drosten rannte zurück zum Transporter und sprang hinter das Steuer. Er startete den Motor und fuhr langsam an.

»Was haben Sie vor?«, fragte der im Fahrzeug wartende Polizist.

»Eine zweite Deckung für die Kollegen aufbauen.«

Als er auf der Höhe von Sommer und der Mörderin war, bremste er ab.

Einige Polizisten richteten ihre Waffen auf das zersprungene Fenster, andere in die Richtung, aus der die Fremde aufgetaucht vor.

Drosten musterte die Frau. Sie wirkte geschlagen, schien kein Ass mehr im Ärmel zu haben. Aber war es wirklich vorbei? Wo steckte Henry Rieble?

34

Tilda hatte die Wohnungstür der Geisel offen stehen lassen. Die Polizisten, alarmiert durch Theresa Zalewskis Hilferufe, stießen rasch auf die Leiche von Henry Rieble.

Unter höchster Sicherheitsstufe brachten Sommer und seine Kollegen Tilda zurück ins Präsidium. Dort bestand sie auf eine ärztliche Untersuchung, bei der ein gebrochener Arm diagnostiziert wurde. Sommer wollte sie ein letztes Mal befragen, bevor er den Fall den Frankfurtern überließe, musste sich allerdings gedulden. Mühlenberg kümmerte sich in der Zwischenzeit um Heisig, dem jedoch außer der missbräuchlichen Alarmierung des Notrufs nichts vorzuwerfen war. Er würde mit einer Geldstrafe davonkommen.

Zwei Tage nach der erneuten Festnahme saß die Mörderin Sommer im Vernehmungszimmer gegenüber, an ihrer Seite ein renommierter Frankfurter Strafverteidiger. Der hatte den Fall erst übernommen, als sie ihm ihren echten Nachnamen preisgegeben hatte. Tilda Rauch war siebenunddreißig Jahre zuvor in harmonische Familienverhältnisse hineingeboren worden, ihre Mutter hatte sie spät bekommen. Die Eltern waren Anfang der Zehnerjahre kurz hintereinander dem Krebs erlegen. Weitere Geschwister hatte sie nicht. Mühlenberg wollte herausfinden, ob sich schon in Rauchs Jugend Anzeichen auf ihre Gewaltneigung gezeigt hatten. Straffällig war sie nie geworden.

Sommer interessierte eine andere Frage viel brennender. »Warum ich?«, erkundigte er sich, als er ihr gegenübersaß.

Tilda lächelte, ohne etwas zu sagen.

»Sie hätten vielleicht noch jahrelang weitermorden können, ohne aufzufallen«, fuhr Sommer fort. »Darin haben Sie großes Geschick gezeigt. Aber mit dem, was Sie angeleiert haben, um mir gegenüberzusitzen, sind Sie ein zu hohes Risiko eingegangen. Wieso war ich das in Ihren Augen wert?«

»Na ja«, übernahm der Strafverteidiger. »Was Sie Frau Rauch nachweisen können ...«

Sie legte ihm die Hand auf den Arm. »Er hat die einzige Frage gestellt, über die es sich zu reden lohnt«, sagte sie. »Vielleicht war das genau der Grund, mein lieber Hauptkommissar Sommer. Sie sind besser als Ihre Kollegen. Deshalb wollte ich mich mit Ihnen messen.«

»Das war ein Wettkampf?«, hakte Sommer nach.

Tilda lächelte erneut. »Ich war so viel unterwegs in meinem Leben. Deutschland, Amsterdam, Südeuropa. Herrje. Irgendwann musste ich dauerhaft in die alte Heimat zurück, der ich zwischendurch immer wieder Besuche abgestattet hatte. Um herauszufinden, ob mein Namen in Polizeikreisen kursierte. Um zu erfahren, ob der zuständige Polizist Sommer sich noch um Schuberts Verschwinden kümmerte. So erfuhr ich von Ihrem Tod. Ich habe das wirklich bedauert, das können Sie mir glauben. Ihr Grab war für mich ein Ort, den ich jedes Mal aufsuchen musste, wenn ich in Frankfurt war.«

»Warum?«, erkundigte er sich.

»Ach, tun Sie nicht so. Sie wissen um Ihre Wirkung auf Frauen.«

»Wie haben Sie überhaupt erfahren, dass ich zusammen mit Oberkommissarin Jung in der Sache Schubert ermittelt habe?«

»Über ein Vögelchen namens Wilhelm Koch«, behauptete sie.

Sommer versuchte erfolglos, seine Überraschung zu verbergen.

Tilda grinste. »Das haben Sie nicht kommen sehen«, sagte sie amüsiert.

Konnte das sein? Hatte Koch Kontakt zu ihr gepflegt? Ihn vielleicht sogar deshalb auf andere Ermittlungen angesetzt? Oder hatte sie bloß genügend Informationen über den Polizeirat gesammelt, um das jetzt einfach behaupten zu können? Wahrscheinlich würde er das niemals herausfinden. Kochs Beteiligung würde einiges erklären.

»Wo war ich?«, fragte Tilda. »Ach ja, Ihr Grab. Irgendwann war es verschwunden. Ich konnte das nicht glauben. Warum hätte man es so schnell einebnen sollen? Es hat ein bisschen gedauert, bis ich die ganze Wahrheit erfuhr. Und von da an hatte ich eine Mission.« Sie trank einen Schluck Wasser und schaute ihn über den Becher hinweg an. »Nach all den Jahren hatte ich endlich einen würdigen Gegner gefunden. Es hat mich viel Vorbereitung gekostet, und jetzt sitzen wir uns gegenüber.«

»Aber Sie haben verloren«, stellte Sommer fest.

»Da widerspreche ich nicht. Aber das macht nichts. Wer spielt, kann verlieren. Das gehört zu den Regeln. Sonst wäre es ja auch langweilig.«

»So viel Aufwand, um eine Chance zu haben, auf mich zu schießen?«

»Das war ja nicht mein einziger Versuch. Die Sprengladung hätte Sie ebenfalls begraben können. Denn genau darum ging es mir.«

»Mich zu begraben?«

»Sie *erneut* zu begraben. Kennen Sie die *Final-Destination*-Filmreihe?«

Sommer wusste, wovon sie sprach. Einige Horrorfilme vom Anfang des Jahrtausends trugen diesen Titel. Er antwortete ihr nicht.

»Ich sehe, Sie kennen die Reihe«, sagte Tilda. »Grob gesagt, geht es darin ja um die Überlistung des Schicksals. Sie haben dem Sensenmann ein Schnippchen geschlagen. Mir gefiel die Vorstellung, für Gerechtigkeit zu sorgen. Ihnen war der Tod vorherbestimmt und ...«

»Jedem ist der Tod vorherbestimmt«, erwiderte Sommer.

»Kommen Sie mir nicht so philosophisch. Sie hatten schon ein Grab und bestimmt auch einen Sarg. Darin müssten Sie liegen und verrotten. Das war ein erstrebenswertes Ziel. Im ersten Schritt bin ich daran wohl gescheitert.«

»Im ersten Schritt«, wiederholte Sommer.

»Ich bin jung und habe viel Zeit. Außerdem, wer weiß, wie das Gericht entscheidet?«

»Lebenslänglich mit anschließender Sicherungsverwahrung«, prognostizierte Sommer. »Dann gibt es da ja auch noch die anderen Länder, in denen Sie straffällig geworden sind und ...«

»Sie spekulieren mir gerade ein bisschen viel«, sagte der Strafverteidiger. »Sicherungsverwahrung? Lächerlich! Oder glauben Sie, Sie verkörpern Exekutive und Judikative in einer Person?«

»Nein, aber ich habe genügend Erfahrung mit Schwerverbrechern«, entgegnete Sommer. »Mir saßen schon oft Mörder gegenüber, die erst nach dem Urteilsspruch realisierten, wie es um ihre Zukunft bestellt ist. Ich schätze, Ihrer Mandantin wird es ähnlich ergehen.«

»Was sich zeigen muss.« Tilda wandte sich ihrem Anwalt zu. »Können wir das für heute beenden? Mein gebrochener Arm schmerzt unerträglich.«

Sommer hatte genug gehört. Tilda hatte sich in einen Wahn hineingesteigert, der um ihn und sein Leben kreiste. Doch seiner Meinung nach stellte sie keine Gefahr dar, solang ihr kein erneuter Ausbruch gelingen würde. Er erhob sich. Überrascht schaute sie ihn an.

»Wir sehen uns im Gerichtssaal«, sagte Sommer.

»Was heißt das?«, fragte Tilda.

»Wir Wiesbadener haben uns mit Mühlenberg und dem Polizeipräsidenten geeinigt, den Frankfurtern die Führung zu überlassen. Immerhin sind zwei der hiesigen Schutzpolizisten durch die Hand eines Kriminalkommissars gestorben, den Sie danach ermordet haben. Ihr Interesse an der Strafverfolgung ist also größer als unseres. Ich schätze, wir sehen uns erst bei meiner Aussage im Prozess wieder.«

»Bleiben Sie hier!«, befahl Tilda. »Wir können weiterreden. Ich brauche nur ein Schmerzmittel. Aber selbst darauf kann ich verzichten.«

»Nein. Sie haben deutlich um eine Pause gebeten. Das respektiere ich. Normalerweise wünsche ich bei Abschieden alles Gute. In Ihrem Fall käme mir das falsch vor.« Er tippte sich an die Stirn und drehte sich um.

»Sie werden jeden Morgen beim Blick in den Spiegel an mich denken«, orakelte sie. »Dafür hab ich gesorgt.«

An der Tür blieb er stehen und blickte über die Schulter. »Da ist das letzte Wort noch nicht gesprochen. Ciao.« Sommer gab den Sicherheitscode ein. Das Türschloss summte.

»Was heißt das?«, rief sie.

Er trat nach draußen und schloss die Tür.

* * *

Zwei Wochen später hielt Sommer seiner Frau Jennifer die Tür zum Tattoo-Studio auf.

Simone Ballas kam um das Empfangspult herum und reichte Jennifer die Hand.

»Schön, Sie kennenzulernen«, sagte sie.

»Ganz meinerseits.«

»Hallo, Herr Sommer. Was macht der Arm?«

»Ich glaube, ich hatte Glück. Die Haut hat sich nicht schlimm entzündet. Die Creme, die Sie mir empfohlen hatten, war wirklich gut.«

»Das freut mich. Kommen Sie mit! Ich würde mir das gerne ansehen.«

Sie führte Sommer zu der Liege, auf der ihn Damian Knoll tätowiert hatte. Sommer zog sein Hemd aus.

»Oh ja«, murmelte Simone. »Das hätte schlimmer enden können. Entweder hatten Sie Glück oder gutes Heilfleisch.«

»Er ist halt ein ganzer Kerl«, sagte Jennifer amüsiert.

Die beiden Frauen grinsten.

»Sie haben sich per Mail nach Möglichkeiten erkundigt, das Tattoo überstechen zu lassen«, sagte Simone.

Sommer nickte. »Wir haben uns etwas überlegt.«

»Ein Partner-Tattoo«, ergänzte Jennifer.

»Ein großes Motiv, teilweise auf meinem rechten Oberarm, teilweise auf Jennifers linken Arm. Sodass es sich voll entfaltet, wenn wir nebeneinanderstehen.«

»Cool.« Simone wirkte begeistert. »Tragen Sie schon ein Tattoo?«

»Nein«, antwortete Jennifer. »Das wäre mein erstes.«

»Für mich klingt es so, als ob Ihnen etwas Größeres vorschweben würde.«

»Ja«, sagte Sommer. »Jennifer und ich haben viel durchgemacht. Offiziell war ich ja schon für tot erklärt und beerdigt. Wenn wir das auf künstlerische Art auf unseren Körpern festhalten wollen, muss es etwas Größeres sein.«

»Sie haben geglaubt, er wäre tot?«, hakte Simone nach.

»Ach, das ist eine lange Geschichte.«

»Und wir haben viel Zeit während der Sitzungen. Ich bin sehr gespannt. Schwebt Ihnen schon ein Motiv vor? Das Tattoo, das Ihnen Knoll gestochen hat, ist ja ziemlich dunkel. Das macht es nicht gerade leicht, es zu überstechen. Darüber hatten wir gesprochen.«

»Und wir haben uns an Ihren Hinweisen orientiert, als wir uns Gedanken gemacht haben.«

»Dann lassen Sie hören.«

Abwechselnd erzählten sie, welches Motiv ihnen vorschwebte. Simone hörte genau zu, nickte mehrfach und hatte nur kleinere Einwände.

»Also halten Sie das grundsätzlich für machbar?«, vergewisserte sich Sommer.

»Absolut«, sagte Simone. »Bei Ihnen brauche ich drei Sitzungen, bei Ihrer Frau wahrscheinlich vier. Und ich würde vorschlagen, dass Sie Ihrer Haut noch ein paar Wochen Erholungspause schenken. Was halten Sie davon, wenn wir nach Terminen im Mai gucken?«

»Spricht nichts dagegen«, antwortete Jennifer.

»Dann legen wir los.« Simone lächelte. »Das wird ein spannendes Projekt, und ich glaube, das Ergebnis wird Sie beide überzeugen. Ich freue mich.«

Sommer schaute seine Frau voller Liebe an. Er erinnerte sich an die Worte der Mörderin. Ja, er hatte den Sensenmann überlistet, und vielleicht würde der sich schon in naher Zukunft rächen. Umso mehr kam es darauf an, jeden verbleibenden Tag zu genießen. Je mehr Zeit er dabei mit seiner Familie oder guten Freunden wie Robert und Verena verbrachte, umso besser.

NACHWORT

Liebe Leserinnen und Leser,

der von Ihnen gerade zu Ende gelesene Thriller ist mal wieder eine der Geschichten, bei der ich genau sagen kann, wie die Idee in meinem Kopf aufgetaucht ist. Meine Frau und ich waren letzten Sommer in Palermo auf dem Weg zur wirklich sehenswerten Kathedrale in der sizilianischen Stadt, als mein Blick auf eine junge Frau fiel, die am Straßenrand in ein Gespräch vertieft war. Ich bemerkte sofort ihr Oberschenkel-Tattoo. Raten Sie mal, welches Motiv sie trug. Noch während wir an ihr vorbeigingen, sah ich Lukas Sommer vor meinem inneren Auge, der durch den Anblick eines solchen Tattoos zurück in die Vergangenheit geworfen wurde. Endlich hatte ich den Ansatz für eine Ermittlung gefunden, bei der ich ihn einen Cold Case lösen lassen kann, wie ich es im Nachwort von *Totgeschlagen* angekündigt hatte. Und falls Sie *Totgeschlagen* gelesen haben, erinnern Sie sich vielleicht, dass es noch mehr ungelöste Fälle in seiner Vergangenheit gab. Ich bin selbst gespannt, worum es sich beim nächsten Mal drehen wird.

Falls Ihnen dieses Resultat einer sommerlichen Mittelmeerreise gefallen hat, freue ich mich über Ihre Rückmeldung. Neben persönlichen Nachrichten sind für uns Autoren Rezensionen, die Sie auf der Produktseite von *Die Tätowierte* bei dem Buchhändler Ihres Vertrauens hinterlassen können, ganz besonders wichtig. Dafür bedanke ich mich sehr herzlich!

Wenn Sie es noch nicht getan haben, dann tragen Sie sich doch bitte in meinen Newsletter ein, durch den Sie immer auf dem neuesten Stand sind, was meine Veröffentlichungen anbelangt. So helfen Sie mir ganz besonders!

www.marcus-huennebeck.de/newsletter

Alle neuen Empfänger erhalten übrigens die Kurzgeschichte *Die Namen des Todes – Die Jagd beginnt* als Dankeschön geschenkt.

Per E-Mail kontaktieren Sie mich unter:
kontakt@marcus-huennebeck.de

Per Facebook erreichen Sie mich wie folgt: www.facebook.com/MarcusHuennebeck

Und per Instagram unter www.instagram.com/marcushuennebeck

Vielen Dank und herzliche Grüße

Ihr
Marcus Hünnebeck

LESETIPPS

Ich werde oft nach der richtigen Reihenfolge meiner Bücher gefragt. Diese finden Sie im Folgenden, auch wenn ich der Meinung bin, dass man jeden meiner Thriller unabhängig von den anderen lesen kann. Aber für alle Leser, die sich gern an der chronologischen Reihenfolge des Erscheinens orientieren, ist diese Auflistung gedacht.

<u>Die KEG-Reihe:</u>

Die Todestherapie

- Der Wundennäher
- Der Schädelbrecher
- Blut und Zorn
- Die TodesApp
- Muttertränen
- Todesschimmer
- Vaters Rache
- Rachekrieger
- Der Geisterfahrer
- Nesthäkchens Schrei

Bittere Brut
Tödlicher Fake
Schreikind
Eiskalte Reue
Der Schattenbringer
Der Mädchenpflücker
Feuerqual
Totgeschlagen
Böser Sandmann
Der Blutmaler
Schlechter Freund
Der Schmerzspezialist
Der Bravmacher
Die Nachahmer
Die Tätowierte

Die Buchinger-Reihe:

So tief der Schmerz
Kein letzter Blick
Wundenherz
Zu viel gesehen
Zwischen den Seiten
Der Kümmerer
Der Raum der bösen Mädchen

Bei meinen übrigen Büchern finden Sie die Reihenfolge direkt auf den Produktseiten der Bücher.

SO TIEF DER SCHMERZ

Eine traumatisierte Psychologin sinnt auf Rache. Jahre zuvor ist sie geschändet worden; nun bestraft sie nahestehende Personen ihrer Peiniger mit dem Tod. Als die Polizei durchschaut, nach welchem Muster die Opfer ausgewählt werden, verhindert sie im letzten Moment einen weiteren Mord. Doch der Täterin gelingt während des Zugriffs die Flucht, und sie taucht spurlos unter.

Hauptkommissar Krumm bittet den Personenfahnder Till Buchinger um Unterstützung. Buchinger kennt die Tricks, mit denen Menschen von der Bildfläche verschwinden. Obwohl er Krumm nicht vertraut, erklärt er sich mit der Zusammenarbeit einverstanden, denn die Mörderin hat auch einen seiner engsten Freunde brutal umgebracht. Aber seine Suche nach der skrupellosen Psychologin löst eine Kettenreaktion aus, die sein Leben und das vieler anderer Unschuldiger gefährdet.

DIE TODESTHERAPIE

Gero Ruppert kennt sich aus mit Trauer und Verzweiflung. Der Psychologe betreut Eltern, die ihre Kinder auf schmerzliche Weise verloren haben. Als ein 17-jähriges Mädchen brutal missbraucht und ermordet wird, kontaktiert Ruppert die verwaiste Mutter und bietet ihr an, sie psychologisch zu behandeln.

Drei weitere junge Frauen sterben, und Ruppert kümmert sich um die trauernden Hinterbliebenen. Für die Soko rund um die Kommissare Drosten und Sommer steht trotz wasserdichter Alibis der Hauptverdächtige fest: Der Mörder kann nur Gero Ruppert selbst sein. Hat er einen Helfer? Spielt er ein falsches Spiel mit traumatisierten Eltern? Doch die Polizisten ahnen nicht, dass der Psychologe bedroht wird. Er muss den Anweisungen eines Erpressers folgen, um nicht seine eigene Tochter zu verlieren. Je näher die Soko den wahren Hintergründen kommt, desto stärker gefährdet sie das Leben des Mädchens – wogegen Ruppert mit allen Mitteln kämpft.

Printed in Poland
by Amazon Fulfillment
Poland Sp. z o.o., Wrocław

19498693R00147